PAS D'ÉVASION

LES ENQUÊTES DE DÉTECTIVE KAY HUNTER

RACHEL AMPHLETT

CHAPITRE 1

Les corbeaux auraient dû l'alerter.

Les oiseaux plongeaient et tournoyaient dans un ciel morne de fin de printemps. Ils croassaient et ricanaient en fondant sur le paysage boueux et ondulant avant de s'élever à nouveau dans les airs.

Ils semblaient distraits, hésitant à quitter le champ pour poursuivre le tracteur qui grondait sur le terrain adjacent, traînant un semoir dans son sillage. Il faisait des allers-retours en suivant les sillons laissés par la charrue quelques semaines auparavant.

Un vent froid balayait le champ, secouant les haies et menaçant d'arracher les bourgeons mûrissants d'un groupe de noisetiers blottis sous une canopée de bouleaux. Une seconde rafale d'air poussa contre la barrière métallique à cinq barreaux, faisant cliqueter la chaîne enroulée entre le cadre et un poteau en bois.

Luke Martin souffla dans ses mains et regretta de ne pas avoir mis une paire de chaussettes supplémentaire.

À la place, la boue humide s'infiltrait autour de ses bottes en caoutchouc mi-mollet et glaçait ses orteils, et chaque inspiration qu'il prenait était expulsée en un nuage de condensation.

Ses doigts ne s'en sortaient guère mieux.

Les gants doublés thermiques qu'il avait achetés promettaient sur l'étiquette de protéger ses extrémités jusqu'à moins cinq degrés Celsius, mais il estimait maintenant que cette affirmation était trop ambitieuse.

Il prit conscience de l'approche d'un véhicule, le ronronnement du moteur se mêlant au craquement et au claquement des branches et des débris forestiers qui disparaissaient sous ses roues.

Luke se détourna du champ pour voir un 4x4 cabossé tourner au coin de l'unique piste.

Son toit accrochait les vrilles basses des frênes et des chênes tandis que le véhicule tanguait d'un côté à l'autre, la suspension gémissant sous la contrainte.

La lumière du soleil se reflétait sur son pare-brise maculé de saleté et masquait les traits du conducteur, mais pas la façon dont ses mains agrippaient le volant.

Luke fit un geste vers un accotement herbeux à droite de la barrière, et il contourna sa propre voiture tandis que le 4x4 s'arrêtait en grinçant, quelques instants avant que le cliquetis du frein à main ne lui parvienne, presque comme une arrière-pensée.

Le conducteur ouvrit sa portière d'un coup et jura lorsque ses bottes rencontrèrent la terre détrempée.

Luke tira son bonnet de laine sur ses oreilles pour protéger son crâne dégarni, puis il se déplaça vers l'avant du 4x4 et tendit la main.

— Peut-être que Sonia avait raison, dit-il. On aurait peut-être dû se mettre au golf à la place. C'est ce que font la plupart des types de notre âge.

— Il ferait quand même un froid de canard.

Tom Coker prit la main tendue dans une poigne ferme, puis jeta un regard noir à la boue étalée le long du véhicule. Il fit un signe du menton vers la voiture de Luke.

— Ça fait longtemps que tu es là ?

— Environ quinze minutes. La circulation était plus fluide que je ne le pensais.

— Tu as déjà jeté un coup d'œil ?

— Ça n'a pas l'air trop boueux. Ce n'est pas génial, mais pas détrempé comme je le craignais.

— C'est déjà ça. Allons-y. Plus on reste là à discuter, plus on va se les geler.

Luke retourna à sa voiture, ouvrit le coffre et examina l'équipement disposé sur une bâche pour protéger le revêtement en moquette.

Il sortit d'abord la pelle – un outil ancien transmis à son père par son grand-père, et maintenant le sien. Depuis qu'il avait déménagé dans la petite maison à Seal six mois auparavant, il l'utilisait pour son passe-temps plutôt que pour entretenir un potager, et il se souvint pourquoi lorsque son dos se plaignit alors qu'il se redressait.

— Allez, vieille branche, dit Coker. Dennis a dit qu'il voulait préparer ce champ demain, alors il faut qu'on se bouge.

Luke jeta un coup d'œil par-dessus son épaule.

— Pas de problème avec le contrat ?

— Aucun. Si on trouve quelque chose, il prend trente pour cent et le reste est pour nous.

— Sympa.

Il tira le détecteur de métaux de son emballage de couvertures et ferma le coffre.

— C'est le seul champ qu'on peut utiliser ?

— Pour l'instant. On pourra y retourner vers la fin septembre après la récolte, et il a dit qu'il y aurait peut-être un autre champ plus près de la maison de l'autre côté du bois qu'on pourrait examiner aussi.

— Allons-y, alors.

Luke manipula maladroitement la chaîne en la détachant de la barrière, ses doigts engourdis étaient malhabiles tandis que ses pensées se tournaient vers la gourde de café chaud que Sonia avait emballée avec deux sandwichs au thon qu'elle l'avait forcé à emporter. La gourde et la nourriture restaient dans la voiture et y resteraient jusqu'au milieu de la matinée.

Perdre la notion du temps était l'une des raisons pour lesquelles il appréciait la détection de métaux.

— Il y a eu des trouvailles près d'ici ? demanda-t-il en refermant la barrière et en trébuchant à travers les sillons aux côtés de Coker.

— Pas sur les terres de Dennis, mais je ne pense pas que quelqu'un y ait déjà jeté un coup d'œil. Il y a eu quelques broches du XIIIe siècle trouvées à quelques kilomètres d'ici il y a trois ans. Et beaucoup de balles de mousquet.

Luke grogna.

— Toujours ces foutues balles de mousquet.

— Je me souviens d'une époque où tu adorais ces trucs-là.

— C'était avant que j'en trouve plus de dix.

Franchement, si les hommes de Charles Ier ont gaspillé autant de munitions pendant la guerre civile, ce n'est pas étonnant qu'ils aient perdu face à l'armée de Cromwell. Ils ne savaient visiblement pas viser.

Son ami renifla, puis s'arrêta et examina le paysage devant eux.

— Ce serait si calme ici, si ce n'était pas pour ces foutus oiseaux. Dennis dit qu'il n'entend même pas l'A20 à moins que le vent ne souffle dans cette direction.

Luke plissa les yeux contre le froid mordant qui s'attaquait au col de son manteau, puis il inspira l'air riche et terreux.

— Ça vaut mieux que d'être au boulot, aussi.

— Tu es occupé en ce moment ?

Il plissa le nez.

— Entre deux contrats. J'ai passé la journée d'hier à envoyer des devis, et quelques-uns devraient se concrétiser dans les semaines qui viennent. Et toi ?

— Je stagne. J'étais censé faire le ravalement d'une maison à Sevenoaks ce matin, mais j'ai envoyé deux des gars à ma place. Bon, on se sépare ?

Luke tourna son attention vers le paysage vallonné, le bruit du tracteur portant par-dessus la haie.

Et toujours, ces foutus corbeaux. Croa, croa, croa.

— Je pense que je vais aller par là-bas. On dirait qu'il y a une légère élévation, puis un creux marqué sur la carte IGN que j'ai regardée avant que tu arrives. Ça pourrait donner quelque chose. Et toi ?

Coker pointa du doigt la haie qui séparait le champ stérile de celui où travaillait le fermier.

— Je vais commencer là. Il y a un système de fossés

qui longe la limite. Ça pourrait être un ancien chemin ou quelque chose comme ça, alors ça vaut le coup de vérifier.

Luke cogna son poing contre la main tendue de son ami.

— Bonne chance. On fait une pause dans deux heures ?

— Ça me va.

Il remonta le casque sur sa tête et ajusta les coussinets sur ses oreilles, puis alluma l'appareil et écouta ses bips et ronronnements tandis qu'il se calait sur les réglages programmés. Une fois prêt, il commença à marcher vers la zone de recherche qu'il visait, balayant le détecteur de métaux devant ses pieds au fur et à mesure.

Ce serait bien la loi de Murphy s'il ratait une trouvaille dans sa hâte d'atteindre le terrain vallonné qu'il avait en tête.

Le monde se rétrécit autour de lui tandis qu'il travaillait, le mouvement du détecteur de métaux de droite à gauche et inversement devenant presque hypnotique. Toute inquiétude à propos du travail le quitta pendant qu'il se concentrait sur ce qu'il entendait.

Il avançait sans but précis, se contentant de fixer les touffes d'herbes hautes qui perçaient la terre dans une ultime tentative de la revendiquer avant que les semis d'orge ne prennent le dessus pour les mois d'été.

Après quelques minutes, il leva les yeux sur sa gauche pour voir Coker qui lui tournait le dos, absorbé par sa propre progression. Il ne l'avouerait à personne, mais un sentiment de compétition s'éveilla dans la poitrine de Luke alors qu'il se remettait au travail.

Il voulait être celui qui le trouverait.

La trouvaille.

Sonia plaisantait en disant que c'était son vain espoir de rembourser une partie du crédit immobilier avant que leur fils ne quitte la maison. Bien sûr, ses chances étaient minces, mais un homme pouvait bien rêver, non ?

Les oiseaux devinrent plus bruyants à mesure qu'il approchait de la pente du champ.

Il pouvait les entendre par-dessus les bips et les couinements dans son casque.

Luke fronça les sourcils en regardant le sommet de la pente, puis il s'arrêta.

Le champ descendait vers une limite que Luke savait longer un ruisseau – c'était une autre de leurs cibles, à lui et Coker, pour l'exploration du jour, dans l'espoir de trouver des traces d'un campement de la guerre civile qui, selon la rumeur, aurait été dans les parages.

Les corbeaux s'étaient rassemblés – en troupe, se rappela-t-il – à mi-chemin entre sa position et la limite. Ils se chamaillaient et s'appelaient les uns les autres tandis que deux ou trois oiseaux à la fois s'élevaient dans les airs, puis plongeaient et se frayaient bruyamment un chemin vers le centre du groupe.

— Mais qu'est-ce que...

Il repoussa son casque pour le laisser pendre autour de son cou, et il fronça les sourcils.

Il ne pouvait pas voir ce qui suscitait tant d'intérêt chez les corbeaux car quoi que ce fût, cela se trouvait dans un creux plus petit du champ.

Un renard mort ?

Un blaireau ?

Intrigué, Luke s'approcha de l'endroit où les oiseaux s'étaient rassemblés, ignorant leurs cris indignés alors qu'il s'approchait, les envoyant de nouveau dans les airs.

Les corbeaux se posèrent à quelques pas. Leurs yeux noirs et brillants le regardaient avec un air de défi.

Une forme rose pâle gisait étendue entre les sillons creusés par les roues du tracteur, les traces boueuses des pneus créant un motif en zigzag qui reflétait sa progression instable.

Luke fronça les sourcils alors que la forme devenait une silhouette, puis que la silhouette prenait les contours d'un homme.

Un homme nu.

— Ça va, mon vieux ? demanda-t-il d'une voix joviale, malgré l'accélération de son rythme cardiaque.

Que lui arrivait-il ? Est-ce qu'il était ivre ?

Il devait l'être, allongé ici exposé aux éléments, sauf que...

Luke s'arrêta, puis déglutit.

La gorge sèche, un goût amer et acide au fond de la bouche, la réalité rattrapa son cerveau.

L'homme n'était pas ivre.

Son corps entier gisait tordu dans la terre brune, ses bras formant des angles contre nature. Ses jambes — bon sang, que leur était-il arrivé ? – étaient disproportionnées par rapport à son torse, et de la boue éclaboussait sa peau comme s'il était tombé sans essayer d'amortir sa chute.

Et son visage...

Luke se détourna, l'estomac retourné, et vit alors ce que les corbeaux avaient fait.

Les yeux de l'homme le fixaient depuis un autre sillon, accusateurs, ensanglantés et déchirés.

Et à ses pieds, tout autour des orteils figés de Luke enfermés dans ses chaussettes thermiques inutiles et ses bottes en caoutchouc, il y avait des dents.

Beaucoup, beaucoup de dents.

CHAPITRE 2

Un ciel morne chargé de pluie enveloppait les éclats de lumière qui perçaient à travers l'épais feuillage des arbres au-dessus du chemin forestier rempli de nids-de-poule.

L'inspectrice principale Kay Hunter s'agrippait à la poignée au-dessus de la fenêtre côté passager de la voiture de service maculée de boue, les ressorts du siège usé grinçant à chaque cahot tandis que le véhicule tanguait d'un côté à l'autre.

À côté d'elle, l'inspecteur Ian Barnes serrait la mâchoire et jurait entre ses dents lorsqu'une branche tordue vint frapper le pare-brise, ses mains crispées sur le volant.

— On aurait dû piquer un des Land Rover de la police des routes, dit-il.

Elle retint son souffle lorsque la voiture traversa une flaque profonde, se demandant si elle devait lever les pieds du plancher au cas où l'eau commencerait à s'infiltrer sous le joint de la portière.

Barnes accéléra, la boue relâchant la voiture dans un

bruit de succion épais et réticent, puis les arbres s'éclaircirent pour révéler une zone de terrain accidenté.

Une file de voitures était garée de manière désordonnée le long d'une haie de ronces coupée en deux par une barrière métallique à cinq barres, et Kay repéra deux voitures de patrouille ornées du logo de la police du Kent à côté d'une camionnette de couleur sombre.

Elle ouvrit la portière de la voiture, balança ses jambes à l'extérieur et attrapa une paire de bottes en caoutchouc qu'elle avait jetée derrière le siège passager lorsque Barnes était venu la chercher chez elle une demi-heure plus tôt.

Barnes faisait de même, remplaçant ses chaussures en cuir à lacets par une paire de bottes usées. Il se tourna vers elle dès qu'il eut terminé.

— Prête ?

— Autant que possible.

Le vent s'engouffra dans ses cheveux lorsqu'elle se leva de son siège et claqua la portière de la voiture. En regardant par-dessus le toit, elle aperçut deux silhouettes en combinaison blanche en train de se déplacer de la camionnette vers la barrière, l'une d'elles portant une mallette métallique de couleur argent.

À côté d'une des voitures de patrouille, trois hommes attendaient tandis qu'un agent de police leur parlait.

Barnes la rejoignit.

— Des témoins. Hughes a dit que deux d'entre eux faisaient de la détection de métaux. L'un d'eux a trouvé le corps. L'autre type doit être le fermier à qui appartient le terrain.

— Discutons rapidement avec eux d'abord, puis allons

voir ce que l'équipe de Harriet fait. Est-ce que Lucas est déjà arrivé ?

— Sa voiture est là-bas, derrière le tracteur.

— D'accord. On le rattrapera dans un moment. Qui est arrivé en premier sur les lieux ?

— Ben Allen, de Tonbridge. Il était en patrouille de routine quand l'appel du fermier est arrivé, et il était le plus proche de la scène.

Comme sur commande, Ben émergea du siège conducteur du deuxième véhicule, murmurant une mise à jour dans la radio accrochée à son gilet. Il hocha la tête en voyant Kay et Barnes se diriger vers lui, et il mit fin à l'appel.

— Bonjour, chef.

— Bonjour, Ben. Tout est sous contrôle ?

— C'est calme, personne dans les parages, à part ces trois-là.

Il fit un signe du pouce par-dessus son épaule vers l'endroit où son collègue avait rassemblé les témoins.

— Lucas est arrivé il y a quinze minutes, et il a déjà confirmé le décès. Même s'il n'y avait pas beaucoup de doute possible à ce sujet.

— On nous a dit qu'il s'agissait du corps d'un homme, dit Kay. Inconnu du fermier, n'est-ce pas ?

— Pour être honnête, chef, il ne reste pas grand-chose du corps. Je n'ai jamais rien vu de tel.

Ben plissa le nez.

— Que voulez-vous dire ?

— Il est tout déformé. Et nu.

L'agent de police secoua la tête.

— C'est vraiment bizarre.

— Vous pouvez nous présenter ?

— Bien sûr.

Kay le suivit à travers la boue glissante jusqu'à l'endroit où les trois hommes étaient blottis sur le côté de la voiture de patrouille, presque comme s'ils essayaient de mettre autant de distance que possible entre eux et ce qui se trouvait dans le champ.

Les présentations faites, les deux agents en uniforme s'excusèrent et se dirigèrent vers la barrière.

Kay se tourna vers le fermier.

— Monsieur Maitland, je m'excuse, vous avez peut-être déjà répondu à des questions similaires de mes collègues, mais nous devons en apprendre le plus possible sur ce qui s'est passé ici. Depuis combien de temps cultivez-vous cette terre ?

Maitland tira une bouffée tremblante de la cigarette qu'il tenait entre son index et son pouce, puis plissa les yeux vers elle.

— Moi personnellement, environ trente ans. Ça fait partie de la famille depuis deux cents ans.

— Que cultivez-vous ?

— Des céréales, principalement. De l'orge, du blé. Ma femme m'a fait essayer la lavande cette année pour la première fois. Je ne sais pas trop comment ça va se passer.

— Quand êtes-vous allé dans ce champ pour la dernière fois, avant ce matin ? demanda Barnes.

— La semaine dernière. Mardi. J'ai retourné la terre pour préparer le semoir. On devait semer demain.

Le fermier s'interrompit, le visage sombre en fixant le cordon de fortune fait de ruban de police bleu et blanc.

Kay se tourna vers les deux hommes à côté de lui.

— Lequel d'entre vous a trouvé le corps ?

— C'était moi, répondit Luke.

— Ça va ?

L'homme haussa les épaules.

— Vous savez qui c'est ?

— Pas encore. Vous l'avez reconnu ?

— Non. Je ne l'ai jamais vu auparavant. Enfin, autant que je puisse en juger. Son visage était complètement défoncé, et...

Il s'arrêta et couvrit sa bouche de sa main.

Kay posa sa main sur son bras.

— Prenez votre temps. Ça va. Je sais que c'est difficile.

— Je crois que les corbeaux s'en sont pris à lui. Je les ai vus quand je suis arrivé à huit heures et demie. Je me demandais pourquoi ils ne suivaient pas le semoir dans l'autre champ comme ils le font d'habitude.

— Avez-vous touché à quoi que ce soit ?

— Mon Dieu, non. J'ai crié à travers le champ pour appeler Tom, je lui ai dit de rester en arrière et qu'il y avait un corps, et on est sortis de là. On a mis les détecteurs de métaux et tout le reste dans les voitures, puis on est allés prévenir Dennis. On a appelé le numéro d'urgence après ça.

— Dennis, êtes-vous entré dans le champ où se trouve le corps ? demanda Kay.

— Non. Je me suis dit que vous autres ne m'en seriez pas reconnaissants.

— Bien. D'accord, nous avons vos déclarations, vous pouvez donc y aller. Luke, si vous en avez besoin, parlez à votre médecin traitant de ce que vous avez vu, d'accord ? Ne gardez pas ça pour vous.

Il hocha la tête, puis retourna d'un pas traînant à sa voiture aux côtés de Tom et du fermier, les trois hommes murmurant entre eux.

— Tu veux jeter un coup d'œil maintenant ? demanda Barnes.

— Oui, allons-y.

Ils se dirigèrent vers la barrière, et Kay salua l'agent de police qui leur tendit un bloc-notes.

— Merci.

Elle griffonna sa signature sur le registre d'entrée de la scène de crime.

Barnes souleva le ruban et elle se baissa pour passer en dessous, son regard se portant déjà sur le second cordon qui avait été installé près de l'endroit où le corps de l'homme avait été trouvé.

Un groupe d'agents de la police scientifique en combinaison blanche était accroupi en un demi-cercle brisé, chacun d'eux travaillant méthodiquement pour enregistrer toute preuve qui pourrait aider à comprendre pourquoi l'homme avait été tué et comment il était mort.

Le médecin légiste du quartier général, Lucas Anderson, se tenait à l'extérieur du cordon, la tête baissée, en train d'observer la scène.

— Lucas, dit Barnes.

— Bonjour, répondit-il, sa combinaison en papier bruissant tandis qu'il tendait la main. Le décès a été déclaré. Je remplirai les papiers quand je retournerai à ma voiture pour qu'ils puissent le déplacer une fois que l'équipe de Harriet aura terminé, mais c'est inhabituel.

— Cause du décès ? demanda Kay.

Lucas pinça les lèvres.

— Tu sais que je n'aime pas avancer des hypothèses, Hunter.

— Allez, juste tes premières impressions. S'il te plaît.

À ce moment-là, l'un des agents de la police scientifique se leva et se déplaça sur le côté, et Kay eut une vue dégagée de l'homme mort.

— Nom de Dieu.

— Différent, n'est-ce pas ?

— Que lui est-il arrivé ?

— Bonne question, répondit Lucas. Écoute, je ne donnerai pas mon avis officiel sur la cause du décès avant d'avoir terminé l'autopsie—

— Mais tu as une opinion, le coupa Barnes. Quelle est-elle ?

— La seule fois où j'ai vu des blessures vaguement similaires à celles de ses jambes, c'était dans des cas de suicides. Plus précisément, des personnes qui ont sauté de bâtiments.

Barnes plissa les yeux.

— Il est au milieu d'un champ, Lucas.

— Je sais. J'ai dit que c'était inhabituel, non ?

CHAPITRE 3

Une cacophonie d'activité emplissait la salle des opérations tandis que les inspecteurs, les agents en uniforme et le personnel administratif se bousculaient pour trouver de la place et se lançaient des instructions et des insultes bon enfant.

Kay se tenait devant un tableau blanc fraîchement essuyé au fond de la salle et elle fixait les photographies que l'enquêteur Gavin Piper avait épinglées au tableau quelques instants après que Barnes avait téléchargé les fichiers de son téléphone à son retour au poste du centre-ville.

À l'extérieur, le brouhaha de la circulation de milieu de matinée filtrait à travers les fenêtres, les sons s'estompant et réapparaissant dans la conscience de Kay tandis que son esprit travaillait.

Elle mordilla son ongle ébréché, puis décapuchonna un feutre et griffonna ses premières réflexions sur le tableau.

— Tiens, chef. De la soupe. J'ai pensé que ça t'aiderait à te réchauffer, dit Gavin en lui tendant la tasse avec un grand sourire, puis il désigna les photographies d'un mouvement du menton. Tu penses qu'il est mort accidentellement et que quelqu'un l'a déplacé là-bas ?

— Honnêtement, je n'en sais rien pour le moment, Gav.

Elle souffla sur la surface chaude et prit une gorgée.

— Qui a préparé cette soupe ?

— C'est moi. Ma sœur et son copain m'ont offert un robot-soupe pour mon anniversaire. C'est la première fois que je l'essaie. Celle-ci est au panais épicé. C'est bon ?

— Oui, c'est bon, merci.

— J'espère que l'une d'elles m'est destinée, Piper, dit Barnes en les rejoignant, puis il sourit quand Gavin lui tendit une tasse du plateau. Génial.

— Rassemble tout le monde, Gav, commençons ce briefing, et ensuite nous pourrons nous remettre au travail.

Kay attendit pendant que l'équipe grandissante d'officiers de police rejoignait leurs collègues administratifs et roulait des chaises vers l'avant de la salle. Une fois qu'ils furent prêts, elle donna un bref aperçu de l'enquête et des principaux points de contact.

En tant qu'inspectrice principale, elle serait toujours responsable de rendre compte des progrès au commandant divisionnaire Devon Sharp, mais au moins son rôle signifiait qu'elle n'aurait pas à passer trop de temps au quartier général à essayer de plaider sa cause pour que plus de personnel soit affecté à son enquête.

L'introduction terminée, elle tapota du doigt sur la photographie la plus proche.

— Nous avons fait imprimer les premières photos, Ian. Les empreintes digitales ont été relevées mais en attendant ces résultats, regarde ça. Il y a un petit tatouage sur son biceps ici. Il est ancien, mais est-ce que tu peux distinguer les lettres en dessous ?

— Attends.

Barnes posa sa tasse de soupe sur le bureau à côté du tableau blanc, puis sortit ses lunettes de lecture de la poche intérieure de sa veste avant de fixer l'image.

— Ça a l'air militaire, non ? L'écriture est toute effacée cependant, je n'arrive pas à la déchiffrer.

— Je parie que ça dit « Maman », dit Gavin.

— Très drôle, répliqua Kay en scrutant la photographie. Il n'y a pas quelqu'un au quartier général qui s'y connaît dans ce genre de choses ?

— Je vais appeler Joanne Fletcher, dit Barnes. Il y a peut-être quelqu'un dans l'équipe des relations médias qui peut nous aider. Sharp aura probablement aussi des idées, étant donné son passage dans la police militaire.

— Je vais en discuter avec lui quand il arrivera. Envoie quand même la photo à Joanne, à condition que l'équipe média ne la partage pas avec la presse. La dernière chose dont nous avons besoin, c'est que ça soit diffusé avant que nous ayons obtenu des réponses.

L'enquêteuse Carys Miles s'approcha, carnet à la main.

— Simon Winter vient d'appeler de l'hôpital Darent Valley. Lucas va faire l'autopsie demain matin, mais il dit que les dents ont été envoyées à un orthodontiste spécialisé pour examen.

Elle fronça les sourcils.

— Ses dents n'étaient pas dans sa bouche ?

— Non, répondit Barnes. La plupart d'entre elles étaient éparpillées sur le sol à côté de lui. Avec ses yeux.

— Beurk.

Carys plissa le nez.

— Un coup de batte de baseball au visage, peut-être ?

— On ne sait pas, dit Kay. Lucas avait quelques idées, mais il ne s'engagera pas sur une opinion avant que l'autopsie soit faite. En attendant, peux-tu contacter l'équipe des crimes ruraux et voir s'ils ont eu des problèmes dans la région dernièrement ?

— Je m'en occupe, chef, dit Carys. Et pour le fermier, Dennis Maitland, est-ce qu'il a vu quelque chose ?

— Non, et je ne pense pas qu'il nous sera d'une grande aide. J'ai jeté un coup d'œil en ligne et ces deux champs sont à la limite extérieure de ses terres. Il dit qu'il a labouré le champ la semaine dernière et qu'il n'y est pas retourné depuis. Je suppose que jusqu'à ce que tout soit planté, il n'en a pas besoin. Il n'y a rien à voler là-bas, n'est-ce pas, Ian ?

L'inspecteur secoua la tête.

— Je suppose que c'est pour ça qu'il était d'accord pour que les deux types utilisent leurs détecteurs de métaux, ce n'est pas comme s'ils pouvaient causer des dégâts en ce moment.

— Pourquoi le déshabiller complètement ? demanda Kay en faisant tourner le feutre entre ses doigts. Celui qui a fait ça aurait pu simplement lui prendre toute pièce d'identité.

— Il aurait pu porter un uniforme, madame.

La voix de l'enquêteuse stagiaire Laura Hanway porta par-dessus les têtes de ses collègues.

— Peut-être qu'il était militaire, ou garde de sécurité privé pour quelque chose. Surtout étant donné le tatouage.

Kay nota sa suggestion sur le tableau.

— Bon début. Quelqu'un d'autre ?

— En partant de là, il y avait peut-être autre chose à propos des vêtements, dit le sergent Harry Davis. Si ce n'était pas un uniforme, ils avaient peut-être des logos distinctifs, ou des étiquettes qui pourraient le relier à un certain endroit ou à une certaine personne.

— Oui, un autre bon point, dit Kay. Il y avait les restes d'un serre-câble en plastique autour d'une de ses chevilles, donc celui qui a fait ça l'a attaché avant de le tuer.

Elle parcourut des yeux le corps prostré de l'homme sur la deuxième des photographies.

— D'accord, et qu'en est-il de l'endroit ? Pourquoi là ? L'équipe de Harriet a pris des moulages d'empreintes de pas, mais jusqu'à présent, elles ne correspondent qu'aux bottes que portait notre témoin, Luke Martin. Ils ont prélevé d'autres empreintes comme preuves, mais cela pourrait prendre du temps à analyser. Le fermier a dit aux agents qu'il y a un sentier qui longe la limite gauche de ce champ.

— Ça dépend depuis combien de temps il était là avant d'être découvert, je suppose, dit Carys. Il a plu vendredi soir. Maitland pense avoir labouré ce champ mardi dernier, donc si le corps de notre homme a été abandonné entre ce moment-là et quand il a plu, toutes les empreintes de pas appartenant à un suspect ou des suspects pourraient avoir été effacées.

Kay se détourna de son équipe et parcourut des yeux les notes qu'elle avait ajoutées au tableau.

Pas de preuves, pas d'identité et pas de témoins du crime.

Comment diable allaient-ils résoudre cette affaire ?

— Premières étapes, dit-elle en faisant de nouveau face à son équipe. Enquêtes de porte-à-porte dans un rayon d'un kilomètre et demi autour de la ferme, et je veux aussi les données de vidéosurveillance et de reconnaissance automatique des plaques d'immatriculation de toutes les routes passant à moins de deux kilomètres de ce terrain. Carys, peux-tu contacter quelqu'un au quartier général pour faire composer un croquis du visage de notre victime à partir de ces photos ? Il nous faut quelque chose d'approprié à montrer aux propriétaires. Je ne laisserai personne voir ces images, ils feraient des cauchemars pendant des mois.

— Je m'en occupe, chef.

— Très bien, tout le monde. Allez-y. Mettons-nous en mouvement.

CHAPITRE 4

Gavin releva le col de son manteau de laine et tira son bonnet tricoté sur ses oreilles avant d'enfouir ses mains dans ses poches.

Bien que la température de l'air en milieu de matinée soit annoncée comme atteignant presque les deux chiffres sur le tableau de bord de sa voiture, un froid pénétrant s'accrochait à l'air humide de l'allée bordée d'arbres, et une faible lumière solaire jetait une teinte jaune-grise sur le ciel, scintillant dans les flaques qui bordaient les accotements herbeux striés de boue.

Plus loin, deux voitures de patrouille étaient garées sur une aire de stationnement, leurs occupants déjà partis faire du porte-à-porte dans un groupe de propriétés blotties sur le côté de la voie qui semblaient être d'anciens cottages d'ouvriers agricoles.

Il jeta un coup d'œil par-dessus le toit de la voiture alors que Laura émergeait du siège passager, jurant entre ses dents serrées tout en remontant la fermeture éclair de son manteau.

— Bon sang, Gavin. Qu'est-il arrivé au début de printemps qu'on était censés avoir ? Il gèle ici.

Il sourit, puis fit un geste vers la route en direction du cottage le plus proche.

— On commence ? Estime-toi heureuse de ne plus être en uniforme.

L'enquêteuse stagiaire sourit.

— Dieu merci. Février m'a presque brisée. Cette dernière patrouille à piétiner dans le centre-ville dans huit centimètres de neige à deux heures du matin en évitant les flaques de vomi...

Elle secoua la tête, une note d'émerveillement dans la voix.

Gavin verrouilla la voiture, vérifia par-dessus son épaule s'il y avait de la circulation, puis ouvrit la marche vers les maisons.

— Comment tu t'installes ?

— Très bien, merci. Je pense que ça aide que tout le monde fasse de son mieux pour s'assurer que je ne me sente pas dépassée.

— Ça aide probablement que tu sois une valeur sûre après avoir aidé pour cette enquête sur l'enlèvement l'année dernière. Quand est ton prochain examen ?

Laura donna un coup de pied dans un caillou sur la route, l'envoyant voler de l'autre côté où il rebondit et glissa dans un profond nid-de-poule avec un splash audible.

— Dans deux semaines. J'essaie de garder une longueur d'avance sur les révisions, mais je ne sais pas comment je vais y arriver maintenant. J'imagine qu'on va travailler de longues heures jusqu'à ce qu'on résolve cette affaire, non ?

— Je pense, oui. J'ai eu le même problème il y a quelques années, on a eu deux grosses affaires l'une après l'autre pendant que j'étudiais.

— Comment tu as géré ? Je suis nulle pour me lever tôt même dans le meilleur des cas, et quand je rentre à la maison, la dernière chose que je veux faire c'est m'asseoir et étudier. Tout ce que je veux c'est végéter.

— La seule façon pour moi de le faire était de consacrer quelques heures à la fin de mon service et d'étudier à mon bureau, ou de demander à Hughes de me réserver une salle d'interrogatoire libre si je ne voulais pas être interrompu. J'ai trouvé que si je faisais mes révisions au travail, plutôt que d'essayer de le faire en rentrant chez moi, ça devenait une partie de ma routine de travail.

Gavin haussa les épaules.

— Ça semblait marcher, en tout cas. Ça vaut peut-être le coup d'essayer.

Laura sourit.

— Je vais le faire, merci. Ces maisons, elles donnent sur les bois près de l'endroit où le corps a été trouvé, c'est ça ?

— Oui.

Gavin sortit une carte IGN de sa poche, les bords déjà froissés là où il l'avait pliée à l'envers. Il la tendit et pointa la campagne représentée sous l'A20.

— Tu as Sevenoaks à quelques kilomètres au nord ici, et nous sommes ici sur cette route secondaire. Ce sont les cottages de la ferme marqués ici. Le champ où le corps a été trouvé est à peu près ici, et ce sont les bois qui bordent le jardin de la première propriété.

— D'accord, compris.

Laura protégea ses yeux de sa main alors qu'ils approchaient de la maison.

— Locataires ou propriétaires ?

— Celle-ci et celle d'à côté sont occupées par leurs propriétaires, dit Gavin en repliant la carte pour la ranger dans sa veste. Le voisin d'à côté possède et loue également les deux propriétés au bout, donc on va laisser les agents en uniforme s'occuper des locations et on va faire ces deux-là nous-mêmes. Comme ça, on peut avancer et passer au prochain hameau. Kay a cinq autres patrouilles qui travaillent de l'autre côté de la ferme de Maitland aussi. Avec un peu de chance, on aura terminé toutes les déclarations initiales d'ici demain soir.

Laura frissonna alors qu'une nouvelle rafale de vent secouait la haie à leur gauche, et elle repoussa une mèche de cheveux de son visage.

— Comment ça se fait qu'on ait tiré la courte paille en étant ici dehors pendant que Barnes et Carys restent au chaud ? Qui as-tu énervé pour mériter ça ?

Gavin sourit.

— Je suis toujours considéré comme le nouveau quand ça les arrange, et tu viens juste d'arriver. Donc, on se tape le travail par temps froid.

— Alors, on s'y met ?

Il poussa un portail en bois couvert de mousse pour entrer dans un petit jardin, et il s'écarta pour laisser passer Laura, puis frotta ses mains l'une contre l'autre pour se débarrasser des restes de lichen qui s'accrochaient à sa peau avant de frapper à la porte d'entrée avec ses phalanges.

Il recula d'un pas et leva les yeux, et il remarqua quelques ardoises manquantes sur le toit à pignon et la peinture qui s'écaillait sur les quatre rebords de fenêtres donnant sur la ruelle.

Sans l'antenne satellite dernier cri qui dépassait de la maçonnerie à côté d'une des deux fenêtres de l'étage, il aurait juré que la forêt environnante essayait de reprendre la propriété à son propriétaire, une saison à la fois.

La porte s'ouvrit sur des gonds grinçants après quelques instants et un homme jeta un coup d'œil, ses cheveux gris clairsemés dressés en touffes de chaque côté de ses oreilles.

— Oui ? Qui êtes-vous ? Si vous vendez quelque chose, vous pouvez retourner lire le panneau sur le portail.

Gavin montra sa carte de police et présenta Laura.

— Et quel est votre nom, s'il vous plaît, monsieur ?

L'homme prit la carte de police, l'examina avant de la lui rendre.

— Humphrey Godmanstone.

— Depuis combien de temps vivez-vous ici, monsieur Godmanstone ?

— Trente ans en avril. J'ai hérité de l'endroit de mes parents.

— Quelqu'un d'autre vit ici ?

— Non. Je me suis débarrassé de ma femme il y a dix ans.

Il sourit, exposant des dents de travers.

— Ne vous inquiétez pas. Je n'ai pas tué la vieille bique. Elle s'est cassée. Elle a emmené les deux gosses aussi. Northampton, je crois. C'est là que vivait sa sœur, de toute façon. Bon débarras, nom de Dieu.

Gavin s'éclaircit la gorge, sachant que Laura observerait ses moindres gestes dans une tentative d'apprendre de lui, et souhaitant que Carys soit à ses côtés à la place.

Il essaya d'ignorer la chaleur qui montait de son cou à sa mâchoire.

— Nous nous demandions si nous pourrions vous poser quelques questions concernant un incident sur lequel nous enquêtons dans la région.

— Tel que ?

— Pourrions-nous entrer ?

— Non.

Gavin s'efforça de sourire.

— Ne vous inquiétez pas. Nous enquêtons sur la mort d'un homme dont le corps a été retrouvé à la limite extérieure de la ferme de Maitland.

— Vraiment ?

La main de Godmanstone quitta la porte, et il s'appuya contre le cadre, les bras croisés.

— Qu'est-ce que cela a à voir avec moi ?

— Je crois comprendre que le bois à l'arrière de votre propriété jouxte ce terrain ? Nous menons une enquête de porte-à-porte dans le secteur pour essayer de déterminer si quelqu'un a remarqué une activité suspecte au cours de la semaine passée, ou si vous avez entendu quoi que ce soit.

— Comme quoi ?

— Des inconnus dans le coin, peut-être en train de traîner dans la ruelle. Des véhicules qui auraient semblé déplacés, ou quelque chose vous appartenant, des outils de jardin ou autre, qui aurait pu disparaître ces dernières semaines.

— Je n'ai rien remarqué. Et si quelqu'un essayait de voler quoi que ce soit dans l'abri de jardin, il devrait d'abord passer les oies.

— Les oies ? demanda Laura.

— Oui, jeune fille. Les oies. Meilleures que des chiens de garde. Moins chères, et si vous en avez assez, au moins vous pouvez les manger.

Gavin serra les dents, puis continua.

— Avez-vous entendu quelque chose d'étrange la nuit, quoi que ce soit qui semble inhabituel ici ?

— Non. Une fois la lumière éteinte, je dors. Je ne me réveille pas avant que la radio s'allume à sept heures pour les informations. Remarquez, ces jours-ci je ne sais pas pourquoi je m'embête, ça ne fait que me mettre de mauvaise humeur avant même d'avoir commencé cette foutue journée.

— Très bien, monsieur Godmanstone.

Gavin referma son carnet d'un coup sec et s'efforça de sourire en tendant une carte de visite.

— Merci pour votre temps. Si vous pouviez—

La porte claqua.

Gavin soupira et glissa la carte dans la boîte aux lettres, puis il se tourna vers Laura.

L'enquêteuse stagiaire couvrit sa bouche de sa main, mais ne put cacher les rides au coin de ses yeux.

— Pas un mot, Hanway, dit-il par-dessus son épaule en poussant le portail du jardin. Pas un foutu mot.

Une femme se tenait sur le pas de la porte de la maison voisine, souriante alors qu'ils contournaient le coin de la basse haie de troènes qui séparait sa propriété de celle de Godmanstone.

— Il est charmant, n'est-ce pas ? dit-elle sans rancœur. Je ne sais pas pourquoi il garde ces oies, il suffit à lui seul à effrayer n'importe qui.

— Il en faut de toutes sortes, mademoiselle…

— Madame.

Elle tendit la main.

— Beverley Winton.

Gavin fit les présentations, remarquant les taches de peinture blanche qui couvraient les doigts de la femme, puis il fit un signe du menton vers les propriétés sur leur droite.

— Et vous possédez celles-ci aussi, si j'ai bien compris ?

— C'est exact. Nous rénovons celle-ci en ce moment, et puis celle-là sera disponible aussi. Voulez-vous entrer ?

— Si nous le pouvons, merci.

— Désolée pour le désordre. Ne trébuchez pas sur les bâches, j'ai peint les balustrades de l'escalier ce matin. Je ne sais pas comment les fabricants de peinture peuvent se permettre d'écrire « une seule couche suffit » sur la boîte. C'est la troisième couche, et je ne suis toujours pas satisfaite.

Elle ouvrit une porte qui donnait sur un salon encombré. Les rideaux ondulaient aux fenêtres ouvertes, et Gavin parcourut du regard les caisses empilées contre un mur.

— Nous avons juste quelques questions, dit-il. Nous enquêtons sur la mort d'un homme qui a été retrouvé dans l'un des champs extérieurs de la ferme de Maitland ce matin. Nous nous demandions si vous aviez remarqué des activités suspectes dans le secteur au cours de la semaine passée ?

La femme pâlit.

— Un homme mort ? Non, je n'ai remarqué personne de nouveau par ici. La ruelle est plutôt calme une fois que les habitants du coin sont partis travailler. C'est pareil le soir. Vous pensez que nous sommes en danger ?

— Nous sommes enclins à croire qu'il s'agit d'un incident isolé, madame Winton, répondit Laura. Avez-vous remarqué quoi que ce soit qui pourrait être considéré comme inhabituel pour cette période de l'année ? Ou des vols dans votre abri de jardin, par exemple ?

— Mon mari, Peter, n'a rien mentionné de tel. Il garde l'abri fermé à clé de toute façon, par habitude après avoir vécu en ville pendant tant d'années. Nous n'avons pas la même nature confiante que nos locataires.

— Ni d'oies, ajouta Gavin.

— Non, Dieu merci.

Winton réussit à rire, puis son regard redevint sérieux.

— Je suis désolée de ne pas pouvoir vous aider davantage. Je peux demander à Peter s'il a remarqué quelque chose quand il rentrera, si vous voulez ?

— Ce serait très apprécié, madame Winton, dit Gavin en lui tendant une carte de visite. Même si vous pensez que ce n'est peut-être pas important, il vaut mieux nous le faire savoir.

CHAPITRE 5

Kay leva les yeux de son écran d'ordinateur lorsque la porte de la salle des opérations s'ouvrit et que le commandant divisionnaire Devon Sharp traversa la pièce d'un pas décidé, l'air contrarié.

De plusieurs centimètres plus grand que Kay, l'ancien policier militaire gardait ses cheveux bruns parsemés de gris coupés très court et se déplaçait avec l'allure de quelqu'un habitué au terrain de parade.

Il desserra sa cravate en se dirigeant vers son bureau derrière celui de Kay, son attention captivée par l'écran de son téléphone portable, le front plissé.

Kay se mordit la lèvre lorsqu'il passa devant elle, la tête toujours baissée, puis elle rassembla les copies des photographies qu'elle avait compilées. Elle repoussa sa chaise et se dirigea vers la porte ouverte de son bureau avant de frapper.

— Chef ? Je me demandais si tu avais une minute ?

Il leva les yeux de son téléphone, momentanément surpris, puis cligna des yeux.

— Désolé, Kay, j'étais ailleurs. Entre.

— Tout va bien ? demanda-t-elle en fermant la porte derrière elle et en prenant le plus confortable des fauteuils pour visiteurs en face de son bureau.

Elle examina les fils usés de l'accoudoir et se demanda si le quartier général allait un jour fournir de nouveaux meubles au commandant divisionnaire.

Probablement pas.

— Je viens de passer trois heures ce matin à argumenter pour une augmentation de notre budget pour l'année prochaine.

— Oh. Je suppose que ça ne s'est pas bien passé ?

— J'aurais préféré un rendez-vous chez le dentiste.

Sa bouche se tordit en un sourire sardonique tandis qu'il jetait son portable sur son bureau et s'enfonçait dans son siège.

— J'ai entendu dire que l'équipe avait un corps dans un champ ce matin, près de Sevenoaks ?

— En fait, j'espérais que tu pourrais m'aider.

Kay lui fit un résumé de la découverte du matin, puis fit glisser les photographies sur le bureau.

— Barnes a pris ces images pendant que nous discutions avec Lucas et Harriet. Nous nous demandions si les tatouages pouvaient avoir une quelconque signification militaire.

Sharp tendit la main vers les images au format A4 et se pencha en arrière dans son fauteuil tout en les examinant. Il s'attarda plusieurs instants sur chacune d'elles, tournant la photographie sous différents angles, puis les posa sur son bureau et fronça les sourcils.

— Ça me rappelle le genre de tatouages que certains

soldats se faisaient faire après avoir terminé une mission, dit-il. Une sorte de souvenir, pour prouver qu'ils avaient survécu intacts. Quel est l'âge de la victime ?

— J'ai appelé Lucas il y a une heure pour voir ce qu'il en pensait, maintenant qu'il a le corps à la morgue. Il a dit qu'il ne pourrait pas le déterminer précisément avant l'autopsie de demain matin, mais il estime que l'homme a entre quarante et soixante ans.

Sharp passa sa main sur son menton et prit une autre photographie.

— Cette tranche d'âge placerait notre victime n'importe où entre le conflit des Malouines s'il a près de soixante ans, jusqu'aux campagnes d'Afghanistan de ces dernières années.

— Ça fait beaucoup de monde, chef.

— Je sais. Je ne connais pas cette œuvre en particulier. Il n'y a rien là-dessus qui me dise qu'il s'agit d'un régiment en particulier.

— Et l'écriture en dessous ? Ça vous dit quelque chose ?

— On dirait une sorte de code abrégé. S'il faisait partie des forces spéciales ou quelque chose comme ça, ça pourrait être lié à son unité. Tu sais qu'ils travaillent en équipes de quatre ?

— Oui. Donc, vous pensez que ça pourrait être limité à un petit groupe, plutôt que d'avoir une portée régimentaire plus large ?

— Exactement. Et tu dis qu'il n'y avait rien d'autre pour l'identifier ?

— Non, pas en termes de vêtements ou de piercings en tout cas. Lucas a envoyé les dents détachées qui étaient éparpillées sur le sol à un orthodontiste spécialisé. J'espère qu'elle pourra en tirer plus d'informations pour nous.

— Ça va être sacrément difficile si elles n'étaient pas in situ, dit Sharp. À moins que la dentition ne suggère qu'il ait eu des soins pendant qu'il était à l'étranger.

— Tu penses donc que nous sommes sur une piste avec ce tatouage qui aurait un rapport avec l'armée ?

— Je pense que ça vaut la peine de creuser, oui.

Il sortit un carnet de sa poche et griffonna sur une nouvelle page avant de pointer le bout du stylo vers les images.

— Je peux les garder ?

— Bien sûr.

— D'accord, je vais passer quelques coups de fil, parler à certains de mes contacts qui sont soit à la retraite, soit encore en service. Que fait le reste de ton équipe ?

— Gavin et Laura sont sortis pour aider aux enquêtes de porte-à-porte autour de la ferme de Maitland. Barnes est en train d'examiner les rapports LAPI avec Debbie West pour voir si certains d'entre eux soulèvent des alertes. Nous nous concentrons sur les véhicules qui appartiennent à des personnes ayant des condamnations antérieures pour agression et ce genre de choses qui pourraient avoir été dans la région.

Kay repoussa son fauteuil et s'étira.

— Carys a commencé à travailler sur les recherches de propriétés dans un rayon plus large autour de la ferme au cas où il y aurait quelqu'un à qui nous devrions parler qui aurait des condamnations antérieures. Il n'y a personne dans les paramètres actuels du porte-à-porte qui apparaisse dans le système.

— On dirait que tout est sous contrôle, dit Sharp en posant ses coudes sur le bureau. Comment s'adapte notre nouvelle recrue ?

— Laura ? Très bien, en fait. Ça va être intéressant de voir comment elle va équilibrer cette enquête avec ses examens, mais j'ai chargé Gavin de la guider. Étant donné qu'il était dans la même situation il y a quelques années, j'espère qu'elle apprendra de lui.

— Bien. D'accord, tiens-moi au courant.

CHAPITRE 6

Kay s'enfonça dans le col épais de son manteau de laine et jeta un coup d'œil par-dessus son épaule avant de traverser Palace Avenue.

Ses talons bas vacillaient sur la surface inégale de la rue piétonne menant vers High Street, et, tandis que ses muscles du mollet se tendaient avec la pente de Gabriel's Hill, elle se concentra sur sa respiration profonde pour aider à évacuer le stress des dernières heures.

Une fraîcheur pinçait l'air autour d'elle, comme si l'hiver n'était pas encore prêt à relâcher son emprise sur le comté, tandis que son souffle s'échappait de ses lèvres en une fine brume.

Elle laissa son esprit vagabonder en regardant les vitrines des magasins qu'elle passait.

Sur sa gauche, la librairie caritative avait changé sa vitrine pour se concentrer sur des guides locaux, espérant sans doute que quelques touristes de début de saison profiteraient de l'occasion pour en apprendre davantage sur la ville du comté tout en contribuant à une bonne cause.

Elle sourit, en partie reconnaissante que la porte soit verrouillée et que l'écriteau dans la vitrine ait été retourné pour afficher « fermé », sinon elle aurait été tentée de feuilleter les livres de poche qui garnissaient les étagères.

Adam, sa moitié vétérinaire, aurait une crise cardiaque si elle achetait plus de livres. Les étagères de leur salon ployaient déjà sous le poids de leurs passions de lecture combinées – sans parler des imposants volumes techniques qu'il gardait pour le travail.

Une ancienne boîte de nuit restait fermée, et l'endroit semblait désolé lorsqu'elle passa devant ses marches de béton nues.

Sa bouche se tordit au souvenir de la surveillance de la rue lorsqu'elle était jeune agente en uniforme dans les mois précédant sa formation d'enquêteuse. La ruelle pouvait être dégagée pour le moment, mais le week-end, il ne faudrait que quelques heures avant que les trottoirs ne soient couverts de barquettes de kebab vides, d'emballages de hamburgers à emporter, et pire encore.

En milieu de semaine, cependant, la ville était plus calme, plus tranquille, et un peu moins conflictuelle.

Lorsqu'elle atteignit le haut de la ruelle, elle tourna à gauche dans Jubilee Square et se dépêcha de traverser la route vers la ruelle connue sous le nom de Market Buildings.

Elle adorait ce raccourci vers Earl Street – des boutiques de vêtements et des cafés artisanaux se bousculaient pour avoir de la place aux côtés des magasins de vapotage et des pubs, ces derniers étant les seuls à faire des affaires à cette heure de la soirée.

Adam avait réservé la table pour dix-neuf heures – malgré le fait qu'on soit en milieu de semaine, il y avait une pièce au petit théâtre plus haut dans la rue, et ils savaient tous deux à quel point les restaurants locaux pouvaient être bondés après une représentation, avec le public et les acteurs qui se déversaient dans les pubs et restaurants tout le long de la rue.

Elle passa devant un chevalet vert foncé sur le trottoir à la porte du restaurant alors qu'un effluve d'arômes de cuisine l'enveloppait.

Le maître d'hôtel sourit en prenant son manteau et le suspendit à un portant derrière le comptoir de réception.

— Ravi de vous voir. Votre moitié est déjà là.

— Il attend depuis longtemps ?

Il secoua la tête et fit un geste vers les tables disposées dans une salle à gauche de la porte principale.

— Il est arrivé il y a environ quinze minutes. J'ai une bouteille de Verdelho australien en route pour votre table. Bien frais.

Kay s'arrêta net.

— Vraiment ? Comment avez-vous réussi à vous en procurer ? Nous n'en trouvons nulle part.

Il lui fit un clin d'œil.

— C'est un secret. Le patron me tuerait si je vous le disais.

Elle rit alors qu'ils atteignaient la table.

Adam se leva, l'embrassa sur la joue et attendit que le maître d'hôtel l'installe dans sa chaise. Alors que l'homme s'éloignait vers une autre table, il tendit la main vers elle et passa son pouce sur ses doigts.

— Tu es magnifique.

— Je porte mes vêtements de travail.

— Ils sont mieux que les miens, qui trempent actuellement dans un seau d'eau chaude à la maison.

— Oh non, qu'est-ce que c'était cette fois ?

— Ne me demande pas. J'espère que les taches partiront.

Elle rit, puis repéra un serveur en train de traverser la salle vers eux. Elle parcourut rapidement des yeux le menu qu'Adam lui tendait et passa sa commande.

Alors que l'homme se dirigeait vers la cuisine, elle poussa un soupir de contentement.

— C'était une bonne idée.

— Je me suis dit que si tu avais une nouvelle affaire, je ne te verrais pas beaucoup au cours des prochaines semaines, alors autant profiter de toi tant que je le peux.

— Ce n'est probablement pas une mauvaise idée. J'ai le sentiment que celle-ci ne va pas être facile.

— Sinistre ?

— Très, et inhabituelle.

Elle lui donna une brève explication, ne voulant pas lui couper l'appétit et consciente de la nature confidentielle de son travail.

— Nous aurons les résultats de l'autopsie demain avec un peu de chance. J'espère que cela nous aidera.

— Autant profiter au maximum de ce soir, alors.

Leurs entrées arrivèrent ; un mélange d'olives, de pain et de sauces sur une assiette à partager qui fut placée entre eux. Après que leurs verres de vin furent remplis, le serveur leur souhaita un bon appétit et se retira au bar.

Kay émietta une tranche de pain entre ses doigts et la trempa dans un ramequin de vinaigre balsamique.

— Nous ne sommes pas sortis proprement depuis des siècles. Tu n'as pas un orphelin ou un animal errant qui t'attend à la maison pour être soigné ?

— Pas cette semaine, à moins que tu ne veuilles deux cochons nains vietnamiens très amicaux dans ta cuisine.

— Euh, non merci.

— C'est ce que je pensais. Ne t'inquiète pas, ils profitent joyeusement d'un de nos enclos à la clinique. Si tu as besoin d'une pause loin du bureau, tu devrais passer les voir.

— J'essaierai.

— Les choses pourraient changer la semaine prochaine, cependant, juste pour te prévenir. Nous avons reçu un appel d'un centre de sauvetage de la faune à Thurnham cet après-midi. Ils ont reçu quelques appels concernant une portée de renardeaux qui ont été vus sur le Pilgrim's Way en mauvais état. S'ils n'ont personne pour les prendre en charge pendant quelques jours une fois qu'ils auront été capturés et déclarés en bonne santé, je pourrais travailler de la maison et m'en occuper. Je peux maintenir le rythme des repas entre deux sessions de rédaction d'un article que je dois soumettre avant la fin du mois.

— Des renardeaux ? Bon sang, ne le dis pas à Carys, elle emménagerait.

Alors qu'elle essuyait les dernières miettes de ses

doigts, le serveur vint débarrasser les assiettes, et quelques minutes plus tard, leurs plats principaux arrivèrent.

Kay contempla son steak avec délice tandis qu'on apportait les accompagnements à la table, un grand bol débordant de légumes vapeur et un plat chargé de pommes de terre nouvelles luisantes d'un poli beurré.

Elle attendit qu'Adam commence à couper la viande tendre du coquelet qu'il avait commandé, et elle se pencha vers lui.

— C'est la partie que je déteste dans les enquêtes. Attendre, et se demander d'où pourrait venir la percée.

— On est toujours dans l'heure d'or, non ?

Elle plissa le nez.

Adam avait raison, les premières heures de toute enquête criminelle majeure étaient les plus importantes, mais pas toujours les plus fructueuses.

— Le problème, dit-elle en baissant la voix alors que la femme de la table voisine passait à côté et s'asseyait, c'est qu'on ne sait pas quand il est arrivé là. On ne sait pas depuis combien de temps il gisait là-bas. Ça pourrait être n'importe quand entre mardi dernier et ce matin.

— Je connais quelques propriétaires de petites exploitations au nord de cette zone. Si tu es bloquée, je peux te mettre en contact avec eux. Les propriétaires de petites parcelles ont tendance à veiller les uns sur les autres, surtout quand il s'agit de vol d'équipement ou de choses comme ça. Ils pourraient peut-être vous aider.

— Merci. Attends pour le moment, je te ferai savoir si on en arrive là.

— D'accord. En attendant, je vais garder l'oreille ouverte quand je ferai mes tournées.

Il désigna son steak avec sa fourchette.

— Maintenant, mange. J'entends ton estomac gargouiller d'ici.

CHAPITRE 7

— Bonjour, détectives.

Lucas Anderson jeta un coup d'œil par-dessus son épaule tandis que Kay et Carys se faufilaient par les doubles portes dans la salle d'examen, leurs combinaisons de protection bruissant dans le silence climatisé.

Le lieu de travail du médecin légiste du quartier général à l'hôpital Darent Valley était un espace exigu niché au premier étage derrière la pharmacie et le service de radiologie. Malgré cela, lui et Simon Winter, son assistant, parvenaient tant bien que mal à gérer les autopsies demandées à la fois par l'hôpital et par le médecin légiste du comté de Kent.

Kay ne s'était jamais habituée à l'odeur.

Quoi qu'elle fasse, la puanteur de la mort s'accrochait à ses narines, ses vêtements et sa peau pendant au moins vingt-quatre heures après. Elle ne savait pas si c'était son imagination ou un fait scientifique, mais en parlant de temps à autre avec ses collègues, ils étaient tous d'accord.

Kay ne savait pas comment Lucas faisait face, mais

elle était contente qu'il y parvienne. Souvent, son enquête pouvait dépendre des informations que le médecin légiste glanait des malheureuses âmes qui se retrouvaient en sa compagnie.

— Tu as commencé sans nous, Lucas ? demanda Carys en s'approchant de la table en aluminium. Bon sang.

Kay pouffa de rire lorsque sa collègue recula au dernier moment et porta le dos de sa main près de sa bouche.

— Je t'avais dit que ce ne serait pas joli à voir.

— Même ainsi, chef.

L'enquêteuse cligna des yeux, puis se retourna vers le corps étendu devant eux.

— Pauvre type.

— En effet, dit Lucas.

Il fit un geste vers l'assistant de la morgue, un grand échalas d'une vingtaine d'années qui se tenait en retrait, ses mains gantées portant deux bols en aluminium au contenu indéterminé. Il salua d'un signe de tête les deux détectives puis reporta son attention sur un ensemble d'instruments et d'équipements disposés sur un comptoir qui longeait le mur du fond.

— Simon et moi avons commencé il y a une demi-heure, donc vous avez manqué le pire.

Kay laissa échapper le souffle qu'elle retenait.

— Tu as réussi à glaner plus d'informations sur la façon dont il a été tué ?

Lucas soupira et désigna le corps devant lui.

— Ce n'est pas simple, j'en ai peur. Il a des lacérations aux avant-bras, plusieurs côtes cassées, un bassin fracturé. Vous pouvez voir ici à quel point ses jambes sont brisées. Cela me suggère une blessure due à un impact important, mais j'attends les résultats des radiographies pour clarifier cela. Simon effectue des tests sur le foie, le cœur et le pancréas là-bas. Il y a aussi des marques de ligature sur ses poignets, qui suggèrent qu'ils ont été liés ensemble avec des serre-câbles en plastique similaires à celui trouvé autour d'une de ses chevilles. À première vue, nous pouvons voir des lésions de compression sur les organes vitaux, tous, pas seulement ceux que Simon a testés. Quand j'aurai fini ici, je passerai quelques coups de fil à certains de mes collègues de la région du Grand Londres parce qu'il y a des points que je veux discuter avec eux avant d'aller plus loin.

— Tu as une cause de décès ? demanda Kay.

Le médecin légiste laissa échapper un petit rire sans joie, puis haussa les épaules.

— C'est difficile à déterminer pour le moment. N'importe laquelle de ces blessures aurait suffi à le tuer. Ou le choc de l'une de ces blessures aurait pu provoquer une crise cardiaque. Nous devons juste déterminer l'ordre dans lequel elles ont été infligées. Le bout de ses doigts et la peau de ses mains nous laissent penser qu'il travaillait comme ouvrier manuel. Il y avait des traces d'éclats de bois dans la paume de sa main, et ses ongles, ceux qui ne sont pas cassés, semblent usés.

— Donc, pas un col blanc.

— Je ne pense pas. Même s'il était un jardinier passionné ou bricoleur dans son temps libre, ce type d'usure s'accumule sur une longue période, peut-être des années.

— Qu'en est-il des anciennes blessures ? demanda Carys. Y a-t-il quelque chose comme des travaux dentaires ou des plaques en titane sur des blessures aux jambes ou aux bras par exemple, quoi que ce soit qui pourrait être utilisé pour l'identifier ?

— Il restait une demi-douzaine de dents dans sa bouche quand nous l'avons reçu ici, dit Lucas. Deux de plus se sont détachées pendant le transport, et bien sûr Harriet et son équipe ont rassemblé le reste sur la scène de crime.

— J'en ai quelques-unes ici, dit Simon, et il leva un plateau en aluminium. Le reste a été envoyé au spécialiste.

Carys plissa le nez lorsque l'assistant de laboratoire secoua le plateau et que son contenu cliqueta.

— Des indices parmi tout ça ?

— Il n'était pas allé chez le dentiste depuis longtemps, répondit Simon. Mais non, il n'y a pas de prothèses dentaires ou de bridges sur lesquels nous pourrions travailler.

— Il y a une vieille blessure à l'os de la cheville, ajouta Lucas, et il leur fit signe de le suivre le long de la table jusqu'aux pieds de l'homme. Ce sera plus facile à vous montrer une fois que j'aurai les radiographies sous la main, mais vous pouvez voir que la peau est légèrement surélevée ici, cette partie a été cassée auparavant, et vu la façon dont la peau a cicatrisé, je suis enclin à penser que cette blessure date de plusieurs années. Il ne l'a certainement pas subie en même temps que toutes ces autres blessures.

Kay réprima la frustration qui menaçait de l'envahir.

— Et concernant son âge ? Tu as d'autres idées à ce sujet ?

— Je ne peux pas le préciser davantage, mais je pense

qu'il a entre la fin de la quarantaine et le début de la cinquantaine.

— Et tu ne peux pas nous donner une cause de décès avant d'avoir des nouvelles de tes collègues du Grand Londres—

— Je suis désolé, Kay.

Il haussa les épaules.

— J'ai demandé à Brian ou Hugo de me rappeler dès que possible. Ils savent que c'est urgent, j'espère avoir de leurs nouvelles ce matin. Dès que ce sera le cas, et s'ils peuvent apporter un éclairage sur cette affaire, je t'appellerai.

— Merci, Lucas. Je comprends, c'est frustrant, c'est tout. Nous ne savons rien de lui. Nous nous demandions si le tatouage sur son biceps pouvait être militaire, dit Kay. Sharp va avoir un mot avec certains de ses contacts ex-militaires.

— Eh bien, vu l'état de sa physiologie, il n'a pas été dans les forces armées depuis longtemps. La définition musculaire n'est tout simplement pas là.

— Un véritable homme mystère alors, dit Kay.

Comme s'il percevait la déception dans sa voix, Lucas agita un doigt.

— Je ne renonce pas encore à lui, dit-il. J'ai quelques idées à ce sujet, mais je veux m'assurer d'avoir mes faits en ordre avant de vous envoyer sur une fausse piste avec vos enquêtes.

CHAPITRE 8

Ian Barnes sirota son thé, remonta ses lunettes de lecture sur son nez et rapprocha sa chaise du bureau.

Un bourdonnement constant d'activité emplissait la pièce autour de lui, un bruit blanc qui fluctuait dans et hors de sa conscience tandis qu'il travaillait. Le cliquetis du photocopieur qui s'arrêtait brusquement se mêlait aux sonneries incessantes des téléphones fixes et portables, chacun des officiers enquêteurs s'attelant aux tâches que Kay leur avait confiées lors du briefing du matin, pour essayer de faire avancer leurs investigations.

Une fine couche de condensation s'accrochait aux vitres tandis que le bourdonnement régulier de la circulation sur Palace Avenue passait en contrebas. Au loin, une sirène retentit et il s'interrompit un instant dans son travail avant de déterminer qu'elle appartenait à une ambulance, et non à l'une des voitures de patrouille de ses collègues.

La porte s'ouvrit brusquement lorsque Kay se précipita

dans la pièce avec Carys sur ses talons, leur excitation palpable.

— Tout le monde, venez devant maintenant, dit-elle. Nous avons fait une percée, et j'ai besoin de toute votre attention.

Barnes leva un sourcil vers elle alors qu'elle jetait son sac sous le bureau après en avoir sorti son carnet.

— J'en déduis que Lucas a fait mouche ?

— Tu ne vas pas le croire, Ian, dit-elle, mais je pense que oui. Viens, je vais tout expliquer.

Il verrouilla son écran, poussa son clavier sur le bureau et suivit l'inspectrice principale alors qu'elle se frayait un chemin entre les policiers et le personnel administratif qui se rassemblaient, leurs expressions mêlant confusion et intrigue.

Les voix s'éteignirent lorsque Kay atteignit le tableau blanc et se retourna pour leur faire face, et Barnes fit un signe de têtc à Gavin en guise de remerciement alors qu'il prenait une chaise libre à côté de l'enquêteur.

Carys se tenait en retrait à la périphérie du groupe, son attention focalisée sur Kay. Barnes pouvait sentir l'impatience de sa collègue alors que les derniers membres de l'équipe d'enquête les rejoignaient, se bousculant pour trouver de la place.

— Tout le monde est là ? demanda Kay. Carys et moi avons assisté à l'autopsie de notre victime ce matin, dont l'identité reste inconnue pour le moment. Le rapport de Lucas Anderson a été envoyé par e-mail à Debbie, est-ce que c'est déjà dans HOLMES2 ?

— Je le ferai juste après ce briefing, chef, répondit l'agente de police.

— S'il te plaît, fais-le, ça aidera si tout le monde le lit pour se familiariser avec l'étendue des blessures de notre victime et ce que je m'apprête à vous dire.

Kay frappa du poing sur la photographie au milieu du tableau blanc, une image qui montrait la victime étalée parmi les sillons boueux du champ.

— Lucas attendait des nouvelles de l'un de ses collègues de la région du Grand Londres avant d'être prêt à donner son avis final sur la cause du décès suite à l'autopsie, mais il m'a appelée pendant que nous revenions. Selon son contact, et Lucas a confirmé qu'en ce qui le concerne, les blessures de la victime corroborent entièrement ses affirmations, notre homme ici est tombé d'un avion.

Barnes sursauta sur sa chaise alors que les voix explosaient autour de lui.

Des visages choqués se tournèrent les uns vers les autres, la cacophonie atteignant un crescendo avant que la voix de Kay ne les coupe tous.

— Du calme, s'il vous plaît. Calmez-vous et je vais passer en revue ce que nous avons appris au cours de la dernière demi-heure.

Il se tortilla sur son siège et tourna une nouvelle page de son carnet, désireux de découvrir ce que ses collègues savaient, et regrettant presque – *presque* – de ne pas avoir été celui qui était allé à l'autopsie.

Carys s'appuya contre un classeur tandis que son regard balayait la salle, un sourire entendu sur les lèvres alors qu'elle jaugeait les réactions de ses collègues.

— Avant de vous parler des nouvelles que nous venons de recevoir, je vais passer en revue les bases du rapport.

Notre victime a entre quarante-cinq et cinquante-cinq ans, pèse environ quatre-vingt-quatorze kilos, et avant de toucher le sol, Lucas estime sa taille à environ un mètre quatre-vingts. L'impact a brisé ses jambes à plusieurs endroits, c'est pour cette raison qu'il semble être plus petit sur les photos.

— Ce n'était donc pas un petit homme, dit Gavin.

— En effet, dit Kay. Le contact de Lucas à Londres a examiné ses conclusions et a déclaré que la seule fois où il a vu des blessures similaires à celles trouvées sur notre victime, c'était dans un cas où un passager clandestin était tombé du train d'atterrissage d'un avion alors qu'il descendait vers Heathrow. Ce passager clandestin a atterri dans un skatepark, et heureusement il n'a tué personne qui s'y trouvait à ce moment-là. Cependant, dans ce cas, la victime aurait d'abord souffert du manque d'oxygène et d'hypothermie, puis serait tombée parce qu'elle aurait été inconsciente, sinon proche de la mort, lorsque le train d'atterrissage a été abaissé. L'autre problème que nous avons est qu'en plus des blessures que le passager clandestin à destination de Londres avait, il était couvert de glace, et pas qu'un peu, à cause de l'altitude de croisière de l'avion avant l'atterrissage. Donc, nous sommes proches, mais il y a encore des lacunes dans notre connaissance des faits.

L'inspectrice principale croisa les bras en commençant à arpenter la moquette.

— J'ai trois problèmes avec les conclusions de Lucas. Je ne dis pas qu'il a tort, mais les implications pour cette enquête vont nous mettre à l'épreuve. Premièrement, à moins qu'il n'y ait eu un problème majeur avec un vol international la semaine dernière qui n'a pas été révélé par les autorités de Heathrow ou de Gatwick, aucun avion ne baisserait son train d'atterrissage aussi loin de ces aéroports. Deuxièmement, nous aurions reçu des centaines de plaintes de résidents si un avion commercial volait si bas au-dessus du Kent. C'est déjà assez pénible quand il y a des meetings aériens. Troisièmement, notre victime était nue. Où sont ses vêtements ? Le contact de Lucas à Londres dit que le seul cas où il a vu des corps tomber du ciel dans cet état, c'est lorsque l'avion de ligne dans lequel ils voyageaient s'est désintégré en plein vol. L'effet soudain de la vitesse du vent en altitude ou d'un courant d'air peut arracher les vêtements d'un corps.

Laura Hanway leva la main.

— Chef, désolée d'énoncer l'évidence, mais si notre homme se cachait dans le train d'atterrissage et qu'il est mort de froid, toute la glace aurait fondu rapidement. Est-ce que Lucas a trouvé des traces de gelures parmi les autres blessures de la victime ?

— Non, il n'en a pas trouvé. Il n'a pas non plus trouvé de traces d'hypothermie, ce qui aurait été cohérent avec ces températures extrêmes.

Le visage de Kay était sombre lorsque ses yeux croisèrent ceux de Barnes.

— Il n'y a pas de manière facile de le dire, mais Lucas affirme catégoriquement dans son rapport que, compte tenu des faits et des preuves dont il dispose actuellement, notre victime n'était pas inconsciente lorsqu'elle est tombée. Ses poumons contenaient des particules de terre qui correspondent aux échantillons prélevés dans le champ où il a été trouvé. Il a pris ses derniers souffles face contre terre dans cette boue.

Un silence stupéfait accueillit ses paroles, et Barnes déglutit.

— Pauvre type, dit-il.

— Je sais, répondit Kay.

Elle balaya du regard les officiers rassemblés.

— Donc, nous avons un homme mort, avec des blessures similaires à celles subies par un passager clandestin l'année dernière, sans signes de gelures qui indiqueraient qu'il est tombé d'une hauteur identique à celle des incidents connus de passagers clandestins, et nous n'avons reçu aucun signalement des résidents locaux concernant le passage de gros avions au-dessus de leurs têtes la semaine dernière. Cela me laisse une seule conclusion pour le moment : notre victime est tombée d'un aéronef, mais pas aussi gros qu'un avion de ligne commercial, et pas d'une hauteur telle qu'il se serait évanoui avant de toucher le sol. Et, étant donné que nous n'avons reçu aucun signalement de membres du public ayant vu cela se produire, c'est très probablement arrivé de nuit. Quant à ses vêtements, je n'en ai aucune idée.

— Penses-tu que c'était un accident ? demanda Barnes en tapotant le bout de son stylo sur son genou. Peut-être une sorte de blague de club de parachutisme qui a mal tourné ?

— Peut-être, dit Kay. Je n'écarte certainement pas cette possibilité tant que nous n'en saurons pas plus.

— Les équipes de recherche dans les champs adjacents n'ont rien signalé, dit Carys. Et l'équipe de la police scientifique de Harriet n'a rien trouvé qui ressemble à un parachute dans les haies ou les sous-bois près de l'endroit où le corps a été découvert.

— Eh bien, si quoi que ce soit change, assurez-vous que cela soit signalé, dit Kay. En attendant, voici vos tâches pour le reste de la semaine, tout le monde. Je veux que vous contactiez les clubs de parachutisme locaux pour savoir s'il y a eu des signalements d'activités dans la région. Je veux qu'un registre de tous les aérodromes enregistrés dans la zone soit compilé et mis à la disposition de l'équipe, et je veux que notre recherche inclue toute personne possédant une licence de pilote, y compris pour les ULM et les avions légers. Nous devons également établir quelles sont les règles concernant les sauts de nuit, car je n'imagine pas que quelqu'un ne remarque pas un type en train de tomber du ciel en plein jour. Signalez tout ce qui sort de l'ordinaire pour chaque briefing et nous déciderons quand et comment y donner suite, surtout si ces activités incluent quelqu'un qui décide de sauter d'un avion sans vêtements.

Quand elle passa une main dans ses cheveux, Barnes put voir les efforts de sa collègue pour ne pas se laisser submerger par le rapide enchaînement des événements, et une vague de fierté monta dans sa poitrine.

— C'est tout, tout le monde, dit-elle en forçant un sourire. Je n'ai pas dit que ce serait facile, n'est-ce pas ?

CHAPITRE 9

Kay retourna à son bureau et expira fortement tandis que l'équipe se dispersait autour d'elle, se mettant en binômes ou travaillant en petits groupes pour diffuser les informations et les tâches qu'elle leur avait assignées pour les quarante-huit heures à venir.

Elle envoya un message à Adam pour lui faire savoir qu'elle rentrerait tard, puis elle leva les yeux lorsque Barnes s'approcha.

— Quel sacré résultat, chef.

— N'est-ce pas ? Tout va bien ici ?

Il hocha la tête.

— Tout est sous contrôle. Debbie a entré toutes les déclarations du porte-à-porte dans le système, et elle et Phillip vont les recouper une fois qu'elle aura téléchargé le rapport de Lucas. Gavin et Laura ont continué à examiner le reste des images de vidéosurveillance que nous avons reçues ce matin de quelques motels du coin, et je meurs d'envie d'un café. Tu viens faire un tour ?

Elle glissa son téléphone dans son sac et sourit.

— Tu sais quoi ? C'est une sacrée bonne idée. Dieu sait quand on aura notre prochaine pause, alors trouvons aussi quelque chose à manger. C'est moi qui régale.

Le visage de Barnes s'illumina.

— Je savais que je t'aimais bien pour une raison, chef.

— Ha ha.

Cinq minutes plus tard, Kay et Barnes avaient traversé Palace Avenue et remontaient East Street, passant devant une rangée de cabinets d'avocats qui s'étalaient sur toute la longueur de la rue animée.

— Bon timing, Ian. Une demi-heure de plus et on aurait eu tout ce monde à gérer, dit Kay. Où veux-tu aller ?

Il regarda par-dessus son épaule, puis se dirigea vers la zone piétonne de Bank Street.

— Il ne fait pas trop froid. On prend quelque chose au café par ici et on va s'asseoir près de la rivière ? Moins de chances d'être entendus.

— Ça me va. Une demi-heure, ça te convient ? Je voulais voir avec Gavin comment s'en sort Laura avant d'essayer de rattraper Sharp.

— Pas de problème. Après toi.

— Merci.

Kay passa la porte qu'il lui tenait ouverte, l'arôme de pâtisseries salées fraîchement cuites, d'herbes et d'épices l'enveloppant tandis qu'elle examinait le menu sur l'ardoise clouée au mur. Elle abandonna l'idée d'un simple sandwich et commanda l'un des friands à la viande, salivant presque lorsque le propriétaire du café utilisa des pinces pour le placer dans un sac en papier avant de le lui tendre.

Une fois que son collègue eut son déjeuner à emporter,

une tourte au poulet, et que leurs cafés furent prêts, ils se dirigèrent vers un endroit favori sur le chemin de halage de la rivière, à quelques pas de là.

Le temps que Kay s'assoie sur le banc en bois derrière le palais de l'archevêque, le friand avait suffisamment refroidi pour être mangé et elle gémit de plaisir en prenant la première bouchée.

— Bonne idée, Ian. Je n'en avais pas mangé depuis des lustres.

— Ne le dis surtout pas à Pia. Je suis censé perdre du poids avant nos vacances en juin.

— Ton secret est en sécurité avec moi.

— À quelle heure vas-tu au quartier général ?

— Vers quatorze heures. Sharp devait appeler quelques vieux contacts de l'armée à propos de ce tatouage, et j'espère qu'il aura peut-être des nouvelles pour moi sur notre victime. N'importe quoi nous aiderait en ce moment, même si c'est juste un régiment particulier ou un groupe de personnes qu'on pourrait contacter. Je n'ai pas envie de devoir éplucher tous les dossiers du personnel qu'ils doivent avoir sur les résidents du Kent. Et ça, c'est si notre victime est de la région. S'il vivait plus loin, je ne sais pas ce qu'on va faire.

— Pourquoi penses-tu qu'il est tombé dans ce champ, alors ? demanda Barnes.

Il utilisa une serviette pour essuyer la sauce qui avait coulé sur son menton.

— Tu dois bien avoir une théorie que tu n'as pas voulu partager avec l'équipe, au cas où ils ne se concentreraient que là-dessus.

Elle haussa les épaules, finit sa bouchée puis plissa les

yeux en regardant le long du cours d'eau où les bateaux touristiques étaient amarrés.

— Je ne sais pas, pour être honnête. Une part de moi se demande si ce n'est pas comme un pari d'enterrement de vie de garçon qui a mal tourné. Je veux dire, soyons francs, on a vu assez d'ivrognes nus et stupides qui ont fini aux urgences au fil des ans, ou morts.

— Tous les clubs de parachutisme et ce genre de choses doivent être enregistrés, non ?

— Oui. C'est pour ça que je voulais que toutes les licences de pilote de la région soient vérifiées et comptabilisées, pas seulement celles liées aux clubs. Si c'est effectivement un accident, alors une fête privée plutôt qu'une organisée par un club établi pourrait avoir enfreint les règles et il serait logique qu'ils gardent le silence sur un accident.

— Ça demanderait beaucoup d'efforts.

Barnes finit sa tourte, tendit la main pour prendre le sac en papier jeté par Kay, et marcha jusqu'à la poubelle à côté du chemin. Il fronçait les sourcils quand il revint.

— La culpabilité n'est pas une émotion facile à cacher, et un secret comme celui-là au sein d'un groupe de personnes serait difficile à contenir. Quelqu'un finira par craquer.

— Je sais.

Kay se leva du banc et épousseta l'arrière de son pantalon avant de se mettre à marcher à côté de lui.

Elle pencha la tête en arrière jusqu'à ce qu'elle puisse voir les ornements en pierre de l'église All Saints alors qu'ils passaient devant. Elle appréciait ce coin de tranquillité au cœur du centre-ville animé, et elle savourait la verdure luxuriante qui adoucissait l'architecture de béton et d'asphalte au-delà des jardins paysagers.

Elle s'arrêta pour se tourner vers son collègue qui vérifiait son téléphone.

— Ian, si ce n'était pas un accident, quel genre de personne pousserait un homme d'un avion en plein vol ? Et prendrait la peine de lui enlever tous ses vêtements et toute identification d'abord ?

Il prit une profonde inspiration en promenant son regard sur les anciennes pierres tombales à leur gauche.

— Je déteste dire ça, mais si tu as raison, alors je suis enclin à penser qu'il s'agit de quelqu'un qui a déjà tué auparavant. C'est trop calculé ; trop bien planifié.

— Je sais. En comparant les deux scénarios, j'espère presque que c'est simplement un accident qui n'a pas été signalé, et que les personnes impliquées essaient de se distancier de ce qui a mal tourné.

— On pourrait dire que notre victime a volé sous le radar, alors, dit Barnes, des fossettes apparaissant sur ses joues.

Kay plissa les yeux vers lui.

— La prochaine fois, c'est toi qui paies le déjeuner.

CHAPITRE 10

Carys emboîta le pas au sergent Harry Davis et boutonna sa veste.

Le bourdonnement régulier d'un petit avion lui parvint aux oreilles, et elle se retourna juste à temps pour le voir rouler sur la piste en herbe avant de s'élever dans les airs.

Il y avait un hangar d'ingénierie de l'autre côté du parking derrière une clôture grillagée, les doubles portes grandes ouvertes et le bruit des machines portant jusqu'à l'endroit où ils marchaient. Tout l'aérodrome bourdonnait d'une activité frénétique, comme si tout le monde profitait au maximum de l'accalmie météorologique avant l'arrivée d'une averse prévue.

— Ça va ? demanda Harry en fourrant les clés de la voiture dans sa poche. Tu étais un peu silencieuse pendant le trajet.

Elle sourit.

— Oui, ça va. Merci, je réfléchissais juste à l'affaire, c'est tout.

— C'est une affaire bizarre, n'est-ce pas ? Tu penses

que Lucas a raison, et que notre homme est tombé d'un avion ?

— Si c'est ce que les blessures indiquent, et que son contact à Londres pense que ça correspond à ce passager clandestin d'il y a quelques années, alors je suis encline à le croire.

— Quelle horrible façon de mourir.

Le sergent plus âgé frissonna, puis se ragaillardit.

— Remarque, ça me permet de quitter l'uniforme pendant quelques jours pour vous aider, alors je ne me plains pas.

— C'est la folie en ce moment. J'ai surpris une conversation entre Kay et Sharp la semaine dernière, et le quartier général ne peut pas leur fournir de personnel supplémentaire. Il n'y a pas assez de diplômés qui sortent du processus de recrutement et de formation, et il y a un gel des promotions dans la division ouest, d'après ce que j'ai entendu.

— C'est pareil pour les agents en uniforme, dit Harry. Trop d'heures, et pas assez d'effectifs pour les couvrir. Je vais devoir retourner vérifier le planning pour le week-end, d'ailleurs.

Carys pencha la tête et renifla l'air.

— Je sens une odeur de cuisine.

— Il y a un café sur le côté du bâtiment principal là-bas. Tu veux manger un morceau avant qu'on commence les entretiens ?

Elle jeta un œil aux tables de pique-nique et aux parasols qui claquaient dans le vent froid qui balayait le terrain d'aviation au-delà, et elle secoua la tête.

— Après. Ça sent bon, non ?

Harry lui tint la porte ouverte pour entrer dans la zone d'accueil de l'aérodrome, et elle parcourut du regard le panneau en liège fixé sur le mur de droite.

Des brochures colorées montraient des parachutistes en tandem en train de sourire, les bras écartés alors qu'ils tombaient dans un ciel azur. À côté, une série d'avis de prévention et de sécurité avaient été épinglés côte à côte avec d'autres brochures proposant des leçons de pilotage, des spectacles aériens et plus encore.

— Bonjour, je peux vous aider ?

Elle tourna son attention vers l'homme qui se tenait derrière le bureau d'accueil, le visage avenant. Il avait la fin de la trentaine, des cheveux couleur paille un peu longs, et son enthousiasme à la perspective de nouveaux clients s'évanouit lorsqu'elle sortit sa carte de police et fit les présentations.

— Et vous êtes ? demanda-t-elle.

— Michael Childs. Je suis l'un des instructeurs ici. Il y a un problème ?

— En fait, nous espérions que vous pourriez nous aider. C'est au sujet du club de parachutisme ici. Y a-t-il quelqu'un à qui nous pourrions parler de ça ?

— Je pourrais peut-être répondre à vos questions. Je fais un peu de pilotage pour les parachutistes en tandem les week-ends s'il manque un pilote.

— Super, merci.

Carys sortit un croquis d'artiste qui avait été créé en utilisant un composite d'images du visage de la victime, et le lui tendit.

— Vous le reconnaissez ?

Childs prit le croquis et haussa un sourcil.

— Je ne peux pas dire que oui. C'est un pilote ?

— Nous pensons qu'il était parachutiste, dit Harry. Ou un adepte du saut en chute libre. Pour le moment, nous essayons de l'identifier.

— Je ne pense pas qu'il soit venu ici. Je pilote ici depuis bientôt six ans, et je connais la plupart des habitués.

— Pourriez-vous nous fournir une liste de leurs noms ? demanda Carys.

— Il faudra que je vérifie auprès du patron, mais donnez-moi votre adresse e-mail et s'il dit que c'est d'accord, je vous enverrai la liste.

— Merci.

Elle lui tendit une de ses cartes de visite et rangea le croquis dans son sac.

— Et pour les parachutistes occasionnels ?

— Vous voulez dire ceux qui ont des cartes cadeaux et ce genre de choses pour des sauts en tandem ? Oui, nous sommes obligés de garder un registre de tous ceux-là aussi. Nous devons le faire, ils ne peuvent pas sauter sans un certificat médical qui a été signé par leur médecin habituel. Pas de formulaire, pas de vol, comme on dit.

— Ah oui ?

Carys jeta un coup d'œil à Harry, puis revint à Childs.

— Écoutez, ça va peut-être vous sembler étrange, mais qu'en est-il des gens qui veulent faire quelque chose d'un peu différent quand ils sautent ?

— Comme quoi ?

Elle sentit la chaleur lui monter aux joues sous le regard vert de l'instructeur de vol, mais elle continua.

— Et si quelqu'un voulait sauter d'un avion nu ?

Childs éclata d'un rire tonitruant, un bruit guttural qui

résonna contre les murs fins du bureau. Il s'essuya les yeux et lui sourit.

— Il faudrait être vraiment courageux pour essayer ça, surtout à cette période de l'année.

— Vous n'avez jamais entendu parler de quelqu'un qui aurait fait ça ? demanda Harry.

— Non, répondit Childs, son visage redevenant sérieux. Et nous ne l'autoriserions pas non plus. En fait, je n'imagine aucun club l'autoriser, pas s'ils veulent garder leur licence. De quoi s'agit-il, au juste ?

— Je vais devoir vous demander de garder cela confidentiel pour le moment, car tant que nous ne pouvons pas l'identifier, nous ne pouvons pas en informer sa famille, mais nous enquêtons sur la mort d'un homme dont le corps a été découvert dans un champ à quelques kilomètres au sud de Sevenoaks, dit Carys. La dernière chose que nous voulons, c'est que cela soit divulgué à la presse, ce serait traumatisant pour ses proches.

— Pas de problème, vous pouvez compter sur moi.

— Merci. Si vous pouviez me faire savoir quand vous serez en mesure d'envoyer cette liste des membres du club, j'apprécierais.

— Pas de souci.

Il agita sa carte de visite vers elle et sourit.

— J'ai votre numéro de téléphone et votre e-mail.

— Merci.

Carys lui rendit son sourire et se dirigea vers la porte.

— Quelle taille avez-vous dit qu'il faisait ?

Elle s'arrêta et se retourna, la main sur la poignée de la porte.

— Un peu plus d'un mètre quatre-vingts.

— Vous savez combien il pesait ?

Elle fronça les sourcils, croisa le regard intrigué de Harry, puis revint vers le comptoir.

— Oui, presque quatre-vingt-quinze kilos. Pourquoi ?

Childs fronça les sourcils.

— Si c'est le cas, alors on ne l'aurait pas autorisé à sauter. Aucun pilote sain d'esprit ne l'aurait laissé faire.

— Pourquoi pas ?

— Nous avons des restrictions de poids en place : toute personne de plus de quatre-vingt-douze kilos est trop lourde. Il déséquilibrerait l'avion en sautant, et cela peut avoir des conséquences catastrophiques pour le pilote car ça perturbe le centre de gravité. C'est trop dangereux.

— C'est pareil dans tous les clubs ?

— C'est une règle de l'association britannique de parachutisme. Impossible de la contourner, à moins qu'il ne fasse partie d'un club privé.

Il plissa le nez.

— Sacré risque, quand même.

— Dernière question, dit Carys, son stylo en suspens au-dessus de son carnet. Qu'en est-il du parachutisme nocturne ?

— Bon sang, non, pas ici, c'est hors de question.

Childs lui fit un clin d'œil.

— On laisse ce genre de pitreries aux parachutistes militaires.

CHAPITRE 11

Kay se frotta les yeux, fatiguée, et elle parvint à sourire lorsque son équipe d'enquêteurs se jeta sur les sandwichs au bacon et aux œufs que Debbie West avait commandés au café du coin.

Un coup d'œil au volume d'informations qui avait été rassemblé à la fin de leur service la veille au soir, et elle avait décidé de convoquer une réunion matinale afin de briefer l'équipe et d'organiser un planning pour le week-end.

— Tu nous soudoies, chef ? dit l'agent Phillip Parker.

Il s'installa sur un siège près du tableau blanc, au premier rang du demi-cercle de chaises qui avait été disposé, et mordit dans le casse-croûte graisseux.

— Comme toujours, dit-elle. Comment ça s'est passé hier ?

Il avala et se lécha les doigts.

— On a fini de rassembler la liste des aérodromes, y compris ceux qui utilisent des terrains privés pour faire voler des ULM et des paramoteurs. On va les entrer dans HOLMES2 ce matin.

— Merci, Phillip. On dirait que tu maîtrises toutes les informations.

— On y arrive, chef.

Kay se leva de la table où elle était perchée à côté du tableau blanc tandis que le reste de l'équipe commençait à se rassembler. Elle fit un signe de tête à Sharp qui sortait de son bureau, son téléphone portable à la main, et elle donna le coup d'envoi du briefing.

— Tout d'abord, quelqu'un a-t-il pu identifier formellement notre victime ou obtenir un indice sur son identité à partir des déclarations que vous avez recueillies hier ?

Sa question fut accueillie par un brouhaha de réponses négatives.

— Ce n'est pas grave, je suppose que c'était un coup de chance, dit-elle. En attendant, j'ai reçu un e-mail de Lucas Anderson ce matin. Simon Winter a effectué des tests sur les organes vitaux de notre victime et a obtenu des résultats intéressants. Apparemment, notre homme souffrait d'un certain degré de maladie cardiovasculaire qui aurait pu contribuer à des douleurs thoraciques ou à un essoufflement, comme il était déjà corpulent, il aurait commencé à montrer des signes de maladie cardiaque qui, sans traitement, aurait pu s'avérer fatale dans les deux à trois ans sans suivi médical.

Carys leva la main.

— Oui ?

— Chef, quand on a parlé au réceptionniste de l'aérodrome de Headcorn hier, il a dit que notre victime était trop lourde pour être autorisée à faire un saut en parachute. Étant donné qu'il avait aussi un mauvais cœur et qu'on ne lui aurait pas délivré de certificat médical pour sauter...

— Il ne semble pas qu'il ait quitté l'avion de son plein gré, dit Kay. Ce que nous devons maintenant établir, c'est s'il est monté dans l'avion par choix, ou s'il y a été contraint ou forcé.

— C'était un grand gaillard, dit Barnes. Je n'imagine pas qu'il serait monté dans l'avion s'il avait su comment ça allait se terminer pour lui.

Kay prit le rapport d'autopsie qu'elle était en train d'examiner.

— Lucas note ici qu'il y avait des traces de fibres sous les ongles de la victime, et des déchirures de la peau autour des paumes et du bout des doigts. S'il y a eu une lutte, ou s'il a essayé de s'accrocher avant de tomber à sa mort, alors tu as peut-être raison. Debbie, tu peux t'assurer de faire un recoupement dans HOLMES2 ? Si nous arrivons à un point où nous avons suffisamment de preuves pour étayer ce que Barnes a suggéré, alors nous devrons récupérer tous les dossiers des avions qui ont enregistré des plans de vol dans cette zone et examiner quels intérieurs pourraient correspondre à ces fibres. Avec un peu de chance, si nous en arrivons là, les fabricants pourront nous aider.

— Je m'en occupe, chef.

Alors que l'équipe retournait à ses bureaux, Kay vit Sharp lui faire signe.

Elle se dépêcha de le rejoindre et le suivit dans son bureau.

— Qu'est-ce qui ne va pas, chef ?

— Ferme la porte, Kay, et assieds-toi. Ça pourrait prendre un moment à expliquer.

Le commandant divisionnaire avait une expression harassée, le front plissé de concentration tandis qu'il rassemblait des notes de briefing, des comptes rendus de réunions et des rapports qu'il poussa ensuite dans le bac à côté de son écran d'ordinateur.

Son fauteuil en cuir usé grinça lorsqu'il s'assit, et il se pencha en arrière, puis posa ses mains sur la surface piquée du bureau et épousseta une poussière imaginaire de sa surface.

Kay savait que sa discipline militaire l'amenait à garder un chiffon de nettoyage et du produit pour meubles dans le tiroir du bas, mais elle ne dit rien tandis qu'il rassemblait ses pensées.

Finalement, son regard croisa le sien.

— Une partie de ce que je vais te dire ne peut pas être partagée avec l'équipe, dit-il. Donc, je te fais confiance pour écouter toute l'histoire, et ensuite nous déciderons ensemble de ce que nous pouvons divulguer pour faire avancer cette enquête. C'est compris ?

— Bien sûr.

Kay posa son carnet et son stylo sur le bureau avant de croiser les mains sur ses genoux.

— De quoi s'agit-il ?

— Un de mes anciens contacts de l'armée a réussi à retracer les origines de ce tatouage. Comme nous le soupçonnions, on pensait que seule une poignée de soldats l'avaient, et c'est pour cette raison que c'est une pure chance que nous ayons obtenu cette piste.

Il tambourina des doigts sur le bureau, puis s'arrêta.

— Je vais essayer d'être bref. En 1999, une équipe de spécialistes d'un régiment d'infanterie a décidé d'infiltrer un bastion ennemi connu dans une ville du Kosovo. Je ne sais pas ce dont tu te souviens de ce conflit, mais c'était un vrai bazar sanglant.

Il cligna des yeux, puis expira.

— Désolé. C'était il y a longtemps, mais...

— Je ne savais pas que tu y étais allé.

— Brièvement, dans le cadre d'un groupe d'observation.

Il secoua la tête, une tristesse voilant son regard.

— C'était tellement frustrant de ne pas être autorisé à faire quoi que ce soit pour aider.

Kay se mordit la lèvre et baissa les yeux sur ses mains. Après quelques instants, Sharp s'éclaircit la gorge.

— La rumeur est que les hommes qui avaient ce tatouage en auraient eu assez de ce qu'ils avaient vu. Une nuit, ils sont partis d'un camp de fortune et se sont dirigés vers une base en montagne qui était l'un des trois bastions appartenant à l'un des gangs du crime organisé qui sévissaient.

— Inutile de dire que ces gangs n'avaient que très peu à voir avec les forces armées de ce pays fracturé, mais tout à voir avec les marchandises du marché noir qui étaient passées en contrebande, y compris des esclaves sexuels, femmes et enfants, à travers l'Europe et vers le Moyen-Orient.

La mâchoire de Kay se crispa.

— Ces salauds. Les soldats les ont arrêtés cette nuit-là ?

Sharp secoua la tête et ramassa un trombone épars sur son clavier.

— Non, c'était au-delà de leurs capacités, ils n'étaient que six contre un contingent d'au moins vingt. Mes contacts ne peuvent pas vérifier tous les faits. Après tant d'années, il est difficile de discerner ce qui est vrai de ce qui est devenu mythe et légende. Ce qui est connu, c'est que ces six hommes ont secouru quatorze femmes et enfants de cette base en montagne, se sont échappés sans aucune perte humaine pour cette équipe de six hommes, et ont insisté pour que les réfugiés soient convoyés à l'abri de l'obscurité la nuit suivante. Passés clandestinement de l'autre côté de la frontière en sécurité.

Il parvint à sourire.

— Comme tu peux l'imaginer, ça a fait un sacré bordel quand les hauts gradés l'ont découvert, mais il n'y avait pas grand-chose qu'ils pouvaient faire à ce moment-là. Ils ne pouvaient pas exactement rendre les réfugiés à leurs ravisseurs, nous savons tous ce qui s'est passé là-bas à cette époque.

— Que leur est-il arrivé ? demanda Kay.

— Ils ont été transportés avec un convoi de fournitures médicales ce matin-là. Le commandant de la base ne pouvait pas attendre de s'en débarrasser. À ce moment-là, il était de notoriété publique que le camp serait sous la surveillance du cartel une fois que la nouvelle du sauvetage de ces réfugiés et de leur présence là-bas se serait répandue, et le devoir du commandant était de garder ses hommes en sécurité.

Il déroula le trombone tout en parlant, tordant le fin fil de métal autour de son pouce.

— Heureusement, ils ont reçu l'information via le réseau de traducteurs et d'informateurs que le gang criminel était parti, et qu'ils croyaient que les femmes et les enfants avaient tenté de s'échapper seuls mais avaient péri dans les conditions de la montagne. Ils n'ont jamais su que l'équipe de six hommes était intervenue.

Les épaules de Kay se détendirent.

— Dieu merci. Et pour les hommes ? Les six soldats qui les ont secourus ?

Sharp s'éclaircit la gorge et tendit la main vers un verre d'eau à côté de son téléphone de bureau. Il prit une gorgée et l'observa par-dessus le bord du verre avant de le reposer.

— C'est là que ça devient intéressant, dit-il. Évidemment, le commandant du camp ne pouvait pas se permettre de laisser filtrer ce qu'ils avaient fait, ça aurait été inviter des représailles sur la base et le reste de ses hommes. De la même manière, il ne pouvait pas être vu comme cautionnant ce que les six hommes sous son commandement avaient fait, sinon ils seraient tous partis faire leurs propres missions de sauvetage, mettant en péril l'ensemble des fragiles pourparlers de cessez-le-feu.

— Alors, qu'a-t-il fait ?

— La seule option sensée qui s'offrait à lui, et une qu'il savait être soutenue par ses supérieurs. Il les a renvoyés tous les six. Il les a fait renvoyer au Royaume-Uni trois jours plus tard. La rumeur dit qu'ils ont été débriefés à Brize Norton à leur arrivée, qu'on leur a ordonné de ne parler de leur mission à personne sous peine de poursuites, et qu'on leur a dit qu'ils avaient perdu tous leurs droits à leur pension militaire pour insubordination et pour avoir mis en danger la vie de leurs collègues.

— Bon sang, dit Kay. Mais c'étaient des héros.

— Peut-être, mais on ne pouvait plus leur faire confiance pour suivre les ordres, dit Sharp. Vois les choses ainsi, et si les hommes de l'ennemi avaient vu ces femmes et ces enfants dans un camp de l'armée britannique ? Qu'est-ce qui se serait passé alors ?

— Qu'est-il arrivé aux soldats ? demanda Kay. Ils ont simplement suivi des chemins séparés ?

— Ils ont fini par le faire, selon mon contact. On les a autorisés à quitter la base après les sessions de débriefing, jusqu'à ce que tous les papiers soient signés. C'est à ce moment-là qu'il pense qu'ils se sont fait faire les tatouages, pour se rappeler ce qu'ils avaient fait. Malgré tout, ils croyaient que c'était la bonne chose à faire.

Kay passa une main dans ses cheveux.

— Bon sang, chef. C'est une sacrée histoire, mais en quoi ça nous aide ? Ton contact avait-il leurs noms ?

La bouche de Sharp se pinça.

— Malheureusement, non. Comme je l'ai dit, il est difficile de savoir quelle part de l'histoire est devenue une légende urbaine, plutôt que des faits. Cependant, il a pu établir que l'un des hommes venait de la région de Thanet, et qu'il était dans le régiment d'infanterie pendant un certain temps avant d'être renvoyé.

Il leva la main.

— Et, avant que tu ne demandes, non, nous n'avons pas de nom ni de coordonnées parce que le dossier est scellé. Personne ne regardera ça avant au moins cinquante ans.

— Mais pense-t-il qu'il est revenu dans la région du Kent ? dit Kay.

— C'est son avis, oui.

Sharp tendit la main vers sa souris d'ordinateur et cliqua pour ouvrir un moteur de recherche.

— Il y a quelques associations d'anciens combattants dans la région, donc pendant que le reste de l'équipe travaille sur cette liste d'aérodromes ce week-end, j'aimerais que tu commences à parler à ces groupes. Avec précaution, bien sûr. Voyons ce que tu peux découvrir au cours des prochains jours, et ensuite nous discuterons des prochaines étapes.

— Je m'en occupe, chef.

— Je vais t'envoyer cette liste par e-mail.

— Merci.

Kay se leva de sa chaise, ramassa son carnet et son stylo, puis fronça les sourcils.

— Chef, tu penses que notre victime a été tuée en représailles pour cette mission de sauvetage il y a toutes ces années ? Peut-être qu'un des chefs de guerre a survécu au conflit et a décidé qu'il voulait se venger.

Sharp fit une pause, son doigt planant au-dessus du bouton « envoyer » sur l'écran.

— J'espère sincèrement que non, Hunter. Ce serait un nid de guêpes dont je me passerais volontiers.

CHAPITRE 12

Ian Barnes fixa le radiateur sous l'appui de fenêtre dans la salle des opérations, examina le désordre brun et trempé au sein des pages froissées d'essuie-tout dans son poing, puis il donna un coup de pied.

Sa chaussure rencontra la surface métallique ondulée avec un *clang* satisfaisant, mais ne fit rien pour réparer le système de chauffage central.

— Ça marche ?

Carys s'approcha, une expression amusée dans les yeux.

— Non. Pas plus que de purger cette satanée valve.

Il brandit la preuve couleur rouille.

— Ils l'ont réparé il y a à peine deux ans, bon sang.

— Je vais apporter un sweat-shirt supplémentaire ou quelque chose demain.

Elle frissonna.

— C'est ridicule. Je ne sens plus le bout de mes doigts.

Barnes jeta l'essuie-tout dans la poubelle.

— Ça ne sert à rien de le signaler. Rien ne sera fait, et puis de toute façon, ce sera l'été.

Son téléphone se mit à sonner alors qu'il s'asseyait.

— Qu'est-ce que tu as, Hughes ?

— Il y a un type en bas qui dit qu'il a des informations sur votre enquête, lui dit le sergent de l'accueil. Apparemment, Gavin et Laura ont parlé à sa femme jeudi pendant qu'il était au travail.

— Eh bien, ils sont partis explorer des aérodromes ce week-end, dit Barnes. Tu veux bien l'installer dans l'une des salles d'interrogatoire pendant que je jette un coup d'œil rapide à la déposition de sa femme ?

— Pas de problème. La numéro quatre est libre, il y sera quand tu seras prêt.

— Merci.

Barnes reposa le combiné, puis se connecta à la base de données HOLMES2, faisant défiler les entrées jusqu'à ce qu'il trouve la déposition de Beverley Winton.

— Quelque chose d'intéressant ? demanda Carys.

— On pourrait avoir plus d'informations d'un des résidents qui vit dans une propriété en bordure de la ferme de Dennis Maitland. Tu es occupée, ou tu veux venir ?

Carys fronça les sourcils.

— Je fais des recoupements de licences de pilotes.

— Allez, viens. On dirait que tu pourrais avoir besoin d'une pause.

Il ouvrit la marche dans l'escalier, passa sa carte de sécurité sur le panneau à côté de la porte menant aux salles d'interrogatoire, et la tint ouverte pour elle. Après l'avoir mise au courant des maigres détails de la déposition de

Beverley, il entra dans la salle d'interrogatoire numéro quatre et se présenta à Peter Winton.

L'homme portait une chemise de travail en chambray à manches longues avec le logo familier d'une entreprise locale de montage de pneus brodé sur la poche de poitrine. Il avait les cheveux courts et gris cendré et contemplait les deux détectives avec des yeux bleus perçants.

— J'espère que je ne vous fais pas perdre votre temps, dit-il en se grattant le lobe de l'oreille droite, mais Beverley m'a dit que je devrais venir vous voir, juste au cas où.

— Pas de problème, monsieur Winton.

Barnes déboutonna sa veste tandis que l'homme retournait à sa place, et il tira une chaise en face de lui pendant que Carys s'installait à sa droite.

— S'il vous plaît, appelez-moi Peter.

— Merci. Je viens de lire la déposition de votre femme. Vous possédez le cottage à côté de Humphrey Godmanstone, et vous louez les deux propriétés de l'autre côté de la vôtre, c'est bien ça ?

— Oui. Elles ont environ deux cents ans. C'étaient à l'origine des cottages d'ouvriers agricoles. Elles ne sont pas classées, cependant, donc nous avons pu faire ce que nous voulions pour les rénovations.

— C'est bien, dit Barnes en souriant. Et que vouliez-vous nous dire en rapport avec notre enquête ?

— Bon, eh bien.

Peter se pencha en avant et joignit ses mains.

— Le truc, c'est que je ne dors pas très bien la nuit. Je souffre d'insomnie, voyez-vous. Je travaillais avant comme chauffeur routier continental, donc toutes ces années à travailler de nuit ont dû perturber mon rythme biologique ou peu importe comment on appelle ça.

Il s'éclaircit la gorge, puis baissa les yeux.

— J'ai aussi été un peu stressé dernièrement, mais je ne l'ai pas dit à Beverley parce que je ne voudrais pas qu'elle s'inquiète. C'est juste que nous nous sommes un peu trop engagés en achetant ces maisons à rénover il y a quelques années, et puis j'ai perdu mon travail et il a fallu quelques mois avant que je sois embauché au garage de pneus. Bref, oui, je ne dors pas beaucoup.

— Et je crois comprendre que vous avez entendu quelque chose lors d'une de ces nuits la semaine dernière ? demanda Barnes dans une tentative de ramener les pensées divagantes de l'homme sur la bonne voie.

— Exactement. Dimanche soir, en fait.

Le visage de Peter s'anima davantage, les lignes de tension gravées sous ses yeux s'adoucissant.

— Beverley était montée se coucher, et j'avais essayé de dormir mais à une heure cinq, je me retournais dans tous les sens et, eh bien, je ne voulais pas la réveiller. Elle travaille si dur. Je suis descendu, et j'ai pensé que j'allais me faire une tasse de thé et m'asseoir dans l'un des fauteuils pour lire. C'est la seule bonne chose dans toute cette histoire d'insomnie, je suppose, je rattrape tous les livres que j'ai achetés au fil des ans. Quoi qu'il en soit, j'ai entendu une camionnette ou quelque chose passer devant le cottage et tourner.

Il fronça les sourcils.

— Nous n'avons pas beaucoup de circulation qui passe

de notre côté, pas à cette heure de la nuit, et je pense que c'est ce qui m'a fait arrêter ce que je faisais et prêter attention.

— Vous vous souvenez de l'heure qu'il était ?

— Oui, parce que j'ai regardé l'horloge sur la cheminée. Il était un peu plus de deux heures et demie à ce moment-là.

— Et qu'est-ce qui vous fait penser que cela pourrait avoir un rapport avec notre enquête ? demanda Carys. Pourquoi étiez-vous méfiant à propos de ce véhicule en particulier ?

— On aurait dit qu'il descendait le long de la propriété de Humphrey. Mais aucun de nos voisins ne possède de camionnette, alors je suis monté à l'étage et j'ai regardé à travers les rideaux mais je n'ai rien pu voir. J'ai pensé que quelqu'un avait peut-être conduit jusqu'à l'arrière des jardins où se trouvent nos cabanes. Je pense qu'ils ont dû emprunter le chemin jusqu'à l'arrière de la ferme de Maitland à la place. Remarquez, je ne voyais aucune lumière.

— Avez-vous vu ou entendu la camionnette revenir ?

Peter hocha la tête.

— Environ vingt minutes plus tard, j'ai entendu le moteur, mais ils ne sont pas repassés devant le cottage, ils ont continué sur la route. Enfin bon, ça n'a peut-être rien à voir avec votre enquête, ça pourrait être des braconniers. C'est une vraie plaie dans notre coin, ils sont toujours à couper les clôtures en fil de fer pour faire passer des cerfs morts, et des choses comme ça. Mais quand j'en ai parlé à Beverley, elle m'a dit que je devrais vous le dire, juste au cas où ça pourrait vous aider.

Barnes finit d'écrire dans son carnet, puis retira ses lunettes de lecture et leva la tête.

— Nous vous ferons savoir si c'est le cas, Peter. Merci.

CHAPITRE 13

Gavin sourit à sa collègue tandis qu'elle attachait ses longs cheveux en queue de cheval et levait les yeux au ciel, le regard rempli d'émerveillement.

— Envie de sauter ? demanda-t-il.

— Certainement pas, répondit Laura. Ils sont tous fous.

Il tourna son attention vers les personnes qui tombaient de l'avion à plusieurs milliers de mètres au-dessus d'eux.

— J'ai toujours pensé que je pourrais le faire, mais pas après avoir vu les photos de notre victime. Je crois que je vais m'en tenir au surf.

— Bien sûr, dit Laura. Tu n'as que les requins, les méduses et les courants d'arrachement à craindre là-bas. Que pourrait-il bien t'arriver ?

— Tu as déjà essayé ?

— Bon sang, non. Tu es peut-être accro à l'adrénaline, mais pas moi.

— Tu fais de l'équitation pendant ton temps libre, non ?

— Et alors ?

— Eh bien, c'est tout aussi dangereux, ces bêtes ont leur propre volonté.

Il retint son souffle en observant les silhouettes en chute libre qui tourbillonnaient dans les airs, la gorge sèche. Même si elles semblaient flotter avec grâce, il savait qu'elles se déplaçaient à plusieurs mètres par seconde.

— Je n'imagine pas à quel point il a dû être terrifié, sachant qu'il allait mourir, dit Laura, sa voix à peine audible. Je veux dire, même s'il faisait nuit, il aurait vu les lumières des maisons, n'est-ce pas ? Il aurait su quand il allait heurter le sol.

Elle frissonna, et Gavin regarda les parachutistes ouvrir leurs parachutes un par un.

Les rectangles lumineux de nylon coloré ne firent rien pour alléger son humeur sombre, et il serra les poings.

— Allons trouver quelqu'un à qui parler des horaires de vol ici, dit-il.

Laura avança d'un pas traînant à côté de lui, l'ourlet de son pantalon de tailleur bruissant contre les hautes herbes qui poussaient entre le parking et le bâtiment en béton de deux étages qui se dressait au-delà d'une clôture grillagée.

Un réseau radar tournait sur son axe sur le toit plat, et Gavin sursauta lorsqu'un système de haut-parleurs fixé au mur au-dessus d'une fenêtre du rez-de-chaussée se mit en marche, annonçant l'heure du prochain saut prévu pour cet après-midi.

À l'intérieur du bâtiment, les vestiaires pour hommes et femmes étaient indiqués à gauche des portes d'entrée, tandis qu'un avis d'avertissement collé au mur informait les clients que les propriétaires du terrain d'aviation déclinaient toute responsabilité pour les effets personnels laissés dans les casiers.

Le reste du rez-de-chaussée semblait dépourvu de toute autre personne, et Gavin porta son attention sur les escaliers en béton qui menaient à l'étage.

— Cet endroit a l'air d'être là depuis la Seconde Guerre mondiale, dit Laura, sa voix résonnant contre les murs nus tandis qu'ils montaient.

— J'ai entendu dire que le look bunker était très tendance en décoration intérieure cette saison.

— Très drôle.

Lorsqu'ils atteignirent le haut des escaliers, un ensemble de lourdes portes en bois bloquait leur progression et Gavin appuya sur une sonnette qui avait été installée sous un clavier de sécurité.

— Bonjour ?

La même voix que celle du haut-parleur grésilla à travers un petit haut-parleur de la taille d'une carte de crédit au-dessus de la sonnette.

— Enquêteur Gavin Piper, et ma collègue l'enquêteuse Hanway. Nous nous demandions si vous pouviez répondre à quelques questions concernant une enquête en cours.

— Un instant.

Un bourdonnement se fit entendre, et Gavin sentit la porte céder sous sa main alors que la serrure se déverrouillait.

Elle s'ouvrit vers l'intérieur, et un homme dans la quarantaine la tira le reste du chemin.

— J'ai besoin de voir vos cartes.

Gavin et Laura montrèrent leurs cartes de police.

— Merci. Venez signer ici. Vous devrez aussi remplir

le questionnaire de santé et de sécurité. Vous voulez du thé ou un verre d'eau ?

— Ça ira, merci, dit Gavin.

Il parcourut des yeux les lignes de texte sous le logo du terrain d'aviation, accepta toutes les responsabilités énumérées et qu'il suivrait les instructions du personnel en cas d'urgence, et il griffonna sa signature à l'endroit indiqué avant de passer le stylo à Laura.

— Désolé, je suis Carl Brightwater, dit l'homme en tendant la main. Mon collègue là-bas qui gère la tour de contrôle cet après-midi est Len Walters.

Un homme plus âgé aux cheveux blancs les regarda par-dessus la console centrale, leva la main, puis ajusta le casque qu'il portait avant de se retourner vers son travail.

— Laissez-moi passer en revue les prévisions météo pour nos pilotes, et ensuite je serai à vous, dit Brightwater. Il y a une table et des chaises près de la fenêtre si vous voulez vous asseoir en attendant.

Gavin se faufila devant un assemblage de mobilier de bureau bon marché jonché de documents, et il se dirigea vers l'endroit que Brightwater avait indiqué.

Quatre chaises en métal – dont aucune ne semblait confortable – avaient été placées autour d'une vieille table de jardin en plastique, les coins arrondis rayés et ébréchés. Au-delà de la table, des fenêtres du sol au plafond offraient une vue sur le terrain d'aviation où un mélange de planeurs, d'ULM et d'avions à hélice étaient éparpillés sur les bords ou garés près d'un grand hangar unique dans le coin près du parking.

L'ensemble de l'endroit grouillait d'activité.

Alors qu'il regardait, un avion léger atterrit, le pilote

corrigeant sa position quelques instants avant que l'avion ne rebondisse sur la piste en herbe et ne roule jusqu'à l'arrêt au bout d'une ligne de modèles similaires.

— C'est l'école de pilotage qui opère ici, expliqua Brightwater.

Il but une gorgée d'eau en se déplaçant vers la fenêtre à côté de Laura.

— Elle n'a que trois avions, mais elle est en activité depuis près de dix ans et a une réputation fantastique.

Il se retourna et fit un geste vers les chaises.

— Je suppose que vous n'êtes pas ici pour des leçons de pilotage, cependant. De quoi vouliez-vous me parler ?

Attendant que Laura se soit installée, Gavin s'assura qu'elle était prête et attentive avant de commencer son interrogatoire. Il savait à quel point ces premiers mois étaient importants pour quiconque étudiait pour devenir un détective à part entière, et étant donné le soutien qu'il avait reçu de Kay, Barnes et Carys, il était déterminé à s'assurer que sa nouvelle collègue reçoive le même niveau d'aide.

Après tout, il compterait un jour sur ses compétences d'enquêteuse.

— Depuis combien de temps travaillez-vous ici, monsieur Brightwater ? demanda-t-il.

— Ici dans la tour de contrôle, environ six ans. J'étais l'un des premiers élèves de Matt quand j'ai appris à piloter ici.

Il fit un signe du pouce par-dessus son épaule vers l'endroit où l'instructeur de vol marchait vers la tour de contrôle avec son dernier élève.

— Quand j'ai été licencié dans la City, j'ai approché les propriétaires du terrain d'aviation pour voir quels postes étaient disponibles. J'ai dû renoncer à mon rêve de posséder mon propre avion un jour, mais je me suis dit que je pouvais toujours faire quelque chose ici. J'ai commencé huit mois après avoir franchi la porte de l'institution financière pour laquelle je travaillais à Cheapside.

— Combien de pilotes utilisent ce terrain d'aviation régulièrement ?

— Il y a huit propriétaires privés, puis deux groupes de multipropriété. Ils partagent l'utilisation d'un avion pour économiser sur les coûts d'exploitation, comme on le ferait pour une maison de vacances, et ensuite nous avons une douzaine de pilotes qui louent l'un des deux avions que nous avons disponibles à la location. En plus de cela, il y a six propriétaires d'ULM qui utilisent l'aérodrome et bien sûr, tous ceux qui visitent cette partie du Kent sont les bienvenus pour l'utiliser aussi. Ils peuvent se garer ici pour une ou deux nuits pendant qu'ils louent une voiture pour explorer la région ou retrouver des amis.

— Et vous gardez des registres de tout cela ?

— Absolument.

Gavin prit un moment pour vérifier ses notes, rythmant l'entretien pour que Brightwater ne se sente pas bombardé de questions, et déterminé à garder l'homme détendu afin de glaner autant d'informations que possible.

— Je vois que vous avez des parachutistes ici aujourd'hui, est-ce que c'est régulier ?

— Oui. Les propriétaires de l'aérodrome ont travaillé avec l'association britannique de parachutisme pour l'ouvrir aux passionnés il y a dix-huit mois. Nous avons deux pilotes, Matt Pendergast, l'instructeur de vol étant l'un d'entre eux, et Clive Asher, l'un des deux propriétaires, est l'autre. Vous pouvez voir l'avion là-bas, celui avec la bande bleue le long du fuselage.

— Combien de pilotes enregistrés ici sont autorisés à voler de nuit ?

— Seulement Matt. Il n'a pas enregistré de vols de nuit depuis un moment, mais il maintient sa licence à jour car il peut être amené à enseigner le cours de qualification de vol de nuit de temps en temps.

Il se leva de son siège et fit signe à Gavin et Laura de s'approcher des fenêtres alors que le Cessna commençait à rouler vers la piste.

— Regardez, le prochain groupe de parachutistes est sur le point de décoller. Clive emmène ce groupe en l'air, puis ils vont faire un saut en tandem.

L'avion accéléra le long de la piste, s'élevant dans les airs alors qu'il passait à côté d'un hangar délabré à l'extrémité de l'aérodrome, avant de s'arc-bouter gracieusement au-dessus des arbres en prenant de l'altitude.

— Qu'en est-il des sauts en parachute nocturnes ? demanda Gavin. Vous en proposez ici ?

Brightwater secoua la tête.

— Nous n'avons pas le personnel suffisant pour faire ça, et pour être honnête, je ne pense pas que les propriétaires veuillent les risques supplémentaires qui viennent avec, sans parler des coûts d'assurance.

— De quelles sortes de choses un aérodrome devrait-il tenir compte, s'il proposait des sauts nocturnes ? demanda Laura.

Gavin lui jeta un coup d'œil et hocha la tête. C'était une bonne question, et ça ne le dérangeait pas qu'elle interrompe. Au moins, elle était assez confiante pour le faire.

— Eh bien, la zone de parachutisme devrait être clairement délimitée, répondit Brightwater en se retournant vers la pièce.

Il croisa les bras sur sa poitrine.

— Tous les obstacles devraient être illuminés pour qu'ils puissent être vus depuis les airs, et chaque sauteur devrait porter au moins une lumière pour qu'il puisse être suivi depuis le sol, et par les autres dans les airs avec lui. C'est un cauchemar logistique, pour être honnête.

— Connaissez-vous des clubs ou des aérodromes locaux qui proposent des sauts nocturnes ? dit Gavin.

— Non, pas à l'heure actuelle. En fait, je ne connais personne qui ait fait ça dans les environs, pas depuis que je vole.

Laura ferma son carnet alors que Gavin serrait la main de Brightwater.

— Merci pour votre temps, nous apprécions votre coopération.

Il attendit qu'ils aient quitté le bâtiment et soient en train de marcher vers la voiture, puis il se tourna vers sa collègue.

— Il n'y avait pas de lumières abandonnées ou quoi que ce soit de ce genre trouvé près du corps de notre victime, n'est-ce pas ?

— Pas d'après ce que je me souviens des rapports que Harriet et son équipe nous ont envoyés, non.

— Pas de parachute... et pas de vêtements non plus.

Il sortit les clés de voiture de sa poche et visa la portière pour l'ouvrir.

— Donc, soit il a sauté pendant la journée et personne ne l'a vu tomber, soit il a sauté la nuit sans lumières.

— Peut-être que si c'était un saut privé, quelque chose de secret pour rire comme un enterrement de vie de garçon ou quelque chose comme ça, ils ont pu utiliser l'avion d'un ami, suggéra Laura. S'ils avaient déjà sauté avant, ils pourraient avoir leur propre équipement. Nous devrons juste savoir si on peut acheter ce genre de choses en ligne ou localement dans les environs.

— Ok, retournons à la salle des opérations et commençons à passer quelques coups de fil.

CHAPITRE 14

Le lendemain matin, Kay sirotait son café dans un mug de voyage en acier inoxydable et elle observait un groupe de personnes rassemblées au bout d'une allée asphaltée menant à une salle communale locale.

Des bourgeons frais recouvraient la haie ornementale qui bordait le trottoir à gauche de sa place de parking, et un magnolia déployait timidement ses feuilles sur ses branches basses dans le jardin en face.

Elle tendit la main et baissa le volume de la radio, lassée par le nombre de publicités qui résonnaient avec enthousiasme entre les derniers tubes pop, dont trois semblaient être en boucle permanente toutes les heures, mais réticente à écouter les querelles politiques sur les autres chaînes.

Un panneau en forme de A avait été placé au bout de l'allée, annonçant un groupe de soutien bénévole pour les anciens combattants locaux dont la réunion régulière avait commencé à neuf heures.

Impatiente d'obtenir des réponses, mais consciente

qu'elle ne pouvait pas précipiter son enquête de peur d'effrayer les témoins potentiels ou de les voir se refermer à l'approche d'une inconnue, Kay avait choisi d'attendre que le groupe se disperse pour pouvoir discuter seule avec les bénévoles.

Elle fit défiler les résultats de recherche sur son téléphone et localisa le site web de deux pages du groupe.

Selon la page d'accueil, le groupe se réunissait le dimanche matin entre neuf et onze heures, la dernière heure étant consacrée au café, aux gâteaux et à la conversation informelle. La deuxième page du site web énumérait les organisations de soutien et les lignes d'assistance téléphonique pour la prévention du suicide.

En vérifiant l'horloge du tableau de bord, elle vit qu'il restait quinze minutes à la réunion.

Elle leva les yeux vers le groupe qui attendait devant la salle, tous en train de fumer de vraies cigarettes, pas des cigarettes électroniques comme beaucoup de leurs contemporains plus jeunes auraient pu le faire.

Des cigarettes roulées, aussi. Moins chères.

Son cœur se serra à la vue de certains hommes – pour autant qu'elle ait pu voir, il n'y avait pas de femmes à part celles qui étaient bénévoles ce matin-là.

Deux des plus âgés, des retraités apparemment, se tenaient à l'écart, et un homme plus jeune était penché pour les écouter. Il portait un jean délavé, des chaussures de marche bon marché et usées et un anorak noir, et il semblait chanceler à plusieurs reprises avant que l'un des hommes plus âgés ne tende la main pour le stabiliser.

Quatre autres personnes se tenaient dos à lui, la tête tournée vers la route avec des expressions admiratives sur leurs visages, alors qu'une moto rouge vif passait en vrombissant. Un homme fit un geste alors que le motard disparaissait au loin, et Kay pouvait entendre les rires bruyants des autres.

Peu à peu, une poignée d'autres quittèrent la salle paroissiale, s'arrêtant pour se serrer la main ou quémander une cigarette, et ils commencèrent à se disperser par paires ou seuls.

Quand elle fut sûre qu'il ne restait plus que les bénévoles, Kay vérifia ses rétroviseurs, remonta sa vitre et descendit sur la route.

En scrutant la longueur de la rue, elle vit les derniers membres du groupe d'anciens combattants – quatre hommes qui étaient sortis de la salle en se bousculant et en riant – s'arrêter devant un pub au carrefour en T avec la route principale.

Ils semblèrent débattre s'il fallait attendre une heure de plus jusqu'à l'ouverture des portes, puis ils y renoncèrent et disparurent au coin de la rue.

Kay verrouilla la voiture et se dirigea vers la salle alors qu'une femme se faufilait entre deux voitures garées dans l'allée et se penchait pour replier le panneau en forme de A.

Elle sourit à l'approche de Kay.

— Bonjour. Je peux vous aider ?

Kay attendit d'être plus près, puis montra sa carte de police.

— Je ne voulais pas interrompre la réunion, mais je me demandais si je pouvais vous parler un instant ?

— Nous sommes en train de ranger, mais vous êtes la bienvenue si ça ne vous dérange pas que je réponde à vos questions en faisant la vaisselle. Nous devons rendre les clés à onze heures et demie pour que le club de football puisse utiliser la salle à partir de midi. Je m'appelle Janice Crispin, au fait.

Elle manœuvra le panneau pour le ranger à l'arrière d'une petite voiture à deux portes de couleur rouille, puis elle fit signe vers les doubles portes ouvertes de la salle communale.

— Entrez donc. Nous ne sommes que deux à travailler aujourd'hui. Heureusement, quelques-uns des vétérans ont proposé d'aider à empiler toutes les chaises avant de partir, donc nous n'avons pas grand-chose à faire.

— À qui appartient l'autre voiture ?

— À la femme de ménage. Elle habite à côté mais, avec deux enfants adultes à la maison, je pense qu'il est plus facile pour elle de laisser sa voiture ici le week-end.

Tandis que Kay la suivait dans le bâtiment de plain-pied, elle parcourut du regard la rangée de tableaux en liège qui remplissaient le hall d'entrée, annonçant toutes sortes de clubs sociaux et sportifs, de groupes de soutien et une bibliothèque communale.

— Vous voyez pourquoi le comité insiste sur la ponctualité, dit Janice. C'est un lieu très prisé.

— Depuis combien de temps êtes-vous ici ?

— Environ trois ans. Nous utilisions la salle de Seal avant celle-ci pendant quelques années, mais c'était difficile pour certains de nos vétérans de s'y rendre, surtout pour ceux qui n'avaient pas les moyens de conduire. Le service de bus est atroce le dimanche. Nous y voilà.

Janice la conduisit dans une cuisine bien éclairée avec

des placards des deux côtés, un plan de travail en acier inoxydable au milieu et des appareils modernes.

— Voici mon mari, Andrew.

Kay serra la main d'un homme corpulent d'une soixantaine d'années qui portait un tablier rayé par-dessus un jean et un sweat-shirt de sport.

— La détective Hunter voulait nous poser quelques questions, dit Janice.

Elle plongea les mains dans un évier rempli d'eau savonneuse et commença à s'attaquer avec entrain à une pile de tasses à café sales.

Son mari fit glisser un torchon de son épaule et essuyait la vaisselle tout en s'appuyant contre le comptoir.

— Des problèmes avec l'un de nos participants ? demanda-t-il.

— Je cherche en fait des informations. J'ai dit à votre femme que je pensais qu'il valait mieux vous parler à tous les deux d'abord, plutôt que de causer des problèmes aux hommes qui viennent ici. J'imagine qu'ils ont déjà suffisamment à gérer.

— Vous n'avez pas tort, dit Andrew. Merci pour votre considération. Que vouliez-vous savoir ?

Kay posa son sac sur la table au milieu de la cuisine et déplia le croquis de l'artiste représentant la victime.

— Ceci est un composite réalisé à partir d'une série de photographies. J'enquête malheureusement sur le décès de cet homme. Est-ce que l'un de vous le reconnaît ?

Andrew prit le croquis et le tint de façon à ce que sa femme puisse le voir en même temps.

— Je ne crois pas l'avoir déjà vu, répondit Janice, l'eau gouttant de ses doigts. A-t-il fait quelque chose de mal ?

— Je ne sais pas. C'est ce que j'essaie de découvrir. Écoutez, cela doit être traité dans la plus stricte confidentialité...

— Vous pouvez nous faire confiance, dit Andrew. J'ai été ambulancier pendant trente ans, et Janice ici présente a travaillé comme conseillère en santé mentale. Nous avons l'habitude de garder les choses privées. C'est pour cela que les hommes de notre groupe nous font confiance.

— Merci. J'apprécie beaucoup.

Kay pointa le croquis du doigt.

— Nous n'avons pas de nom, mais il a un tatouage sur le bras qui nous laisse penser qu'il a été déployé au Kosovo en quatre-vingt-dix-neuf. Nous espérons que cela pourrait aider quelqu'un à se souvenir de son nom, et à qui nous pourrions parler de ce qu'il a fait depuis.

Andrew fronça les sourcils.

— Je ne pense pas qu'aucun de nos habitués ait participé à ce conflit. Quelques-uns de nos plus anciens ont été impliqués à la fin de la guerre de Corée, et puis il y en a un qui était aux Malouines...

— La plupart sont des vétérans du Golfe, sauf Robin, c'est notre plus jeune participant. Afghanistan.

Janice retira le bouchon de l'évier et prit un deuxième torchon pendant que l'eau s'écoulait dans le siphon.

— Oliver Townsend, au centre près de Riverhead, de l'autre côté de Sevenoaks, pourrait peut-être connaître quelqu'un qui pourrait vous aider ?

— Oliver ? répéta Kay.

— Il est lui-même vétéran de la guerre d'Afghanistan, expliqua Andrew. Il dirige un groupe plus petit, mais d'une tranche d'âge différente de celle de beaucoup de nos participants. Vous pourriez avoir plus de chance là-bas. Attendez, j'ai son numéro dans mon téléphone.

Il rendit le croquis à Kay et sortit un téléphone portable de sa poche arrière pendant qu'elle récupérait son carnet.

— Sera-t-il encore au centre ? demanda-t-elle en regardant l'horloge au-dessus de l'évier.

— Non, ils se réunissent le lundi soir.

Andrew lui dicta le numéro de téléphone et vérifia qu'elle l'avait bien noté, ainsi que le nom d'Oliver et l'adresse de son groupe de soutien.

— Mais je suis sûr que si vous l'appelez, il sera ravi de vous recevoir aujourd'hui. Dites-lui simplement que vous nous avez parlé.

— C'est super, merci pour votre aide. Je vais vous laisser continuer.

— Pas de problème. Vous pouvez me rendre un service, cependant ?

— De quoi avez-vous besoin ?

Le regard d'Andrew s'adoucit.

— Quand vous découvrirez qui est votre victime, s'il n'a pas de famille pour lui rendre un dernier hommage, faites-le-nous savoir. Nous essayons de faire quelque chose de spécial pour ceux qui n'ont personne pour leur dire au revoir.

Kay déglutit, luttant contre les émotions qui la submergeaient.

— Je le ferai. Je vous le promets.

CHAPITRE 15

Oliver Townsend avait la tête baissée sur un journal à sensation lorsque Kay descendit de sa voiture et traversa le parking du pub pour rejoindre un ensemble hétéroclite de tables de pique-nique éparpillées sur une pelouse clairsemée.

Ça ne pouvait être que lui ; il n'y avait personne d'autre aux alentours, et le pub n'ouvrait que dans dix minutes.

La trentaine, il était assis le menton dans une main, une barbe de quelques jours couvrant sa mâchoire tandis qu'il bâillait et passait une main dans sa tignasse châtaine.

— Oliver ?

Kay tendit sa main en s'approchant.

— Inspectrice principale Hunter.

L'homme se leva légèrement de la table de pique-nique, sa poignée de main ferme.

— Asseyez-vous. Je connais le patron, il nous laissera entrer dès qu'il nous verra attendre ici.

Kay jeta un coup d'œil vers le crépi aux tons chauds du

pub, aperçut quelques lumières allumées à l'intérieur et espéra que le patron aurait pitié d'eux. Elle enfonça ses mains dans ses poches et reporta son attention sur Townsend.

Il commença à plier le journal avant de le glisser dans un sac de coursier en toile posé sur le siège à côté de lui.

— En quoi puis-je vous aider ?

— Je suis allée voir Janice et Andrew Crispin au groupe de soutien des vétérans, et ils m'ont suggéré que vous pourriez peut-être m'aider.

— Oui, vous me l'avez dit au téléphone. Vous avez un homme disparu, c'est ça ?

— J'ai un homme mort.

— Oh.

Townsend se balança en arrière et cligna des yeux.

— Ça explique pourquoi vous ne vouliez pas en dire trop tout à l'heure.

— J'ai pensé qu'il serait préférable d'expliquer la situation en face à face. J'essaie de faire ça sans attirer l'attention pour le moment, pas avant de savoir à quoi, ou à qui, nous pourrions avoir affaire.

— C'est compréhensible. Et vous pensez que c'était un soldat ?

— Oui.

Elle regarda par-dessus son épaule alors que la porte du pub s'ouvrait et qu'un homme leur faisait signe.

— Entrez, les amis. Il fait trop froid pour rester dehors.

— J'aurais pu te le dire il y a quinze minutes, répondit Townsend.

Il passa sa jambe par-dessus le banc et sourit au patron.

— Une pinte de brune pour moi, et ce que la dame ici présente désire.

— Un jus d'orange, merci.

— En service ?

— Toujours.

— Allez, venez. Avec un peu de chance, ce radin a allumé le chauffage aussi. On ne sait jamais.

Le regard de Kay se posa sur les jambes de l'homme alors qu'il les conduisait dans le pub, et elle remarqua qu'il marchait avec un boitement prononcé.

Il jeta un coup d'œil par-dessus son épaule, comme s'il lisait dans ses pensées.

— Mine terrestre. Afghanistan.

— Désolée.

— Ce n'est pas votre faute. Dépêchez-vous, vous allez laisser entrer un courant d'air.

Kay le remercia alors qu'il lui tenait la porte ouverte et elle entra dans une pièce aux poutres basses.

Un feu brûlait dans une cheminée sur la gauche de l'endroit où elle se tenait, et un bar s'étendait sur le côté droit. Des tables et des chaises, ainsi que quelques canapés d'apparence confortable, étaient dispersés sur toute la longueur de l'espace, tandis que des œuvres d'art locales ornaient un mur à côté d'une porte indiquant les toilettes. Des brides de chevaux en laiton avaient été clouées sur une énorme poutre en chêne au-dessus de la cheminée, scintillant dans la lueur des spots stratégiquement placés le long du plafond.

— Je vous apporte vos boissons, dit le patron. Installez-vous.

— Merci, mon pote.

Townsend indiqua une table près du feu.

— Autant en profiter. Il ne l'allume pas si souvent.

— Va te faire voir, vint la réponse du bar.

Kay sourit.

— J'en déduis que vous êtes un habitué ici.

— Comment avez-vous deviné ?

Oliver tira une chaise pour elle, puis en prit une face à la salle, dos au feu. Il accrocha le sac de coursier au dossier de la chaise, puis remercia le patron lorsque les boissons furent apportées à la table avant de reporter son attention sur elle.

— Bien. Comment puis-je vous aider ?

— Depuis combien de temps dirigez-vous votre groupe de soutien aux vétérans ?

— Environ deux ans. J'y allais de temps en temps de toute façon, juste pour sortir de chez moi une fois que j'ai été démobilisé. Je m'en suis bien sorti tout seul pendant un moment, et j'ai eu de la chance. J'ai décroché un emploi chez mon beau-père dans son centre de jardinage, donc l'argent n'était pas un problème. C'était juste difficile de trouver quelqu'un qui pouvait m'écouter quand j'avais besoin de parler. Ma femme est formidable, vraiment, mais elle n'était pas là-bas, vous voyez ? Et ce n'est pas juste pour elle de devoir m'écouter ressasser ce qui s'est passé tout le temps. Nous voulions tous les deux aller de l'avant.

— Comment allez-vous ? Je veux dire...

— Mentalement et physiquement ? Mieux que la plupart.

— C'est bien.

— Ça l'est, merci. Oui, donc quand la dernière personne qui dirigeait le groupe a décidé de prendre sa retraite il y a deux ans, j'ai proposé de prendre le relais. J'avais étudié divers sujets pour garder mon esprit actif pendant ma convalescence et ma physiothérapie, et j'ai pensé que je pourrais mettre certaines de ces connaissances à profit.

— Ça vous plaît ?

— Oui, ça me plaît. Ça me donne un sens et un objectif, et si j'ai besoin de parler à quelqu'un, je peux le faire au sein de ce groupe. C'est un vrai mélange de personnes qui viennent, mais nous avons tous vécu quelque chose. Ce n'est pas bon de tout garder pour soi, j'ai essayé, et ça n'a pas marché.

— Quelle est la tranche d'âge que vous voyez venir ?

Townsend but une gorgée de sa pinte et fit claquer ses lèvres avant de répondre.

— C'est une démographie plus jeune que celle du groupe des Crispin. Je suis en quelque sorte au milieu, j'ai trente et un ans. Il y en a quelques-uns plus jeunes que moi, et puis le reste a probablement entre la fin de la cinquantaine et au-delà. Des vétérans du Golfe, quelques-uns des Balkans qui ont eu des problèmes de santé persistants, et un type qui a été gravement blessé dans un incendie sur une base ici au Royaume-Uni il y a huit ans.

— Comme vous le dites, c'est un vrai mélange.

— Ça donne lieu à des conversations intéressantes. En parlant de ça, qu'est-ce que vous avez pour moi ?

Kay lui fit un résumé de l'affaire à ce jour, en prenant soin d'éliminer toute information qui pourrait faire allusion à des mythes ou à des preuves non fondées, puis elle lui montra un croquis du visage de la victime.

— Vous le reconnaissez ?

Son front se plissa.

— Je ne peux pas dire que oui, malheureusement.

Elle fit glisser une photographie du tatouage de la victime vers Townsend.

— Nous pensons qu'il l'aurait peut-être fait faire à son retour du Kosovo. Vous avez déjà vu quelque chose de semblable ?

Il retourna la photographie et la tint face à la lumière du feu derrière lui, les yeux plissés.

— Je ne crois pas. Qu'est-ce que c'est ? Une sorte de tatouage commémoratif ?

— Un tatouage commémoratif ?

— Oui, vous savez, un tatouage pour commémorer un événement, ou une mission. Quelque chose comme ça.

— Qu'est-ce qui vous fait dire ça ?

Il sourit et tapota du doigt les lettres sous le tatouage.

— À cause de ça. C'est inhabituel, c'est tout.

— Vous en avez déjà vu avant ?

Townsend secoua la tête.

— Non. Pas celui-là. Ça m'a juste rappelé un ou deux que j'ai vus en Afghanistan quand les gars revenaient de permission. Ils survivaient à une fusillade ou quelque chose comme ça en groupe, et ensuite ils allaient tous se faire faire le même tatouage, comme une sorte de badge d'honneur. Ou un symbole de mémoire si l'un d'entre eux était mort.

— D'accord, je vois. Oui, nous pensons que ça pourrait être quelque chose comme ça. C'est la seule identification que nous avons pour notre victime pour le moment. Il n'avait aucune pièce d'identité sur lui quand on l'a trouvé.

Fronçant le nez, Townsend posa la photographie sur la table entre eux.

— Comment est-il mort ?

— Ce n'était pas un suicide.

— Je m'en doutais un peu.

— Je suis désolée, je ne peux pas en dire plus pour le moment.

Kay fit tourner les restes de son jus dans son verre.

— Vous connaissez quelqu'un qui pourrait nous éclairer là-dessus ?

Townsend tambourina des doigts sur la table, puis pointa du doigt la photographie du tatouage.

— Je peux la prendre ?

— Je peux vous faire confiance ?

— Parole de scout.

— D'accord. Qu'est-ce que vous allez en faire ?

— Je suis toujours en contact avec le gars qui dirigeait le groupe de bénévoles, et je peux demander à nos deux habitués qui ont servi dans les Balkans s'ils connaissent quelqu'un dans le coin qui était au Kosovo et qui avait un tatouage comme celui-ci. Je présume que c'est une édition limitée ?

— Nous pensons qu'ils étaient six.

— Ça facilite les choses. Bon, laissez-moi me renseigner ces prochains jours et je vous recontacterai. Vous avez un numéro de téléphone ?

Kay fouilla dans son sac et lui tendit une de ses cartes de visite.

— Parfait.

Il sourit, vida sa pinte et pointa son verre vide.

— En attendant, c'est à votre tour de payer la tournée.

CHAPITRE 16

Lorsque Kay entra dans la salle des opérations tôt le lendemain matin, l'espace bourdonnait d'activité.

Malgré le fait qu'il restait une demi-heure avant le début du service, la plupart des membres de l'équipe d'enquête – ceux qui ne faisaient pas une dernière course pour emmener leurs enfants à l'école ou qui ne terminaient pas des tâches sur leurs autres dossiers – étaient présents, et l'atmosphère était empreinte d'ardeur au travail et de détermination sombre.

Un arôme amer de café, de nouilles instantanées et de boissons énergisantes aigrisait l'air, et elle plissa le nez en allumant son ordinateur pour se connecter.

Barnes déposa une tasse de thé à côté de son clavier avant de contourner le bureau pour s'asseoir de son côté.

— Week-end productif ? demanda-t-elle en parcourant des yeux les e-mails qui s'étaient multipliés pendant son absence.

— Oui, j'espère. Et toi ?

— Je pense qu'il vaudrait mieux prévoir plus d'une

heure pour le briefing. D'après les alertes HOLMES2, je vois des mises à jour de chaque membre de l'équipe.

— Ce serait bien d'avoir quelques avancées ce matin. Sharp vient ?

— Pas cette fois, non. Il m'a appelée sur le chemin. Il se rend au quartier général pour une réunion avec les relations médias. On verra ce qui ressort pendant le briefing et au cours de la journée, et ensuite je discuterai avec lui pour savoir s'il est temps de lancer un appel public à témoins. Il s'est passé quelque chose d'autre pendant le week-end ?

— Non, j'ai parcouru les registres d'en bas, et les nuits ont été tranquilles. Pas d'incidents majeurs sur les routes non plus.

— Eh bien, au moins si nous lançons un appel, il ne sera pas éclipsé par quoi que ce soit et nous pourrions obtenir du personnel supplémentaire en uniforme pour aider avec les appels téléphoniques.

Elle se pencha en arrière dans son siège et souffla sur la surface de son thé avant d'en prendre une gorgée, puis elle observa Gavin et Laura s'arrêter près du bureau de Debbie pour parler avec l'agente de police.

— Comment ces deux-là s'en sont-ils sortis pendant le week-end ?

Barnes jeta un coup d'œil par-dessus son épaule.

— Bien, d'après ce que j'entends. Gavin a dit que Laura n'avait pas peur de se lancer et de poser des questions, et je pense qu'ils s'entendent tous bien. J'ai remarqué qu'elle se tourne vers Carys pour les processus quotidiens, mais c'est compréhensible vu qu'elle est la plus expérimentée des deux. Laura semble bien s'intégrer, en tout cas.

— C'est un souci de moins à se faire, au moins.

Kay vida son thé.

— Bon, on commence ?

Dix minutes plus tard, une foule d'agents en uniforme et de détectives en civil formait un demi-cercle autour de Kay, debout devant le tableau blanc. Chaque membre de l'équipe d'enquête tenait une copie d'un ordre du jour produit par la base de données de gestion HOLMES2. Un silence s'installa lorsque Kay leva la main.

— Merci à tous. Nous avons eu un week-end chargé, et nous avons encore beaucoup de chemin à parcourir dans les prochains jours, mais voyons si nous pouvons trouver une voie à suivre et obtenir justice pour notre victime. Ian, tu veux commencer, s'il te plaît ? Je vois sur le rapport ici que tu as eu une conversation de suivi concernant les enquêtes de porte-à-porte de la semaine dernière.

— Merci, chef.

Barnes s'avança à l'avant de la salle et desserra sa cravate avant de mettre ses collègues au courant de l'entretien avec Peter Winton.

— J'ai passé le reste du week-end à examiner les rapports de la Crim' qui ont été envoyés par e-mail par l'équipe de Harriet vendredi après-midi, en particulier concernant les traces de véhicules sur la scène de crime. Nous savons qu'il a plu abondamment depuis dimanche soir dernier, quand Peter a dit avoir entendu la camionnette, donc toute preuve matérielle aurait été emportée par la pluie, mais j'ai décidé d'aller faire un tour sur le chemin quand j'étais dehors avec Pia hier, et il y a des marques de véhicules évidentes. J'ai mis quelques bâtons sur le chemin à côté d'elles pour les marquer, il commençait à faire sombre à ce moment-là. J'ai mis en place une équipe en uniforme pour sceller le chemin avant notre départ, et j'ai laissé un message sur le téléphone de Harriet quand je suis rentré chez moi. J'espère qu'elle va envoyer une équipe là-bas ce matin pour prendre des échantillons.

Kay mit à jour ses notes pendant qu'il parlait, puis elle leva la tête alors qu'il retournait à sa place.

— Ian, c'est du très bon travail, merci. Si Harriet ne te rappelle pas avant dix heures, tu peux me le faire savoir ? Ces échantillons doivent être une priorité maintenant. La camionnette n'est peut-être pas liée à notre affaire, mais nous devons l'écarter si ce n'est pas le cas. Tiens-moi au courant.

Son collègue acquiesça d'un signe de tête, et elle se tourna vers Carys.

— Comment avances-tu ?

— J'ai fait d'autres recherches sur les sauts en parachute nocturnes, chef. Si notre homme a été victime d'un accident, il aurait dû avoir au moins cinquante sauts précédents à son actif avant d'être autorisé à monter de nuit. On m'a également dit qu'il aurait eu besoin de détenir une « Licence B » approuvée. J'ai passé en revue les dossiers de toutes les personnes locales qui possèdent une de ces licences, et j'ai parlé aux clubs de parachutisme à ce sujet, mais personne ne le reconnaît d'après l'image que nous avons.

— Ce processus d'élimination est d'une énorme aide cependant, Carys. Merci, dit Kay.

— Chef ?

Gavin leva la main et fit un geste vers Laura.

— Ce que dit Carys correspond à ce que nous avons entendu en discutant avec le personnel de l'aérodrome samedi. Si quelqu'un prévoyait de faire un saut de nuit, cela aurait dû être enregistré auprès de l'association de parachutisme, de l'autorité de l'aviation civile et du poste de police local. Nous avons parlé à tous ces organismes, et il n'y a aucun enregistrement d'un tel saut entre le mardi où Dennis Maitland a labouré ce champ et mercredi dernier quand notre victime a été découverte. En fait, il n'y a pas eu de sauts nocturnes dans cette zone depuis un bon moment.

Kay attendit que les officiers rassemblés aient fini de mettre à jour leurs notes, puis elle fit un geste vers la liste de points qu'elle avait mise à jour sur le tableau blanc.

— Je pense qu'il est assez clair que notre victime n'a pas été tuée dans un accident, dit-elle. L'objectif de cette enquête maintenant est de déterminer qui il est et pourquoi il est mort dans des circonstances aussi horribles. Ian, je veux que tu emmènes Laura avec toi et que vous retourniez sur le chemin à côté de la maison des Winton. Arrange-toi pour que l'équipe en uniforme continue à en bloquer l'accès jusqu'à ce que Harriet ait traité les preuves que tu as identifiées.

— Oui, chef.

— Carys, tu peux aller avec Gavin interroger à nouveau Dennis Maitland pour savoir ce qu'il sait de l'utilisation publique de ce chemin, ou s'il a eu l'occasion de l'utiliser au cours des deux dernières semaines ? Demande-lui aussi s'il a vu des avions survoler son terrain.

Peut-être qu'il a entendu quelque chose dimanche soir dernier qui correspondrait à la déclaration de Peter Winton.

— Oui, chef, répondit Carys.

Kay termina de déléguer les tâches urgentes du jour, puis leva la main.

— Avant que vous ne partiez tous, je peux confirmer que nous avons reçu des informations indiquant que notre victime était un membre des forces armées, d'après le tatouage sur son bras. Pour le moment, nous n'avons toujours pas d'identification pour lui, et cette partie de l'enquête pourrait prendre un certain temps. En ce qui concerne le mobile, gardez l'esprit ouvert pendant vos investigations. Tant que nous n'aurons pas plus d'informations, nous ne pouvons rien exclure, c'est bien compris ?

Un murmure d'assentiment emplit la salle.

— Très bien, merci à tous. Vous avez beaucoup de travail, alors sauf s'il y a quelque chose d'urgent, le prochain briefing aura lieu demain après-midi à seize heures.

CHAPITRE 17

Barnes plissa le nez face à la puanteur qui s'élevait d'une mare d'eau stagnante au-delà des fougères et des feuilles mortes qui parsemaient le bois à sa droite, puis il porta son regard sur la ligne de ruban bleu et blanc qui délimitait la scène de crime, attaché entre deux peupliers.

Au-delà de la barrière plastique rayée, deux agents en uniforme se tenaient dos à Barnes, leur attention captée par le groupe de six enquêteurs de la police scientifique accroupis de part et d'autre du chemin détrempé, en train de parler à voix basse.

Le vent bruissait dans les branches au-dessus de lui, un son inquiétant qui étouffait les conversations et lui donnait la chair de poule.

Ses pieds commençaient à avoir froid.

Il se déplaça vers l'endroit où se tenait Laura, son expression trahissant sa fascination alors qu'elle observait les silhouettes en combinaison blanche aller et venir.

Elle leva les yeux vers lui lorsqu'il la rejoignit.

— Quand j'étais en uniforme, je n'avais jamais le

temps d'observer ce qu'ils faisaient, dit-elle. J'étais toujours celle avec le bloc-notes, à m'assurer que personne n'approche de la scène de crime sans y être autorisé, ou à gérer le public et leurs fichus téléphones portables.

— Comment trouves-tu les crimes majeurs, alors ?

Laura expira fortement.

— Si je disais que j'adore ça, ça semblerait vraiment grossier, non ?

— Mais nous comprendrions tous. C'est ce qui nous fait tenir. Kay dit toujours que c'est une question de justice. Justice pour la victime, et justice pour ceux qui restent. Je ne voudrais être nulle part ailleurs.

Il sourit en voyant ses épaules se détendre, puis il se tourna sur sa gauche en entendant un sifflement sonore.

Barnes avait chargé quatre agents en uniforme de fouiller les bois environnants à la recherche d'autres indices et l'agent Aaron Stewart tenait maintenant sa main en l'air depuis sa position à plusieurs pas de là, parmi les épais fourrés.

— Qu'est-ce que tu as trouvé ?

— Un lapin.

Stewart se pencha un instant, puis se redressa et brandit un lapin mort.

— Il y a un piège ici.

— Des braconniers ?

— On dirait bien.

— Merde.

— Qu'est-ce qui ne va pas ? demanda Laura.

— Ça donne un autre angle à ce véhicule, non ? dit Barnes tandis que Stewart jetait l'animal mort et commençait à démanteler le collet. Nous espérions que cette camionnette avait un lien avec la mort de notre victime, et voilà qu'on a maintenant des preuves de braconnage.

Il s'interrompit lorsque Stewart escalada un arbre tombé pour les rejoindre, un enchevêtrement de bois et de fil de fer entre les mains.

— C'est moche, dit-il. Je vais signaler ça à l'équipe des crimes ruraux.

— Merci, dit Barnes. Préviens les autres qu'il pourrait y en avoir d'autres. La dernière chose dont nous avons besoin, c'est que quelqu'un se blesse parmi tous ces fourrés.

— Je m'en occupe, chef.

Pendant que Stewart transmettait le message par radio à ses collègues avant de retourner à son quadrant de recherche, Barnes scruta le chemin qui disparaissait au loin au-delà de la position des experts de la police scientifique.

Il avait été prudent en jalonnant les empreintes de pneus du véhicule, s'assurant que les brindilles qu'il avait utilisées comme marqueurs étaient à quelques centimètres des preuves potentielles afin que les experts de la Crim' puissent prendre des photos et des moulages si nécessaire sans s'inquiéter de la contamination.

Les marqueurs avaient été rejetés vers les bas-côtés enchevêtrés tandis que les experts de la police scientifique traitaient la scène, en commençant par la zone délimitée par le ruban et en avançant vers la limite du champ au-delà du bois.

— Où mène ce chemin ? demanda Laura. Au champ où la victime a été trouvée, ou à celui d'à côté ?

— Celui d'à côté. Si tu imagines la barrière du champ

où il a été trouvé, celui-ci mène au champ à droite de celui-là. Maitland labourait celui à gauche mercredi dernier.

— À quelle distance ?

— Environ six cents mètres d'où nous sommes. Juste après ce virage.

Laura pivota pour regarder en direction d'où ils étaient venus après avoir garé la voiture dans le chemin.

— Donc, seulement environ quatre cents mètres de longueur au total. Et si Peter Winton n'avait pas mal dormi...

— Nous n'en aurions jamais rien su.

— Tu penses que ça a un rapport avec l'homme mort ?

— Professionnellement parlant, je dirais qu'il faut attendre les preuves avant de tirer des conclusions, surtout avec ce lapin mort.

— Et personnellement ?

— Mon instinct me dit que oui. Pourquoi quelqu'un conduirait-il une camionnette ici en pleine nuit ? Je ne pense pas qu'un braconnier prendrait ce genre de risque, pas le genre qui piège un lapin ici et là, et quiconque tue des cerfs ne s'approcherait pas trop non plus. Ils se garent généralement loin de leur terrain de chasse. C'est pour ça que les fermiers du coin se plaignent toujours que les clôtures de fil barbelé sont coupées et que les chevaux ou les vaches s'échappent, c'est parce que les braconniers traînent les carcasses à travers les champs jusqu'à leurs véhicules et se fichent de ce qui arrive au bétail.

Il jeta un coup d'œil à sa collègue, qui semblait fascinée par ses observations.

— Tu sais quoi, cependant, contacte le département

des crimes ruraux quand nous serons de retour au poste et demande-leur s'il y a eu des signalements de braconnage dans le coin, juste pour écarter la possibilité, d'accord ?

— Bien sûr.

Elle sortit son carnet, puis pointa du doigt le collet que Stewart avait laissé par terre à côté de son véhicule.

— Y a-t-il un intérêt à essayer de prendre des empreintes digitales là-dessus ?

— Stewart va essayer, mais si c'est comme ceux qu'on a trouvés avant, on ne trouvera rien. Ils portent généralement des gants.

Une demi-heure plus tard, l'équipe de la Crim' rangeait son matériel, et les quatre agents en uniforme avaient rassemblé un petit tas de collets, de canettes de boisson en aluminium abandonnées, une chaussure et un paquet de chiffons indistincts.

— Il va falloir traiter tout ça aussi, dit Patrick en se tenant à côté de Harriet alors qu'il retirait sa combinaison de protection en papier. Mais il faudra quelques jours avant qu'on ait quelque chose à rapporter.

— Merci, répondit Barnes, réprimant sa déception.

Il commença à marcher vers la voiture, Laura à ses côtés.

— J'espère vraiment que Carys et Gavin auront plus de chance en parlant à Maitland.

CHAPITRE 18

Carys relâcha l'accélérateur alors que la voiture grondait en franchissant un passage canadien en fer, puis elle manœuvra le véhicule autour d'un groupe de poules qui picoraient sur l'aire en béton boueuse de la cour de la ferme.

Il y avait une grange ouverte sur la gauche de l'endroit où elle s'était garée. Une variété de machines bien usées encombrait son sol tandis qu'un tracteur aux roues énormes bloquait l'accès à une entrée fermée à l'arrière de la cour. Deux hangars et un appentis délabré occupaient le côté droit, leur contenu obscurci par une pénombre poussiéreuse.

Quand elle détacha sa ceinture de sécurité et ouvrit sa portière, la puanteur du fumier assaillit ses sens et elle se tourna vers Gavin avec une grimace.

— Elle nous a donné cette tâche volontairement ?

Son collègue sourit.

— Tu as dû faire quelque chose de vraiment mal.

— Je plaisantais.

Elle lui donna une tape sur le bras.

— Je croyais que Kay avait dit qu'ils cultivaient de la lavande ici ?

— Peut-être que c'est à ça que sert le fumier. Pour lui donner un coup de boost avant l'été.

— C'est des conn—

— Exactement.

Gavin pointa du doigt la maison qui se dressait au centre du mélange de bâtiments en forme de U.

— On commence par là ?

— C'est un bon endroit pour commencer. Je ne vois personne dehors.

Elle contourna la boue, se demandant fugacement si ce n'était que de la saleté – ou pire – puis elle écarta les vrilles d'une glycine emmêlée qui s'accrochait à un treillis en bois à côté de la porte d'entrée, avant d'appuyer sur la sonnette.

La porte s'ouvrit après ce qui semblait une éternité, et un homme de la taille de Gavin se tenait sur le seuil, ses cheveux grisonnants parsemés de taches jaunâtres de nicotine et vêtu d'un maillot de rugby à manches longues miteux qui avait connu de meilleurs jours.

— Dennis Maitland ? Je suis l'enquêteuse Carys Miles, et voici mon collègue l'enquêteur Gavin Piper. Pourrions-nous entrer ?

— Je suis en train de faire les salaires, mais d'accord. Je présume que vous ne pouvez pas attendre.

Carys força un sourire.

— Vous présumez bien, merci.

Maitland recula pour les laisser entrer et pointa un large couloir vers une porte au bout.

— Installez-vous confortablement dans le bureau, c'est la porte là-bas à gauche. J'allais me faire une autre tasse de café. Vous en voulez une ?

— Ça ira, merci.

— Très bien. Je serai là dans une minute.

Carys suivit Gavin dans la pièce que Maitland leur avait indiquée et elle examina la pile de paperasse empilée sur le bureau du fermier à côté d'un cendrier.

Un vieil ordinateur ronronnait à côté d'un clavier couvert de poussière, et elle reconnut un logiciel de comptabilité populaire affiché à l'écran. Une bibliothèque contre le mur de gauche débordait de magazines agricoles, d'almanachs et de quelques thrillers d'espionnage écornés, tandis qu'un classeur à quatre tiroirs vacillait à côté de la fenêtre, le tiroir du haut ouvert et d'autres paperasses éparpillées sur les dossiers suspendus à l'intérieur.

Elle s'assit à côté de Gavin au son de pas dans le couloir et Maitland réapparut avec une tasse de café fumant dans une main et une assiette de tranches de gâteau dans l'autre, qu'il posa sur le bureau entre eux.

— Ma femme ne me le pardonnera jamais si je ne vous en propose pas, dit-il, un sourire effleurant sa bouche.

— Je ne dirai jamais non à un gâteau aux fruits fait maison, monsieur Maitland, dit Gavin en prenant une grosse part.

Carys leva les yeux au ciel et sortit son carnet.

— Vous avez dit que vous faisiez les salaires, monsieur Maitland. Combien de personnes travaillent pour vous ?

— S'il vous plaît, dit Maitland entre deux bouchées de gâteau. Appelez-moi Dennis. J'ai huit employés maintenant. J'ai embauché un jeune à temps partiel l'été dernier et il travaille ici entre les trimestres universitaires pour acquérir de l'expérience avant d'obtenir son diplôme. Les autres sont avec moi depuis des années. L'un d'entre eux a même travaillé pour mon père, il refuse de prendre sa retraite. Je pense que sa femme lui fait peur.

— Nous essayons de mieux comprendre les terres autour de votre propriété, dit-elle. En particulier, un chemin qui va du champ à côté de l'endroit où notre victime a été trouvée jusqu'à la voie qui rejoint une des routes secondaires menant à Sevenoaks. Nous avons le témoignage de quelqu'un qui dit avoir entendu une camionnette emprunter ce chemin quelques nuits avant que le corps de cet homme ne soit découvert.

Maitland fronça les sourcils.

— Je suis surpris que quelqu'un ait réussi à faire passer un véhicule par là à cette période de l'année. Attendez.

Il épousseta les miettes de son pantalon, s'essuya les mains sur l'arrière de son jean, puis traversa la pièce jusqu'à la bibliothèque. Passant ses mains sur le contenu, il en sortit un document et revint au bureau, puis poussa l'assiette hors du chemin avant de déplier une carte.

— Ceci montre plus de détails qu'une carte IGN moyenne. Elle a presque un siècle, donc elle n'est pas encombrée de toutes les informations des cartes modernes. C'est plus facile si je vous montre les limites sur celle-ci, plutôt que d'essayer de vous les expliquer, dit-il.

Il tapota la carte du doigt.

— Voici la ferme ici, et c'est le champ où Luke et Tom détectaient des métaux. Celui-ci est celui où je travaillais mercredi, et vous pouvez voir le chemin marqué ici à l'arrière de l'autre champ.

— Une idée de pourquoi quelqu'un l'utiliserait ? demanda Gavin.

— Des braconniers, je suppose, répondit Maitland, mais ce qu'ils espéraient attraper, je ne sais pas. Rien de gros, c'est sûr. Je n'ai pas vu de cerfs de ce côté de la propriété depuis quelques années maintenant, pas depuis que nous avons remplacé toutes les haies et les clôtures. Ça pourrait être des gamins, je suppose ? Qui se cachaient pour un peu de batifolage ?

Carys sourit à l'expression du fermier.

— Ça se pourrait. Jusqu'où s'étendent vos terres ?

Maitland esquissa les limites du doigt.

— Pas trop loin. C'est gérable, du moins. C'est ce qui aide à maintenir les coûts bas, bien que cette idée de Liz de consacrer ce champ à la lavande au cours des deux prochaines années va grignoter nos bénéfices pendant un moment jusqu'à ce que nous découvrions s'il y a un marché pour ça.

— Avez-vous un avion, Dennis ? demanda Gavin.

Le fermier leva la tête et cligna des yeux.

— Un avion ? Qu'est-ce que je ferais avec ça ?

— C'est juste une question de routine dans le cadre de notre enquête en cours, dit Carys. Est-ce que vous en avez un ?

— Non. Je n'en ai jamais vu l'utilité, sauf pour partir en vacances. Remarquez, je n'en ai pas pris depuis trois ans non plus.

— Les fermes voisines qui jouxtent vos terres, que cultivent-elles ? demanda-t-elle.

— En bas, à la limite de ma propriété, il y a la famille Ditchens, dit-il. Ils ont un verger, beaucoup de cultures fruitières différentes. Ça fait deux siècles qu'ils sont là. De ce côté-ci, le plus proche de la route, ils ont deux champs de fraises. De l'autre côté de ma propriété, il y a Adrian et Helen Peverell. Ils élèvent des lapins à des fins commerciales, vous savez, pour la nourriture pour animaux de compagnie et tout ça.

Il fronça les sourcils.

— Je n'ai jamais été fan de l'élevage en batterie, mais ils sont passés de l'orge et du blé aux lapins il y a environ dix ans et ça marche du tonnerre. Je crois qu'ils ont vendu une partie des terres inutilisées aux Ditchens, maintenant que j'y pense.

— L'une de ces familles possède-t-elle un avion ?

— Pas à ma connaissance.

— Revenons à la semaine précédant la découverte du corps dans le champ, dit Carys. Avez-vous entendu des avions légers survoler la zone la nuit, ou remarqué quoi que ce soit d'inhabituel ?

— Honnêtement, détective, non. Dès que j'éteins la lumière de chevet, je dors jusqu'à ce que le réveil sonne à cinq heures. Liz dit qu'un tremblement de terre ne me réveillerait pas.

— Vous fréquentez beaucoup vos voisins ? demanda Gavin.

— Je les vois de temps en temps lors d'événements locaux, répondit Maitland, et il nous arrive parfois de nous emprunter du matériel en cas de besoin. Le problème, c'est que nous sommes tous tellement occupés à gérer le quotidien que nous n'avons pas beaucoup de temps pour socialiser. D'ailleurs, si vous n'avez plus de questions, il faut que je finisse ces salaires avant quinze heures pour pouvoir transférer l'argent en ligne.

Carys rangea son carnet dans son sac.

— Non, plus de questions. Merci pour votre temps, Dennis. Si vous entendez quoi que ce soit à propos de quelqu'un qui aurait utilisé ce chemin, pourriez-vous nous appeler ?

— Je n'y manquerai pas.

CHAPITRE 19

Kay tapota sur le contrôle du volume au volant tandis que la circulation s'immobilisait sur Ashford Road et elle observa la berline argentée qui exécuta un demi-tour en huit temps dans l'allée de l'arche de Turkey Mill avant de filer devant elle dans la direction opposée.

Elle se demanda combien d'autres conducteurs seraient tentés de faire de même et d'essayer de trouver une autre route vers le centre-ville.

Après avoir vérifié l'horloge sur le tableau de bord, elle grimaça en voyant un motard risquer sa vie pour se faufiler entre les véhicules immobiles sur un scooter délabré qui ne passerait probablement pas son prochain contrôle technique, et elle se demanda si elle devait appeler Sharp pour lui demander de diriger le briefing ce matin-là.

Il lui restait encore quarante minutes avant d'être attendue dans la salle des opérations, et elle croisa les doigts alors que la file de voitures s'élançait en avant.

Plus tôt ce matin-là, un coup à sa porte d'entrée avait bouleversé sa routine matinale lorsque la femme du refuge animalier avait confié quatre renardeaux aux soins d'Adam avant de s'empresser de partir pour emmener ses enfants à l'école à temps.

Quitter la maison dix minutes plus tard que d'habitude avait semé le chaos dans le trajet de Kay, mais Adam peinait à nourrir seul les quatre renards affamés, et elle avait eu pitié de lui, tenant chaque renardeau pendant qu'il administrait la prochaine portion spécialisée de nourriture.

Elle sourit. À vrai dire, elle appréciait l'occasion de partager du temps avec lui et les dernières additions temporaires à leur foyer. Après tout, ce n'était pas tout le monde qui pouvait dire qu'ils avaient une portée de renardeaux dans leur cuisine.

À un moment donné, elle devrait inviter Carys à venir les rencontrer avant qu'ils ne soient renvoyés au centre de réhabilitation de la faune et relâchés, sinon son enquêteuse ne le lui pardonnerait jamais.

Alors qu'elle relâchait doucement le frein, la voiture prit de la vitesse à mesure que la circulation se fluidifiait, et elle soupira de soulagement tandis que la route s'incurvait devant le musée des carrosses et le palais de l'archevêque.

Il lui restait quinze minutes, ce qui lui donnait suffisamment de temps pour vérifier toute correspondance, d'éventuelles nouvelles pistes et les rapports que Debbie aurait traités dans HOLMES2 et laissés sur son bureau avant que l'équipe ne commence sérieusement.

Alors qu'elle engageait la voiture dans l'allée asphaltée

à côté du commissariat en briques, elle se pencha par la fenêtre et passa sa carte de sécurité avant d'avancer lentement pour éviter quatre agents en uniforme qui sortirent en courant par la porte latérale pour rejoindre leurs voitures.

Elle fronça les sourcils en s'approchant d'une place de parking libre, reconnaissant la silhouette de Carys à côté de sa propre voiture, une expression inquiète gravée sur son visage clair tandis que les deux véhicules de patrouille franchissaient la barrière, sirènes hurlantes.

La femme leva le menton à l'arrivée de Kay, puis s'attarda près du capot pendant qu'elle se garait en marche arrière et attrapait son sac à main sur le siège passager.

— Bonjour, Carys, dit-elle en verrouillant la portière. Tout va bien ?

— Je pourrais te dire un mot ? Avant que tu n'entres ?

Elle brandit un gobelet à emporter.

— Je t'ai pris un café.

— Merci.

Kay haussa un sourcil.

— Que se passe-t-il ?

Carys s'approcha de Kay avant que ses épaules ne s'affaissent. Elle fit tourner son propre gobelet entre ses mains.

— Je suis désolée, chef. Il n'y a pas de façon facile de te dire ça, et ça tourne dans ma tête depuis que j'ai reçu l'appel vendredi parce que je sais à quel point tu es occupée en ce moment, et avec cette enquête et tout...

Kay prit une gorgée de café et regarda par-dessus le bord du gobelet à emporter.

La nervosité de l'enquêteuse était palpable ; une énergie qui émanait d'elle alors qu'elle trépignait et jetait son regard vers la surface criblée du parking.

Baissant le gobelet, Kay inclina la tête sur le côté.

— Carys ? Qu'est-ce qui ne va pas ?

Carys déglutit, puis s'éclaircit la gorge.

— Je ne sais pas comment dire ça, chef, mais on m'a proposé un entretien.

— Un entretien ? Pour quoi ?

— Une promotion. Au poste d'inspectrice.

— Oh. Je ne savais pas qu'il y avait des postes disponibles dans la division ouest. Je...

Le cœur de Kay fit un bond alors que son monde basculait, un sentiment inexplicable que ce qui allait se passer dans les prochains instants aurait un impact monumental sur leurs deux avenirs. Elle se mordit la lèvre alors que toute l'implication de ce que Carys lui disait la frappait au plexus solaire.

— Où ça ?

— Glamorgan, chef. Cardiff.

— Au Pays de Galles ?

Kay cligna des yeux.

— C'est à des kilomètres.

— Je sais, n'est-ce pas ?

Carys réussit à esquisser un sourire triste.

— Bon sang.

— J-je ne voulais pas que tu l'apprennes par ouï-dire, pas après tout ce que tu as fait pour moi. Tu as été si bonne avec moi, tu m'as donné une chance et tout au fil des années.

— Bonjour, chef !

Kay leva les yeux au cri venant de l'autre côté du parking et elle leva son gobelet de café en guise de salut à Phillip Parker, qui se dirigeait vers l'entrée avec Debbie, puis elle se retourna vers Carys.

— Quelqu'un d'autre est au courant ?

— Non. Je voulais te le dire en premier.

— Quand est l'entretien ?

— Vendredi. Je dois y aller jeudi soir cependant, parce que c'est à dix heures du matin à Bridgend. Je n'y arriverai jamais si j'essaie de partir tôt, et—

— Non, c'est bien. Je parlerai à Barnes. On s'arrangera. Waouh. Cardiff, hein ?

Kay sourit, le choc se transformant en fierté alors qu'elle posait sa main sur le bras de Carys et commençait à la diriger vers le commissariat.

— Ils savent dans quoi ils s'engagent ?

Carys sourit et ses épaules se détendirent.

— J'étais inquiète. Je ne savais pas ce que tu allais dire. Je pensais que tu serais en colère contre moi.

— En colère contre toi ? Non, pas du tout. C'est juste un choc, c'est tout.

Elle s'arrêta à la porte, enroulant ses doigts autour de la poignée avant de regarder sa collègue.

— Tu te rends compte que s'ils t'interviewent, tu vas battre la concurrence ? Sérieusement, tu as ce qu'il faut. Tu es sûre que c'est ce que tu veux ?

— Je veux être inspectrice. Je suis prête. Et soyons honnêtes, avec les coupes budgétaires par ici ces derniers temps, je ne vais pas avoir une autre chance de promotion de sitôt, n'est-ce pas ?

Carys s'illumina un peu.

— Au moins, je pourrai me permettre mon propre logement au Pays de Galles. Je pourrais avoir un chat.

Kay acquiesça, incapable de contester les observations de la femme, et elle tira la porte pour l'ouvrir.

— Tu vas sacrément me manquer.

CHAPITRE 20

Kay tendit aveuglément la main vers le téléphone de son bureau qui commençait à sonner, et elle feuilleta un rapport qu'elle aurait dû lire quatre jours plus tôt concernant les limitations de personnel dans la division ouest, ses pensées tourbillonnant autour de la conversation qu'elle avait eue avec Carys.

Le briefing s'était déroulé dans un flou de conversations bruyantes et de paperasserie, accompagné d'un sentiment de crainte qu'un changement de personnel sans remplacement probable à la hauteur des compétences de l'enquêteuse aurait un effet sur l'équipe.

— Inspectrice principale Kay Hunter.

— Inspectrice ? C'est Oliver Townsend. Nous nous sommes rencontrés dimanche.

— Bonjour, monsieur Townsend. Que puis-je faire pour vous ?

— En fait, il s'agit plutôt de ce que je pourrais faire pour vous. J'ai discuté avec Brian hier soir, c'est le gars qui dirigeait le groupe d'anciens combattants à Riverhead dont je vous ai parlé.

Kay poussa le rapport de côté et attrapa son carnet.

— C'était rapide, merci. A-t-il pu vous aider ?

— Lui non, mais l'un des habitués m'a entendu lui parler et pourrait avoir des informations pour vous aider. Le truc, c'est que j'ai pensé qu'il serait préférable que vous lui parliez en personne, alors je me demandais si c'était le bon moment ?

— J'ai une réunion à quatorze heures cet après-midi, mais si je pars maintenant—

— Pas besoin, dit Townsend. Stephen devait venir à Maidstone pour quelque chose et je lui ai donné un coup de main, alors nous sommes ici. Nous allions prendre un café et nous nous demandions si vous vouliez nous rejoindre. Ça vous évite le déplacement.

— C'est génial, merci. Où êtes-vous ?

— Nous lorgnons ce café juste au coin de la rue, près de toutes les banques sur High Street. Il n'a pas l'air trop bondé.

— Parfait, j'y serai dans cinq minutes.

Elle termina l'appel, attrapa son manteau sur le crochet à côté du bureau de Sharp et se précipita dans les escaliers jusqu'au bureau d'accueil.

— Hughes, si quelqu'un me cherche, je sors pour une heure. Appelez-moi si quelque chose d'urgent arrive.

Le sergent de l'accueil leva la main en signe d'acquiescement, et elle fila par la porte.

Risquant sa vie pour zigzaguer entre la circulation qui déferlait le long de Palace Avenue, Kay atteignit le café à l'heure et repéra Oliver Townsend assis à une table dressée pour quatre personnes au fond, face à la salle.

Il se leva à son approche, lui serra la main et fit un geste vers l'homme à côté de lui.

— Inspectrice Hunter, voici Stephen Halsmith. Comme je vous l'ai dit au téléphone, il pourrait être en mesure de vous aider.

Kay leva le menton tandis que l'homme reculait sa chaise.

Il était plus grand qu'elle de plusieurs centimètres, ses avant-bras ornés de tatouages décolorés et une cicatrice de dix centimètres sur le dos de sa main droite. Sa poignée de main était ferme et son regard assuré. Comme Oliver, il portait les cheveux plus longs qu'il ne l'aurait fait dans les forces armées, et sa silhouette était plutôt élancée que musclée et robuste.

— Inspectrice Hunter.

Halsmith parlait avec un doux accent du Northumberland assaisonné d'un grognement de fumeur.

— Merci de m'avoir demandé de venir, dit-elle.

Elle commanda un café à la serveuse puis croisa les mains sur la table.

— Je suppose qu'Oliver vous a mis au courant de mon enquête ?

— En effet, répondit Halsmith. Je ne sais pas si ce que je peux vous dire vous aidera, mais j'ai pensé que je devais essayer. On ne sait jamais, n'est-ce pas ?

— En effet. Que faisiez-vous dans l'armée ?

— Infanterie. J'ai fait deux tours dans les Balkans, un au Kosovo, et un pendant la première guerre du Golfe.

Son regard dériva vers la fenêtre derrière elle.

— J'ai vu trop d'amis tués, et les autres… disons simplement que leur santé n'a plus jamais été la même après.

— Que faites-vous de nos jours ?

— Des mots croisés et du tir à l'arc en compétition.

Il sourit.

— Et je m'occupe de mes petits-enfants pendant la semaine, quand ma fille et son mari travaillent.

— Ça n'a pas l'air si mal.

— Ils sont tous les deux difficiles à gérer, mais oui, j'adore ça.

Kay remercia la serveuse qui apparut avec son café, puis elle se retourna vers les deux hommes alors qu'un couple de retraités s'asseyait à quelques tables sur leur droite.

— Très bien. Qu'est-ce que vous avez pour moi ?

Halsmith gratta sa courte barbe, puis enroula ses mains autour de sa tasse de thé et baissa la voix.

— Olly m'a montré la photo du tatouage après que je l'ai entendu parler à Brian. Je ne l'avais jamais vu auparavant, mais j'avais entendu des choses. À l'époque du Kosovo.

— Comme quoi ?

— Quelque chose à propos d'une patrouille de six hommes qui aurait déserté et secouru des femmes et des enfants.

Il secoua la tête.

— Je ne sais pas, parfois on entend des histoires comme ça et ça sent un peu les conneries. Un mythe urbain, ce genre de choses. Mais celle-ci a pris de l'ampleur pendant un moment avant de s'estomper. J'avais entendu dire que les hommes avaient tous été renvoyés chez eux et démobilisés. J'avais oublié ça pendant quelques années, jusqu'à ce que j'aie des problèmes.

— Des problèmes ?

Il soutint son regard.

— De la drogue. Pas beaucoup. Mais j'ai été stupide. J'aurais simplement dû essayer de parler à quelqu'un. Heureusement, ma femme a découvert le groupe de soutien de Brian et m'y a traîné. Je n'ai pas regardé en arrière depuis.

— C'était il y a combien de temps ?

— Environ dix ans maintenant. De nos jours, j'y vais pour aider, écouter les plus jeunes. On est tous passés par là, alors c'est bien de faire quelque chose pour soutenir les autres dans une situation similaire. Bref, un jour, ça doit faire cinq ans, un type se pointe à l'une des réunions du lundi soir. C'était évident qu'il dormait dehors. Brian est doué avec les nouveaux, alors il lui a trouvé des vêtements propres, un nécessaire de toilette, ce genre de choses. L'endroit où on se réunit accueille un club de cricket et a des vestiaires, donc il a pu se laver et tout pendant qu'il était là.

— Une idée d'où il dormait ?

— Du camping sauvage, je pense. Il y en a beaucoup qui le font, c'est plus sûr de nos jours, et ça l'était aussi à l'époque. Je ne l'avais jamais vu traîner en ville avant ça, ni à Sevenoaks ni à Tonbridge en tout cas. Ça ne sert à rien d'aller dans les petites villes, vous ne gagnerez pas assez d'argent en mendiant.

— Vous avez vu le tatouage ?

— Non, jamais. J'ai juste pensé à lui quand j'ai entendu Olly en parler et j'ai fait le rapprochement. Je ne lui ai jamais demandé ce qu'il avait fait au Kosovo, mais j'ai retenu le fait qu'il y avait été à partir de certains de ses commentaires. Il s'est en quelque sorte ouvert davantage à moi après ça, sachant que j'avais probablement vu certaines des choses qu'il avait vues.

— Comment avez-vous deviné qu'il était l'un des six hommes ?

— Il a mentionné qu'il avait aidé à secourir des réfugiés en quatre-vingt-dix-neuf. Étant donné l'endroit où il était basé et le fait qu'il admettait dormir dehors parce qu'il n'avait pas de pension militaire, j'ai fait le rapprochement. J'étais en admiration devant lui, pour être honnête. C'est une sacrée chose à faire.

— Vous vous souvenez de son nom ?

— Oui. Ethan Archer. Il devait avoir une quarantaine d'années la dernière fois que je l'ai vu.

Kay fouilla dans son sac et sortit le portrait-robot.

— C'est lui ?

— Ouais, c'est bien lui, je pense.

— Quand avez-vous vu Ethan pour la dernière fois ?

Halsmith finit son thé, jeta un coup d'œil à Townsend, puis revint à Kay.

— Eh bien, c'est là le problème, voyez-vous. C'est ce que je disais à Olly. Je n'ai pas vu Ethan depuis trois ou quatre ans.

— Que voulez-vous dire ? Que lui est-il arrivé ?

— Personne ne sait. Un jour, il a quitté le groupe et on ne l'a plus jamais revu.

— Vous avez vérifié auprès d'autres contacts que vous aviez ?

— Oui, et j'ai demandé autour de moi pendant un moment, mais c'est comme s'il s'était volatilisé. Personne ne sait rien.

CHAPITRE 21

En poussant la porte de la salle des opérations, Kay mit ses doigts entre ses lèvres et siffla.

Après s'être excusée auprès de l'agent de police assis au bureau le plus proche qui avait sursauté à cette interruption soudaine, elle éleva la voix.

— Tout le monde, briefing maintenant s'il vous plaît. Nous avons une avancée concernant l'identité de notre victime.

Elle tapa sur l'épaule de Barnes en passant devant son bureau.

— J'aurai besoin de ton aide pour coordonner tout ça. Tu peux déléguer une partie de tes autres dossiers ailleurs ?

— Je peux essayer, répondit-il. Un autre inspecteur au quartier général me doit une faveur pour cette affaire de cambriolage du mois dernier.

— Fais de ton mieux. Sharp est là ?

— Oui.

— Tu pourrais lui dire qu'il voudra peut-être se joindre à nous ? Je pense qu'il sera intéressé d'entendre ça.

— Je m'en occupe.

Évitant de justesse un membre du personnel administratif qui faillit entrer en collision avec elle, les bras chargés de rapports, Kay traversa la pièce jusqu'au tableau blanc et le rapprocha du mur du fond sur lequel un long panneau de liège avait été fixé.

La photo de leur victime fut le premier élément à y être épinglé et, tandis que l'équipe s'installait, elle commença à créer une toile d'araignée des faits connus à ce jour. Quand elle se retourna, une mer de visages la fixait avec des expressions avides.

Sharp était appuyé contre le photocopieur, son regard rivé sur le tableau.

Kay s'éclaircit la gorge.

— Merci à tous. S'il manque quelqu'un, si un collègue est sorti pour suivre des pistes, est-ce que l'un d'entre vous peut s'assurer que ces informations lui sont transmises dès la fin du briefing ?

Debbie West leva la main.

— Je m'en occupe, chef.

— Merci. J'ai reçu confirmation dans l'heure passée que notre victime est Ethan Archer. On sait qu'il fréquentait un groupe de soutien pour anciens combattants à Riverhead jusqu'à il y a trois ou quatre ans, moment où il a disparu. Avant cela, il avait servi dans l'armée britannique et avait été déployé au Kosovo. Un des membres du groupe de soutien, Stephen Halsmith, se souvient que lorsqu'Ethan est apparu pour la première fois dans le groupe, il dormait dehors. Halsmith pense qu'il faisait du camping sauvage d'après certains commentaires qu'Ethan lui a faits pendant le temps où il a fréquenté le groupe.

Elle désigna les deux panneaux d'information.

— Maintenant que nous avons un nom, je veux que nous nous concentrions sur l'identification des proches parents, toute trace de lui dans le système des services sociaux, et s'il est connu des associations caritatives locales. Où est Laura ?

Une main se leva au fond du groupe.

— Ici, chef.

— Peux-tu contacter le service du logement du conseil municipal et voir si quelqu'un reconnaît le nom ou sa photo ? Halsmith pense que si Ethan mendiait de temps en temps, il se rendait à Sevenoaks ou Tonbridge. Tu peux te mettre en relation avec les agents Ben Allen et Nigel Best de ce côté-là si tu as besoin d'aide supplémentaire.

— Oui, chef.

— Vérifie aussi Maidstone, et étends tes recherches si nécessaire. Est-ce que quelqu'un ici a des contacts au sein des programmes de logement du conseil du comté de Kent ?

— Je connais quelqu'un, répondit l'agent Dave Morrison. Si elle ne peut pas nous aider, elle pourra peut-être nous dire à qui nous adresser.

— Bien, merci. Je te laisse t'en occuper. Passons aux activités d'hier. Ian, y a-t-il du nouveau concernant cette camionnette ou les traces de pneus sur le chemin ?

Barnes s'avança.

— Patrick traite les empreintes que lui et son équipe ont relevées hier. Nous avons trouvé des preuves de pièges et de lapins morts, mais nous ne sommes pas encore sûrs si cela est lié à la camionnette.

— Donc, nous pourrions envisager un angle de braconnage plutôt que quelque chose en rapport avec la mort d'Ethan ?

— C'est une possibilité, chef. Je vais contacter la division des crimes ruraux ce matin pour avoir leur avis là-dessus.

— D'accord. Carys et Gavin, qu'a dit Dennis Maitland ?

— Il pensait que c'était peut-être des braconniers qui utilisaient le chemin, mais il trouvait plus probable que ce soit des jeunes, dit Carys. Il pense que tous ceux qui braconnent dans le coin visent le plus gros gibier, comme les cerfs. Il nous a cependant donné les coordonnées des propriétaires des fermes voisines. Je les ai entrées dans le système et nous allons organiser des entretiens avec eux au cours de la journée de demain.

— Il a mentionné que, pour autant qu'il sache, aucun de ses voisins ne possède d'avion léger, ajouta Gavin. Et il a confirmé qu'il n'en utilise pas non plus.

Kay les remercia alors qu'ils reprenaient leurs places.

— Selon les résultats des analyses sur les traces de pneus, Ian, tu peux te coordonner avec les agents en uniforme pour mener des enquêtes supplémentaires auprès des résidents le long de cette route ? Nous devons corroborer la déclaration de Peter Winton selon laquelle il a entendu un véhicule ce dimanche soir. Si quelqu'un a une caméra de sécurité fixée sur sa propriété, vois si tu peux obtenir des images également. Je sais que c'est un coup de chance, mais nous devons clore cette piste d'enquête si elle n'a aucun rapport avec la mort d'Ethan.

— Je m'en occupe, chef.

Kay expira.

— Bien, cela nous fait déjà pas mal de travail. Vous pouvez disposer, mais vous savez où me trouver si vous avez des questions. Merci pour votre temps.

Elle rassembla ses notes tandis que les chaises raclaient le sol et que l'équipe se dispersait.

Sharp lui fit signe de le suivre alors qu'il retournait vers son bureau. Quand elle entra, il ferma la porte et se tourna vers elle.

— Nous devons prendre une décision pour informer ou non l'équipe de l'implication d'Archer dans le sauvetage de ces femmes et enfants dans les Balkans.

— Tu veux dire au cas où le mobile du tueur serait une vengeance pour la mission de sauvetage, même après tout ce temps ?

— Exactement.

Elle soupira, passa une main dans ses cheveux et traversa la pièce jusqu'à la fenêtre avant de s'appuyer contre le rebord.

— Je ne sais pas si c'est la bonne chose à faire pour le moment. Je veux dire, cela pourrait influencer l'enquête si on leur en parle.

— Tu veux épuiser toutes les autres possibilités d'abord ?

— Ça ne me dérangerait pas, juste pour être sûre. Sinon, c'est juste toi et moi qui interprétons ce qui s'est passé en quatre-vingt-dix-neuf comme un mobile, n'est-ce pas ? Nous n'avons aucune preuve suggérant que c'est le cas. Il y a tellement d'inconnues pour le moment, n'est-ce pas ?

— Ok. Je suis d'accord pour que tu continues à mener l'enquête sur cette base, mais si tu penses que des preuves qui apparaissent pointent vers cet incident militaire, tu me le fais savoir immédiatement.

Kay hocha la tête et se dirigea vers la porte.

— Ne t'inquiète pas, je le ferai, surtout si quelqu'un menace mon équipe.

CHAPITRE 22

Gavin aperçut son reflet dans le miroir de l'ascenseur et tenta rapidement d'aplatir ses cheveux tandis que Laura appuyait sur le bouton du troisième étage.

Elle lui sourit alors que les portes se fermaient.

— J'ai de la laque dans mon sac si tu en veux.

Il baissa la main et tourna le dos au mur, parcourant des yeux le texte de l'affiche au-dessus du panneau de contrôle.

— Très drôle. Qui allons-nous rencontrer ?

— Valerie Hayes. C'est une agente de liaison entre la mairie et les associations locales d'aide aux sans-abri. J'ai du mal à joindre les gens de certaines associations, ce sont des bénévoles à temps partiel. Je me suis dit que si Valerie pouvait servir d'intermédiaire, ça nous libérerait pour suivre certaines des autres tâches que Kay nous a confiées.

— Ça me semble être un bon plan. Comment est-ce que tu la connais ?

— Je ne la connais pas, c'est le contact de Dave Morrison dont il a parlé lors du briefing. Il partage toujours son temps entre nous et une audience au tribunal cette semaine, alors j'ai proposé de la rencontrer à sa place.

Elle fronça les sourcils.

— Tu n'y vois pas d'inconvénient, n'est-ce pas ?

L'ascenseur s'arrêta brusquement, et Gavin tendit la main alors que les portes s'ouvraient.

— Pas du tout, je préfère largement faire ça plutôt que d'être coincé dans la salle des opérations.

Il déboutonna sa veste alors qu'ils marchaient le long d'un court couloir vers un bureau d'accueil inoccupé.

— Il fait plus chaud ici, pour commencer.

Laura étouffa un rire alors qu'il sonnait la clochette sur le bureau.

Quelques instants plus tard, une jeune fille à peine sortie de l'adolescence et portant une quantité copieuse de maquillage pour les yeux apparut d'une porte ouverte à gauche du bureau et inclina la tête.

— Je peux vous aider ?

— Enquêteuse Laura Hanway et mon collègue, l'enquêteur Gavin Piper.

Laura rangea sa carte de police dans sa poche.

— Valerie Hayes nous attend.

— Un instant.

La jeune fille pivota sur ses talons et disparut, mais Gavin pouvait l'entendre parler à quelqu'un dans la pièce d'à côté.

Des pas résonnèrent sur le sol recouvert d'une fine moquette, puis une femme plus âgée aux cheveux bruns mi-longs entra dans la zone d'accueil, un classeur noir à levier sous le bras. Elle tendit d'abord la main à Laura.

— Je suis Valerie Hayes. Je crains que nous n'ayons pas de salle de réunion dédiée à cet étage, donc nous devrons utiliser le bureau de mon responsable à la place.

Elle passa devant Gavin et se dirigea le long du couloir, puis lança par-dessus son épaule :

— Il est en réunion à Chatham jusqu'à seize heures et la circulation en venant de la colline à cette heure-ci est généralement épouvantable, donc nous devrions être tranquilles.

Elle s'arrêta au bout et ouvrit une porte, se tenant sur le côté pour les laisser passer.

— Prenez place. Je vous offrirais bien quelque chose à boire, mais le plombier a la tête sous l'évier des toilettes des hommes depuis une heure, et je ne pense pas que l'eau revienne de sitôt.

Alors que Gavin s'asseyait sur l'une des deux chaises visiteurs à côté d'un bureau en imitation chêne bon marché, il observa l'amas de paperasse éparpillée dessus et les rappels écrits sur des post-it collés autour des bords de l'écran d'ordinateur. Il se demanda comment le patron de Valerie avait réussi à s'échapper avec tant d'autres engagements qui réclamaient son temps.

Toute la pièce était un chaos total.

— Vous devriez voir à quoi ressemble un mauvais jour.

Valerie poussa le classeur à levier dans un espace entre deux autres sur une étagère de classement à côté de la fenêtre, puis elle s'assit en face d'eux.

— Vous avez mentionné au téléphone que vous aviez une question urgente concernant un sans-abri vétéran, détective Hanway.

Gavin surprit le regard en coin de Laura et lui fit signe de continuer.

S'il elle avait déjà établi un rapport de base avec la femme, alors il était heureux de laisser sa collègue gérer l'entretien.

— Nous essayons d'en savoir plus sur un homme du nom d'Ethan Archer, dit-elle. Nous enquêtons sur une mort suspecte, et nous avons appris de personnes qui le connaissaient qu'il avait disparu de la région il y a trois à quatre ans. Nous espérons que vous pourriez nous aider à déterminer où il a vécu pendant ce temps.

Valerie gonfla ses joues.

— Fichtre. C'est une grande demande. Savez-vous quelque chose sur son passé ?

— Nous pensons qu'il pourrait être un ancien militaire de l'infanterie, potentiellement du régiment parachutiste, dit Laura. On savait qu'il dormait dans la rue et qu'il avait fréquenté un groupe de soutien pour vétérans à Riverhead avant sa disparition. Nous nous demandions s'il avait été en contact avec ce service à un moment donné pendant cette période où il n'avait pas été vu, ou si vous avez une dernière adresse connue pour lui.

— Il me faudrait un jour ou deux pour parcourir notre base de données, dit l'agente du logement. Vous avez une date de naissance ?

— Nous attendons toujours la confirmation de l'armée britannique, répondit Gavin.

— Bien, cela pourrait prendre du temps pour le trouver sans cela, mais je peux essayer.

— Merci.

Valerie finit d'écrire une note pour elle-même et

arracha la page du bloc-notes à côté du clavier de l'ordinateur de son responsable.

— Savez-vous quand il a quitté l'armée ?

— Nous avons une date de quatre-vingt-dix-neuf.

— C'était il y a longtemps.

— Nous sommes conscients que ce ne sera pas facile.

Grimaçant, Valerie plia la note et la tapota du bout des doigts.

— En effet. Je veux dire, à moins qu'il n'ait été spécifiquement orienté vers ce service, ou une version antérieure de celui-ci, nous aurons de la chance de trouver un dossier à son nom.

— Quels types de problèmes ces vétérans rencontrent-ils ? demanda Laura.

— En dehors des problèmes physiques et mentaux que nous observons généralement chez les anciens combattants ayant vécu des conflits, c'est souvent lors de leur retour à la vie civile que les difficultés se manifestent, expliqua Valerie. Beaucoup d'entre eux se sont engagés très jeunes, à la fin de l'adolescence ou au début de la vingtaine, donc l'armée, par exemple, est la seule vie qu'ils connaissent. Je pense qu'au cours des dernières années, ils ont commencé à leur donner un coup de main à leur départ, une sorte de transition d'un monde à l'autre, mais ce n'est pas suffisant. C'est un énorme choc pour le système de passer d'une vie organisée quotidiennement dans les moindres détails à devoir tout planifier soi-même. D'après mon expérience, j'ai constaté les mêmes problèmes chez les détenus libérés après de longues peines.

— Comment votre service les aide-t-il à trouver un logement protégé ?

— S'ils viennent nous voir, nous les mettons en contact avec les organisations qui peuvent les aider pour le logement et les services associés. Il s'agit de leur fournir les informations nécessaires pour qu'ils puissent faire les bons choix.

Elle fit une pause et désigna les rangées de dossiers alignés sur les étagères.

— Nous sommes débordés, et les conseils locaux sont pressés par le gouvernement en ce qui concerne le financement. Malheureusement, le bien-être mental de notre population sans-abri croissante n'est pas leur priorité, malgré le fait que la nôtre augmente parce qu'ils les encouragent à quitter les villes. Ce n'est pas une priorité pour eux depuis près d'une décennie, malgré toutes les preuves que nous avons désespérément besoin d'argent pour gérer le problème.

— Notre victime aurait pu dormir à la dure dans la campagne, faire du camping sauvage, dit Gavin.

Valerie soupira.

— Dans ce cas, il ne se serait peut-être jamais inscrit chez nous, ou s'il l'avait fait et avait ensuite cessé tout contact, nous aurions perdu sa trace.

— Que se passe-t-il si des personnes comme lui disparaissent ou se déplacent vers d'autres endroits ?

— Eh bien, rien. S'ils ne nous disent pas où ils vont, nous ne pouvons pas les aider.

— Vous devez sûrement faire quelque chose pour eux s'ils font ça ? demanda Laura. Je veux dire, qu'advient-il des allocations auxquelles ils pourraient avoir droit ?

Valerie adressa un sourire triste à la jeune détective.

— C'est là le problème. Certaines de ces personnes ne s'en soucient pas. Elles ne *veulent pas* être retrouvées.

CHAPITRE 23

Kay feuilletait distraitement le journal gratuit qui avait été glissé sous la porte cet après-midi-là, le menton dans la main et le cœur lourd.

Elle ne lisait pas les mots.

Elle ne prêtait pas attention aux photographies des compétitions sportives locales ou des activités de collecte de fonds.

Son esprit revenait sans cesse à sa conversation avec Carys plus tôt ce matin-là, et aux répercussions sur l'équipe si l'enquêteuse quittait la police du Kent pour poursuivre ses ambitions professionnelles.

Un gémissement provenant de la cage grillagée dans le coin de la cuisine rompit le charme, et elle leva la tête pour regarder par-dessus le bord du plan de travail où Adam était assis sur le carrelage, en train de vérifier un à un les renardeaux et de s'assurer que chacun recevait une part équitable de la nourriture qu'il leur administrait.

Depuis leur arrivée ce matin, il les nourrissait toutes les heures et continuerait à le faire pendant la nuit.

— Carys s'en va, dit-elle, entendant l'étonnement et la tristesse dans sa propre voix.

Il releva brusquement la tête et croisa son regard, oubliant le renardeau sur ses genoux.

— Quand ?

— Je ne sais pas. Bientôt, je suppose. Elle a un entretien à Bridgend avec la police du Pays de Galles vendredi. Si elle obtient le poste, elle déménage à Cardiff.

Adam ébouriffa le renardeau entre les oreilles avant de le placer sur les couvertures dans la cage avec ses frères et sœurs, puis il se redressa. Il se lava les mains et tira un torchon de son crochet sous l'évier.

Il s'approcha d'elle, s'essuya les mains et s'assit sur un tabouret de bar en face.

— Quand est-ce qu'elle te l'a dit ?

— Ce matin, quand je suis arrivée. Elle m'a coincée sur le parking.

Elle réussit à former un petit sourire.

— Je ne pense pas qu'elle ait beaucoup dormi cette nuit, à s'inquiéter de ça.

— Ça va, toi ?

— Oui, je suis juste triste en fait. Je veux dire, je sais que je ne peux pas tous les garder avec moi pour toujours, mais j'en suis venue à tellement compter sur elle. C'est ma détective la plus expérimentée.

— Pourquoi Cardiff ?

Kay haussa les épaules.

— C'est nettement moins cher qu'ici pour y vivre. Et je pense que c'est simplement là où se trouve le poste. Le poste d'inspectrice, je veux dire. Ce n'est pas comme si elle devait y rester pour toujours si elle ne le voulait pas, même si je pense qu'elle a peut-être des amis dans cette partie du Pays de Galles, donc...

— Ça a peut-être toujours été dans ses plans.

Adam plia le torchon et le posa sur le plan de travail à côté de lui.

— Quand est-ce qu'elle devrait commencer ?

— Dans quatre semaines, si elle obtient le poste...

— Ce qui sera le cas, parce qu'on parle de Carys.

— Exactement.

— Tu as toujours Gavin, et il y a cette nouvelle enquêteuse stagiaire dans l'équipe maintenant.

— Laura ? Oui, je pense qu'elle a beaucoup de potentiel. Peut-être un peu moins ambitieuse que Carys.

— Ce n'est pas une mauvaise chose.

— Peut-être, même si la dynamique va me manquer.

— Les autres sont au courant ?

— J'ai mis Barnes au courant, juste pour qu'il soit préparé à la charge de travail supplémentaire. Je ne pense pas qu'on obtiendra le financement pour recruter un enquêteur pleinement formé pour la remplacer, on devra attendre la prochaine vague de recrutement parmi les uniformes ou depuis le programme accéléré.

— Mais Gavin ne le sait pas encore ?

— Non. J'ai pensé qu'il valait probablement mieux attendre d'avoir la confirmation qu'elle part vraiment avant de l'inquiéter à ce sujet.

— Ça fera du bien à sa confiance en lui, j'en suis sûr.

— Tu as probablement raison.

Il tendit la main et serra la sienne alors que la sonnette retentissait.

— C'est certain. Tu veux préparer les assiettes ? Ça doit être le plat indien à emporter.

Kay glissa de son tabouret et sortit des assiettes du placard au-dessus du plan de travail, puis elle disposa des couverts à côté sur le comptoir et elle avait décapsulé deux bouteilles de bière fraîches au moment où Adam apparut avec un sac de nourriture.

— Mon Dieu, ça sent bon, dit-elle, et elle rit quand les quatre renardeaux levèrent le nez en l'air. Et vous n'en aurez pas, vous.

— Je vais fermer la porte pour qu'ils ne se baladent pas pendant qu'on mange, dit Adam avant d'attacher une boucle de fil autour des barreaux.

Quelques instants plus tard, ils mangeaient dans un silence complice, un récipient en aluminium de riz entre eux et un autre avec un mélange de restes dans lesquels ils piochaient après le plat principal.

Kay but une gorgée de bière et fit un geste vers les renards.

— Ils ont déjà meilleure mine. Pas aussi mal en point que lorsqu'ils sont arrivés ce matin.

— Amy passera en début de semaine prochaine s'ils continuent à s'améliorer. À ce rythme, ils pourront mieux s'en occuper au centre de secours une fois qu'ils seront hors de danger immédiat.

— Que leur arrivera-t-il quand ils seront relâchés ?

Adam se servit une autre cuillérée de riz dans son assiette et l'écrasa dans le jus de sa sauce curry avant de répondre.

— Le centre de secours a une liste d'agriculteurs sympathiques, dit-il. Ceux qui n'autorisent pas la chasse sur leurs terres et qui n'ont pas de bétail dont il faut s'inquiéter. Ces quatre-là finiront probablement quelque part près de Ringlestone, c'est proche de l'endroit où ils ont été trouvés, et pas en haut de la liste des précédentes libérations. Il y aura plein de terrain pour qu'ils se séparent et se baladent pendant quelques années.

— Je ne sais pas comment Amy fait, dit Kay. Je trouverais ça si dur de les laisser partir, sans savoir ce qui va leur arriver.

— Ce serait plus cruel de les garder.

Adam sourit.

— En plus, elle n'a qu'une place limitée au centre, et il y a toujours d'autres animaux qui ont besoin d'être soignés. On devrait inviter Carys ici avant qu'ils ne repartent si elle a le temps. Elle ne te le pardonnerait jamais si elle n'avait pas l'occasion d'en prendre un dans ses bras.

Kay fit tinter sa bouteille de bière contre la sienne.

— Ça semble être un bon plan, monsieur Turner.

Il lui fit un clin d'œil et pointa sa fourchette vers le reste de la nourriture.

— Si tu en veux encore, sers-toi, sinon je finis tout.

CHAPITRE 24

Barnes sortit ses bottes en caoutchouc du coffre de la voiture et laissa échapper un soupir en s'asseyant sur le siège passager pour les enfiler.

À côté de lui, Carys vacillait sur un pied tout en essayant d'enfiler l'autre dans une botte, en marmonnant des jurons.

— Tu ferais mieux de t'y habituer, Miles. Là où tu vas, c'est de l'élevage de moutons partout.

— Je n'y suis pas encore, Ian. Il faut d'abord que j'obtienne le poste. Et puis, c'est Cardiff, pas la campagne.

Elle se redressa et lui adressa un sourire triste.

— Kay te l'a dit, alors ?

— Oui.

Il donna un dernier coup de pied et la botte glissa.

— Dieu merci. Je suis sûr qu'elles ont rétréci quand je les ai nettoyées au jet l'autre matin.

— Tu les as mises aux bons pieds ?

Il sourit, lui fit un bras d'honneur, puis se leva et

examina les champs au-delà de la cour où ils s'étaient garés. Il inspira l'air frais.

Des rangées et des rangées d'arbres fruitiers noueux s'étendaient à perte de vue.

Carys suivit son regard.

— C'est différent par ici, comparé à la ferme de Maitland, n'est-ce pas ? Plus plat.

— Ça ne semble pas aussi désolé à cette période de l'année non plus.

Il se tenait les mains sur la ceinture et se retourna pour observer la propriété étendue.

— Je ne sais pas comment les gens font ça pour gagner leur vie. C'est un travail sacrément dur, surtout maintenant qu'ils ne peuvent plus garantir l'aide à la récolte venant de l'étranger.

— J'ai entendu dire que c'était assez mauvais ici l'année dernière. Beaucoup de cueilleurs de fruits ne se sont pas donné la peine de venir.

Carys contourna une flaque profonde qui s'étendait entre une remorque à plateau et un véhicule tout-terrain cabossé.

— Qui allons-nous rencontrer ?

— Lui, dit Barnes, et il leva la main alors qu'un homme apparaissait sur le seuil de la ferme et s'approchait d'eux d'un pas nonchalant. Hugh Ditchens ?

— C'est moi.

Le fermier quinquagénaire serra la main de Barnes, puis celle de Carys et il fit un geste vers un bâtiment bas en brique qui longeait un côté de la cour.

— Venez au bureau. Ça ne fera rien si on met de la

boue par terre, et il y fait chaud. J'ai allumé le chauffage il y a une heure. Vous voulez boire quelque chose ?

— Non merci, ça ira. Vous êtes occupé en ce moment ?

— On est dans une période un peu creuse, répondit Ditchens alors qu'il se dirigeait vers son bureau et les faisait entrer. Ne vous inquiétez pas de laisser vos bottes à la porte, personne ne le fait.

Sa voix était joyeuse, pragmatique.

Tandis que Barnes promenait son regard sur les murs et observait les plannings annuels et les aquarelles d'amateur qui se bousculaient pour occuper l'espace aux côtés de trois estampes d'aviation fanées, chacune représentant un avion de la Seconde Guerre mondiale en vol, et de dessins d'enfants épinglés à côté, il sentit que Ditchens n'était pas un homme facilement sujet au stress.

— C'est à propos du type qui a été trouvé dans le champ de Dennis ? demanda Ditchens.

Il fit un geste vers un fauteuil rembourré et une chaise de camping branlante.

— Désolé pour le mobilier. Je prévois d'avoir des choses un peu plus neuves vers l'été.

Barnes regarda la chaise de camping avec suspicion et ignora le regard malicieux que Carys lui lança en s'enfonçant dans le fauteuil et en croisant les jambes. Il s'y installa avec précaution, s'attendant à moitié à atterrir par terre, puis il reporta son attention sur le fermier.

— C'est exact. Juste quelques questions de routine pour nous aider à comprendre comment il aurait pu arriver là en premier lieu. Avez-vous remarqué des activités inhabituelles au cours des deux dernières semaines ?

— Je ne peux pas dire que ce soit le cas. Évidemment,

avec la saison touristique qui ne commence que dans quelques mois, ce n'est pas aussi animé par ici, ça peut être embêtant avec les dépôts sauvages, particulièrement dans le champ qui borde le verger de cerisiers. C'est le plus proche de la route, vous voyez. Ces salauds s'arrêtent, jettent tous leurs déchets par-dessus la clôture et repartent.

— Nous sommes particulièrement intéressés par tout ce que vous auriez pu voir ou entendre la nuit, précisa Barnes. Des véhicules, ce genre de choses.

Ditchens se gratta l'oreille.

— Pour être honnête, je suis généralement endormi vers dix heures et demie la plupart des nuits, donc je n'entends pas grand-chose.

— Est-ce que vous possédez un avion léger, monsieur Ditchens ? demanda Carys.

Il rit en la voyant regarder par-dessus son épaule les estampes d'aviation.

— Non, je n'en ai pas les moyens.

— Ces peintures semblent anciennes.

— Elles appartenaient à mon père. Il a toujours eu un faible pour les avions de chasse de la Seconde Guerre mondiale, le Spitfire en particulier.

— Avez-vous connaissance d'aérodromes privés dans la région ? demanda Barnes. Pour l'épandage des cultures et ce genre de choses ?

— Je n'en connais pas, et je ne peux pas imaginer que quelqu'un par ici en ait besoin. Nous n'avons tout simplement pas la superficie comme certaines des plus grandes exploitations céréalières.

— D'où vient votre main-d'œuvre ? Ce sont des locaux ?

— Principalement du village, oui. Ça devient plus actif au moment de la récolte, bien sûr, donc nous embauchons des travailleurs occasionnels pour aider même si la plupart de la cueillette des fruits se fait à la machine de nos jours.

Il sourit avec indulgence.

— Il y a encore certaines tâches que les gens font mieux.

— Des voyageurs se présentent-ils parfois pour chercher du travail ?

— Occasionnellement.

Ditchens remua sur son siège.

— Remarquez, c'est une tradition du Kent, n'est-ce pas ? Tout le monde descendait de Londres dans le temps pour aider aux récoltes de fruits et de houblon. Ils en faisaient des vacances.

— Et comment les payez-vous ?

— En espèces.

Le cou du fermier rougit.

— Mais je déclare tout ça avec mon comptable quand je fais ma déclaration d'impôts.

Barnes sourit.

— C'est noté, monsieur Ditchens. C'est très louable de votre part. Avez-vous eu des problèmes avec des gens qui dormaient à la dure sur ou près de vos terres ?

— Non, Dieu merci.

Ditchens se pencha en arrière dans son fauteuil et croisa les mains sur ses genoux.

— J'ai entendu dire que ça arrive de plus en plus, sauf que le gouvernement ne fait rien à ce sujet. Ils ne s'intéressent qu'aux sans-abri qu'ils voient dans les villes, n'est-ce pas ? J'imagine que j'ai de la chance de ne pas avoir à gérer ce genre de chose par ici.

Barnes se leva de la chaise, les pieds vacillant alors qu'il se redressait.

— Je pense que c'est tout pour les questions que nous avions pour le moment, monsieur Ditchens. Merci pour votre aide.

— Pas de problème, inspecteur. J'espère que vous trouverez qui a tué cet homme. Qui qu'il soit, il ne méritait pas de finir sa vie comme ça. Ce n'est tout simplement pas juste.

CHAPITRE 25

— C'est ici. Peverell Pet Food Supplies, dit Laura en tournant à gauche sur la route départementale et en suivant une allée en béton craquelée qui serpentait entre d'épais pins.

Gavin feuilleta les pages qu'il avait imprimées à partir d'une recherche sur Internet tandis qu'elle freinait pour s'arrêter.

— Il est écrit qu'ils sont installés ici depuis dix ans, fournissant de la viande de qualité à l'industrie des aliments pour chats et chiens. Des lapins.

— Je ne pourrais pas faire ce travail.

— Moi non plus.

Il plia les impressions et les laissa tomber dans le vide-poche.

— Je suppose que quelqu'un doit bien le faire, cependant. Sinon, Médor n'aura pas ses croquettes sans céréales ni conservateurs, n'est-ce pas ?

— Ma sœur a un chat. Il ne mange rien d'autre qu'une

marque particulière d'aliments. La sorte chère qui vient dans un de ces sachets, bien sûr.

— Pas une amoureuse des animaux, alors ?

— J'aime les animaux, juste pas celui-là. Une saloperie de boule de poils vicieuse. Je ne me suis proposée pour le garder qu'une seule fois. Plus jamais, sauf s'ils me donnent des gants de protection à porter.

Elle freina à côté d'une vieille voiture break grise aux ailes éclaboussées de boue.

Un frisson d'appréhension parcourut les épaules de Gavin tandis qu'il suivait Laura entre une série de nids-de-poule profonds et promenait son regard sur les bâtiments bas qui longeaient la clôture au-delà de la cour.

Des bruits étouffés provenaient de l'intérieur, un bourdonnement de mouvements percé d'un seul cri – puis le silence.

— On aurait dû insister pour le verger, marmonna Laura.

Gavin ne répondit pas, mais porta son attention sur le bungalow qui avait été construit sur le côté, sa position telle que les fenêtres faisaient face à l'opposé des dépendances et offraient une vue sur un potager bien établi et des plates-bandes fraîchement bêchées.

Un bain d'oiseaux en terre cuite trônait au centre d'une pelouse qui avait besoin d'être tondue, tandis qu'un sac de terreau et une pelle légère avaient été laissés sur l'herbe à côté d'un sillon de terre fraîchement creusé.

Le panorama offrait un contraste saisissant avec ce qui se trouvait sûrement à l'intérieur des bâtiments derrière lui.

Ne voyant personne à l'extérieur de la maison, il sonna à la porte.

Il n'eut pas à attendre longtemps.

La porte s'ouvrit, et une femme en anorak bleu et jean slim apparut, ses cheveux châtain clair effleurant ses épaules.

— Oui ? dit-elle, ses yeux verts interrogateurs.

Gavin montra sa carte de police et présenta Laura.

— Helen Peverell ? Nous menons une enquête dans le secteur concernant un incident sur la propriété de Dennis Maitland. Nous pouvons vous parler un instant ?

Le front de la femme se plissa un moment avant que ses sourcils ne se haussent.

— Est-ce que c'est à propos de l'homme mort qu'on aurait trouvé ? Adrian allait appeler Dennis pour savoir ce qui se passe.

— C'est bien ça. Votre mari est-il là ?

— Il est dans la cuisine. Vous voulez entrer ?

— Merci.

Il s'essuya les pieds sur le paillasson et la suivit le long d'un couloir simple dépourvu de toute décoration ou bibelot, jusqu'à une cuisine spacieuse à l'arrière du bungalow.

Un homme se leva d'une table à côté d'un grand réfrigérateur, son journal ouvert aux pages des courses hippiques. Il tendit la main.

— Adrian Peverell. J'ai bien entendu ? Vous êtes de la police ?

— Oui, répondit Gavin. Nous voulions vous poser quelques questions, à vous et à votre femme, au sujet d'un homme dont le corps a été retrouvé dans l'un des champs de Dennis Maitland.

Adrian fit un geste vers une paire de canapés qui

occupait un côté de l'espace cuisine à côté d'une table basse.

— Venez vous asseoir ici. Une boisson chaude ?

— Non, merci.

Il laissa Laura passer devant et parcourut du regard les bougies striées de cire et les livres qui occupaient la majeure partie de la surface de la table, puis il leva les yeux quand Helen Peverell s'assit à côté de son mari.

Elle sourit.

— Nous passons la plupart de notre temps ici, comme vous pouvez probablement le constater. C'est souvent plus chaud que le salon en hiver. Comment pouvons-nous vous aider ?

Gavin leur tendit le croquis d'Ethan Archer.

— Avez-vous déjà vu cet homme auparavant ?

Helen se mordit la lèvre et inclina le croquis pour que son mari puisse voir.

— Il ne me dit rien. Non, je ne pense pas. Est-ce l'homme qui a été retrouvé dans le champ ?

— Oui. Nous essayons de déterminer s'il aurait pu faire du camping sauvage dans la région. Avez-vous constaté des vols dans votre ferme, ou remarqué des signes d'effraction ces derniers mois ?

Adrian rendit le croquis et secoua la tête.

— Je n'ai rien remarqué, mais nous avons des caméras de surveillance autour de la ferme, et les limites de la cour sont équipées d'alarmes la nuit, donc si quelqu'un essayait de voler quelque chose ou de s'introduire, nous le saurions immédiatement.

— C'est un dispositif de sécurité assez conséquent,

monsieur Peverell, commenta Laura. Avez-vous eu des problèmes par le passé ?

Sa bouche se tordit.

— Des militants pour les droits des animaux, il y a environ deux ans. Les gens n'aiment pas connaître la vérité sur l'origine des aliments pour animaux de compagnie.

— Vous ne vendez pas les lapins pour la consommation humaine ?

— Non, uniquement pour les aliments pour animaux. Il y a quelques entreprises bien établies dans la région qui vendent du gibier de qualité, y compris du lapin. Nous avons vu une opportunité sur le marché pour de la viande moins chère destinée aux aliments pour animaux, donc nous ne sommes pas en concurrence avec eux. Helen vient d'une famille d'agriculteurs, et mon père était boucher—

— Mais je dois dire que les lapins sont beaucoup plus faciles à gérer qu'un troupeau de bœufs, intervint Helen.

— Je ne savais pas que les lapins étaient élevés en batterie, dit Gavin.

— C'est une pratique courante en Europe. C'est de là que nous avons eu l'idée, dit-elle. La plupart des fournisseurs britanniques d'aliments pour animaux importent la viande de lapin, mais nous avons pensé que nous pourrions proposer des prix inférieurs à ceux des importations et fournir une alternative moins chère.

— L'entreprise marche bien ? demanda Laura.

— Extrêmement bien, répondit Adrian. Un vrai soulagement, en fait, nous avons contracté un sacré prêt bancaire pour acheter la ferme.

— Combien de personnes employez-vous ici ?

— Pas beaucoup. On a quelques employés à temps

partiel qui viennent nous aider quand on abat les bêtes et qu'on les prépare pour la distribution, mais la plupart du temps, c'est juste nous deux. On peut s'occuper des cages et gérer le quotidien de l'exploitation.

Adrian haussa les épaules.

— Ça aide à réduire les frais généraux. C'est pour ça qu'on a eu tant de succès, on n'emploie pas beaucoup de gens.

— Et pour la main-d'œuvre occasionnelle, les itinérants avec leur sac à dos, ce genre de personnes ? demanda Gavin.

— On en a eu quelques-uns qui sont passés demander du travail au fil des ans, répondit Helen. Surtout des gens dans le besoin qui cherchaient un peu de travail au noir, mais on les a toujours renvoyés. Ici, on fait tout dans les règles, donc les temps partiels passent par le système de paie.

— On ne peut tout simplement pas se permettre qu'une inspection ait une quelconque excuse pour nous fermer, dit Adrian. C'est notre gagne-pain. Donc, comme le dit Helen, tout est documenté et comptabilisé, y compris nos travailleurs.

— Est-ce que vous possédez un avion ? demanda Laura.

Adrian rit.

— Non, déjà on ne peut pas se le permettre. Et ce n'est pas comme si on en avait besoin pour élever des lapins.

Gavin vérifia ses notes, puis se leva du canapé et tendit une carte de visite à Adrian.

— Merci à vous deux pour votre temps aujourd'hui. Je pense que c'est tout pour le moment, mais si vous pensez à quelque chose qui pourrait nous aider, ou si vous entendez quelqu'un mentionner quoi que ce soit qui vous inquiète, j'apprécierais que vous m'appeliez.

— Pas de problème.

Adrian se leva, glissa la carte dans la poche arrière de son jean et fit un geste vers la porte.

— Je vous raccompagne si vous le voulez bien.

Alors que Gavin suivait Laura et l'éleveur de lapins vers la porte d'entrée, son regard se porta sur les bâtiments bas en face de la maison.

— Aviez-vous de l'expérience en agriculture avant d'acheter cet endroit ? demanda-t-il.

— Helen en a, comme elle l'a dit, ses parents ont un troupeau de bovins dans le Shropshire. J'avais aidé dans quelques fermes pendant mon voyage en Australie, dit Adrian. C'est là que j'ai rencontré Helen. Je suis originaire du Suffolk. On a vu cet endroit sur le marché quand on est rentrés, et il était en vente à bas prix. Encore cher, d'où le prêt bancaire, mais moins cher qu'il ne l'aurait été si la banque n'avait pas été sur le point de saisir l'hypothèque du propriétaire précédent. Ce bâtiment là-bas où on garde les cages à lapins était presque en ruine, mais on l'a fait réparer la première année. L'entreprise s'est rapidement développée après ça, donc on a dû en construire un autre.

Adrian pointa du pouce par-dessus son épaule vers le deuxième bâtiment annexe.

— On utilise celui-là pour le traitement des lapins, l'abattage, le dépeçage et puis la préparation de la viande pour l'expédition aux entreprises de nourriture pour animaux. Vous voulez jeter un coup d'œil ?

Gavin secoua la tête, se demandant à quelles horreurs il

devrait faire face s'il passait les doubles portes que l'agriculteur indiquait.

— Ça ira, monsieur Peverell. Je pense qu'on en a assez pour l'instant. Merci pour votre temps.

— Pas de problème.

Alors qu'il se tournait vers la voiture, Laura se mit à marcher à côté de lui et expira.

— Dieu merci, dit-elle. J'ai cru que tu allais dire oui. Ces pauvres lapins.

— Je sais, mais c'est comme ça qu'on élève les poulets ici aussi.

— Ils ne sont pas aussi mignons.

— Ne dis pas ça à la moitié de Kay.

CHAPITRE 26

Une frustration palpable flottait dans l'air alors que l'équipe de Kay se réunissait pour le briefing de l'après-midi.

Des grommellements et une tendance à s'énerver les uns contre les autres avaient remplacé leur enthousiasme, et elle essaya de se rappeler comment Sharp les avait stimulés quand elle était inspectrice sous ses ordres.

Elle prit une profonde inspiration et tenta de garder un ton léger.

— Commençons, tout le monde. Je sais que cette affaire est difficile, mais nous progressons. Nous devons à Ethan Archer de rester concentrés.

Elle le sentit alors ; un changement qui se propagea parmi les officiers et le personnel administratif rassemblés alors qu'ils commençaient à se redresser sur leurs sièges.

Le clic des stylos qu'on décapuchonne et des cahiers qu'on ouvre à de nouvelles pages lui parvint, puis un silence progressif s'installa dans la pièce.

— Merci, dit-elle. J'espère qu'à présent, vous avez eu

l'occasion de lire les rapports des entretiens avec Hugh Ditchens et les Peverell. Aucun de ces propriétaires terriens n'a reconnu notre victime, et personne n'a signalé de vols ou de signes de camping sauvage sur leurs terres non plus. Debbie, comment t'en es-tu sortie pour essayer de localiser la famille proche ?

L'agente de police se leva et éleva la voix.

— J'ai passé en revue tous les dossiers, chef. Ses parents sont morts il y a treize ans, et Ethan ne s'est jamais marié.

— Des frères et sœurs ?

— Je n'ai pas pu le déterminer. Ethan a été adopté par les Archer quand il avait trois ans. Ils n'avaient pas d'enfants à eux, et je ne trouve rien qui suggère qu'il ait eu des frères et sœurs biologiques.

— D'accord, merci.

Kay fit une pause pour vérifier l'ordre du jour.

— Barnes, quoi de neuf concernant la camionnette ?

— Toutes les enquêtes de porte-à-porte le long de la ruelle ont été effectuées, répondit l'inspecteur. Personne d'autre ne se souvient avoir entendu une camionnette cette nuit-là. Un ou deux résidents à l'extrémité de la route ont déclaré qu'ils entendaient parfois des véhicules circuler dans la ruelle tard le soir, mais ils ne peuvent pas spécifiquement identifier une camionnette ou une date précise.

— Quelque chose sur les caméras de surveillance ?

— Rien, j'en ai peur, chef. Personne dans le coin n'a de caméras de sécurité, ce sont toutes des résidences privées. Il n'y a pas d'entreprises le long de cette route. La plus proche est sur la route principale en direction de Hildenborough.

Nous avons vérifié les images de là-bas, mais aucune camionnette n'apparaît le soir mentionné par Peter Winton.

— Qu'en est-il des traces de pneus ? ajouta Kay. Où en êtes-vous avec ça ?

Barnes se tourna vers Laura et haussa un sourcil.

— Nous attendons toujours des nouvelles de Patrick, chef, dit-elle. Je l'ai appelé il y a quelques heures, mais il y a du retard. Il dit que ce ne sera peut-être pas avant la semaine prochaine qu'il aura quelque chose pour nous.

— Et les avions légers dans la région ? continua Kay. Quelque chose ?

— Tous les avions et pilotes enregistrés dans la région sont répertoriés, répondit Phillip Parker. Aucun d'entre eux n'a enregistré de vol qui coïncide avec la nuit en question.

Kay arpenta la moquette.

— Bon, dans ces circonstances, nous allons laisser la camionnette de côté pour le moment. En l'absence de preuves pour étayer l'affirmation de Winton selon laquelle il a entendu une camionnette cette nuit-là, nous risquons de perdre du temps sur quelque chose qu'il aurait pu inventer. Nous devons concentrer notre attention sur l'endroit où Ethan Archer aurait pu séjourner avant d'être tué. Avons-nous reçu quelque chose des associations caritatives locales pour les sans-abri ou du conseil municipal ?

— Personne n'a de trace de lui, dit Gavin. Ils luttent contre un manque de financement, et il semble que cela ait un impact sur leur capacité à suivre les sans-abri dans la région. Il n'a certainement pas demandé d'aide concernant le logement, selon les personnes avec qui nous avons parlé.

— Donc, nous devons commencer à envisager d'autres options.

Kay se retourna et tapota la carte affichée au mur.

— Dans ces circonstances, Gavin, je veux que tu travailles avec les agents en uniforme pour coordonner une recherche de la réserve naturelle qui inclut le réservoir au sud des terres agricoles ici.

— Tu penses qu'il aurait pu camper là sans être vu ? demanda Carys.

— Peut-être, à cette période de l'année, répondit Kay. L'hiver a été rude, ce qui a pu contribuer à un faible nombre de visiteurs. Seul un ornithologue passionné ou un pêcheur aurait été assez courageux pour affronter ces températures. Inversement, c'est quelque chose dont Ethan aurait pu profiter : il aurait été moins probable que quelqu'un le repère.

Laura leva la main.

— Chef ? Pensez-vous qu'il aurait pu délibérément se cacher dans la campagne, plutôt que simplement faire du camping sauvage comme alternative à la recherche d'un abri en ville ? Je veux dire, s'il avait peur ou se cachait de quelqu'un ?

— Oui, je le pense. Nous devons également envisager la possibilité qu'il ne séjournait pas du tout dans la région. Si c'est le cas, alors pourquoi est-il revenu ici ? S'il se cachait depuis tout ce temps, qu'est-ce qui l'a fait sortir de sa cachette ?

— Quelqu'un a dû agiter une sacrée grosse carotte, dit Barnes. Quelque chose pour l'attirer. Quand tu as parlé à Stephen Halsmith, est-ce qu'il a dit quelque chose sur les raisons pour lesquelles Ethan aurait pu disparaître en premier lieu ?

— Non, répondit Kay. Je ne pense pas qu'ils étaient proches. Il a dit qu'Ethan avait simplement arrêté de venir au groupe de soutien, et je suppose qu'il n'avait aucun moyen de le contacter.

— C'ÉTAIT du bon travail avec les associations d'anciens combattants, Kay, dit Sharp en piquant une crevette tigrée avec sa fourchette. Je ne pense pas que le conseil municipal allait nous fournir la percée dont nous avions besoin là-bas.

— Merci, chef.

Kay prit une gorgée de sa bouteille de bière, puis avala une autre bouchée de riz.

— Mon Dieu, je vais devoir commencer un régime ou quelque chose comme ça à ce rythme. Nous avons aussi mangé à emporter à la maison hier soir.

— Tu cours toujours ?

— Pas assez.

Sharp passa son pouce sur l'étiquette de sa bouteille de bière.

— Nous devons découvrir où Ethan a été ces trois dernières années depuis que Halsmith a dit qu'il avait disparu.

— J'ai demandé à Laura de contacter les agences pour anciens combattants dans un rayon de trois cents kilomètres cet après-midi, dit Kay. Ça prend du temps, mais jusqu'à présent ses coordonnées n'ont rien donné chez aucune d'entre elles.

— Crois-tu qu'il soit resté caché pendant tout ce temps ?

Elle haussa les épaules.

— S'il a réussi à rester en bonne santé, à trouver suffisamment à manger et à s'abriter, je pense qu'il aurait pu le faire. Surtout compte tenu de son passé et de sa formation.

— Et surtout s'il était déterminé à ne pas être trouvé.

— Eh bien, nous n'avons rien trouvé sur lui auprès de l'organisme d'enregistrement des véhicules, donc il se déplaçait à pied, ou à vélo, à moins qu'il n'ait eu un véhicule non immatriculé.

— Plus difficile à cacher.

—Je sais.

— J'imagine que tu as déjà essayé tous les contacts locaux que nous avons dans les différents programmes de lutte contre la drogue ?

— Oui, mais je ne pense pas qu'Ethan ait été un consommateur habituel de toute façon. Rien n'a été détecté dans le rapport toxicologique que Lucas a joint à ses conclusions post-mortem, et il n'a pas noté de dommages associés à une consommation de drogue à long terme.

Sharp utilisa une serviette en papier pour essuyer le jus de nouilles sur son menton.

— Il n'aurait pas pu rester caché si longtemps s'il avait eu besoin d'une dose régulière.

—Exactement, dit Kay.

S'adossant à sa chaise, Sharp fit glisser sa bouteille de

bière en cercles sur le bureau, la condensation créant un chemin à sa surface.

— Je pense qu'il est temps de communiquer ses détails au public, dit-il. Cela fait une semaine, et nous avons à peine réussi à l'identifier grâce à Halsmith, et ce n'est pas encore corroboré.

— Je lui ai demandé s'il serait d'accord pour aller à la morgue avec Barnes pour vérifier qu'il s'agit bien d'Ethan, dit Kay. Il a accepté, mais ce ne sera pas avant demain matin.

— D'accord, alors en attendant, mettons sa photo, ou au moins le croquis, aux informations du petit-déjeuner, et voyons si quelqu'un se manifeste avec plus d'informations.

Il se pencha en avant et griffonna dans son carnet.

— Je vais demander à Barnes de suivre la piste kosovare, dit Kay. Je n'ai pas connaissance de problèmes au sein de la communauté ici dans le Kent, mais quelqu'un pourrait avoir entendu quelque chose qui pourrait nous aider.

— Bien, oui, fais ça. On peut faire confiance à Barnes pour être discret.

Kay soupira et laissa tomber sa fourchette dans le contenant en aluminium vide.

— Et si tout cela ne donne rien, nous sommes fichus, n'est-ce pas ?

CHAPITRE 27

Une fine brume enveloppait la rue lorsque Kay quitta le poste de police. Elle descendit les marches et tourna à gauche dans Palace Avenue.

Elle serrait la bandoulière de son sac à main sur son épaule et ramenait le col de son manteau de laine sur son cou de son autre main, regrettant de ne pas avoir mis d'écharpe – ou au moins un manteau qui la protégeait mieux des éléments, comme la veste cirée qu'elle avait laissée accrochée à la patère dans le couloir dans sa hâte de quitter la maison ce matin-là.

Son souffle embuait l'air humide tandis qu'elle accélérait le pas et tournait dans le parking de courte durée derrière le musée des carrosses.

Bien qu'elle n'ait pas prévu de travailler tard, la suggestion de Sharp de se retrouver pour un repas après que tout le monde était parti avait du sens, et ils avaient passé du temps à réfléchir à la décision de Carys de partir ainsi qu'à l'affaire en cours.

Elle appréciait que malgré son ascension dans les rangs

jusqu'au poste de commandant divisionnaire, Sharp reste un bon auditeur – et un ami sur lequel elle pouvait compter pour voir les problèmes sous un nouvel angle qu'elle n'aurait peut-être pas envisagé.

Il avait été plus stoïque face au fait qu'ils allaient perdre leur enquêteuse la plus expérimentée, et pragmatique concernant ce que Kay voyait comme une perturbation pour l'équipe.

D'ailleurs, jusqu'à ce qu'ils sachent quelles décisions supplémentaires en matière de financement ou de personnel pourraient être prises par ceux en charge de ces questions au quartier général, ils ne pouvaient rien faire de toute façon.

Kay essaya de se débarrasser de son humeur maussade en marchant derrière les véhicules qui restaient sur le parking et elle se dirigea vers le trottoir qui longeait la route en face du palais de l'archevêque.

La circulation était fluide à cette heure de la nuit, et elle traversa la rue à sens unique en courant derrière un bus qui passait plutôt que d'attendre au passage piéton.

Le chemin se séparait de la route une fois qu'elle eut dépassé le bureau d'état civil et coupait à travers le domaine du palais, la brume créant un adoucissement étrange des bruits occasionnels d'une voiture qui passait et enveloppant les anciennes pierres tombales qui se dressaient solennellement devant l'église All Saints.

Elle n'avait pas peur des morts.

C'étaient les monstres vivants qui croisaient son chemin qui lui donnaient des cauchemars de temps en temps.

Réprimant un bâillement, elle fit un signe de tête à un

homme âgé qui passait dans la direction opposée avec un terrier croisé en laisse, le chien s'arrêtant pour renifler à la base des sorbiers et des ifs qui bordaient le chemin.

Les portes de l'église du quatorzième siècle restaient résolument fermées ; le prochain service n'aurait pas lieu avant dimanche et l'endroit n'était pas ouvert aux visiteurs après seize heures. Devant, le chemin faisait un zigzag à droite puis à gauche, passant devant un amas de pierres tombales qui se blottissaient sous les arbres, disparaissant de la vue à mesure qu'elles vieillissaient.

Elle aimait emprunter ce raccourci jusqu'au parking de College Road – il était raisonnablement bien éclairé, malgré les lampadaires qui ressemblaient à des taches blanches dans la brume s'élevant de la rivière, et cela offrait un peu de répit par rapport à la masse de béton du centre-ville après une journée de travail.

En approchant d'un croisement sur le chemin, elle jeta automatiquement un coup d'œil à sa droite et sourit.

Quelques années plus tôt, le conseil municipal avait installé des lanternes de style victorien le long du Horseway menant à l'eau, et dans l'air froid de la nuit, cela lui rappelait une histoire d'enfance sur une armoire et des endroits au-delà.

Une fraction de seconde plus tard, elle trébucha lorsque quelqu'un lui rentra dedans en venant de la direction du parking.

Kay poussa un cri de surprise et resserra sa prise sur son sac à main avant de faire volte-face, le cri d'alarme encore sur ses lèvres.

— Désolée, madame. Désolée, dit une silhouette encapuchonnée en levant les mains, reculant, son visage dans l'ombre et son ton apologétique. Je ne voulais pas vous faire peur.

— Regardez où vous allez, lança Kay sèchement, le cœur battant.

— Désolée.

La silhouette enfonça ses mains dans ses poches, se retourna et s'éloigna en courant à travers le cimetière, laissant derrière elle une puanteur de vêtements sales et d'odeur corporelle.

Kay expira et sentit la chaleur monter à ses joues tandis qu'elle regardait autour d'elle, réévaluant son environnement.

Il n'y avait personne d'autre aux alentours ; personne d'autre pour être témoin de sa culpabilité et de sa gêne face à sa réaction lorsque l'autre femme l'avait bousculée.

Plusieurs refuges pour sans-abri se trouvaient à proximité, et elle avait fait des dons à des associations locales via leurs sites web de temps en temps.

Pourtant, elle était là, effrayée à en perdre la raison par quelqu'un qui venait probablement de quitter un tel endroit après avoir reçu de l'aide.

— Idiote, se réprimanda-t-elle à voix basse, puis elle accéléra le pas et passa sous l'arche qui traversait un mur en pierres sèches et menait au parking.

Le temps qu'elle atteigne sa voiture, son rythme cardiaque était revenu à la normale.

Fouillant dans son sac à main, toujours en colère contre elle-même, elle jura en essayant d'incliner le sac pour voir à l'intérieur et trouver ses clés, sans succès. Exaspérée, elle fourra sa main dans la poche de son manteau.

Ses doigts touchèrent la surface métallique familière de

ses clés de maison à côté du porte-clés en plastique de la voiture, mais aussi quelque chose d'autre.

Elle fronça les sourcils, sortit sa main et fixa le morceau de papier plié qu'elle tenait.

Elle ne se souvenait pas de l'avoir mis dans sa poche – elle n'avait récupéré le manteau au pressing que deux semaines auparavant, et c'était la première fois qu'elle le portait aujourd'hui.

De fines lignes bleues traversaient la page blanche et, tandis qu'elle passait son pouce sur les plis, elle scruta par-dessus la voiture vers le cimetière au-delà du mur en pierres sèches.

Il n'y avait aucun signe de la femme encapuchonnée qui l'avait bousculée.

— Bon sang.

Kay déverrouilla la voiture, jeta son sac sur le siège passager et s'assit derrière le volant. Laissant la portière ouverte, elle déplia le papier sous le faisceau de la lumière intérieure.

Son cœur manqua un battement lorsqu'elle lut l'écriture griffonnée sur la page.

Je sais ce qui est arrivé à Ethan. Rencontrez-moi demain. 7h – amphithéâtre. Venez seule.

CHAPITRE 28

Kay ajusta l'épaisse écharpe en laine autour de son cou, maudissant le fait qu'elle avait oublié de couper l'étiquette qui lui grattait la peau.

Elle scruta la pénombre matinale en direction du centre-ville.

Le chemin de halage était désert ce matin-là, à l'exception d'une paire de canards qui s'étaient approchés d'elle à la nage lorsqu'elle était arrivée cinq minutes plus tôt, avant de lui tourner le dos, dégoûtés par l'absence de nourriture qu'elle leur offrait.

Elle consulta sa montre.

Sept heures moins deux.

Deux gobelets de café à emporter identiques étaient posés sur le premier des petits murs en béton qui formaient l'amphithéâtre derrière l'Hermitage.

Elle les avait achetés à un camion ambulant qui faisait de bonnes affaires depuis une aire de stationnement sur son chemin vers la ville, sa clientèle habituelle étant un groupe d'ouvriers du bâtiment en gilets haute visibilité.

Elle avait ri et plaisanté avec eux en attendant son tour, l'arôme des sandwichs au bacon étant trop tentant pour y résister, ce qui expliquait pourquoi un paquet de papier sulfurisé était perché sur chacun des gobelets de café.

Maintenant, elle se demandait si la femme allait se montrer.

Elle soupira et se détourna de la rivière pour faire face à l'amphithéâtre.

La structure moderne se fondait dans le paysage en pente qui montait du cours d'eau vers l'arrière de l'Hermitage. Ses murs de béton semi-circulaires étaient entrecoupés d'une herbe épaisse et luxuriante en été, qui se remplissait de gens lors de pique-niques improvisés accompagnant des pièces de théâtre ou des concerts organisés pendant les mois les plus chauds.

Elle jeta un coup d'œil sur le gazon boueux et humide qui avait été labouré pendant l'hiver, et elle frissonna.

Quelque part dans la haie qui bordait l'Hermitage, un merle gronda avant de se taire et un rouge-gorge répondit d'un ton querelleur. La circulation commençait à s'intensifier au-delà du bâtiment maintenant, le grondement des camions tonnant le long de College Road alors qu'une faible lumière du jour commençait à dissiper l'obscurité.

Elle fit volte-face en entendant des pas sur sa droite.

La femme portait un anorak, un jean défraîchi et des chaussures qui avaient connu des jours meilleurs, mais Kay la reconnut de la veille.

Elle s'avança vers Kay, ses yeux sombres scrutant à gauche et à droite, les épaules affaissées à mesure qu'elle s'approchait.

— Je commençais à croire que vous aviez changé d'avis, dit Kay.

— Je devais m'assurer que vous étiez seule.

La voix de la femme était mince, fluette, comme si elle n'était pas utilisée et instable, teintée de peur.

— Vous l'êtes, n'est-ce pas ?

— Oui.

Kay prit l'un des gobelets de café et un sandwich chaud.

— Je n'ai pas pris de petit-déjeuner. Je me suis dit que vous aimeriez peut-être quelque chose aussi.

La femme lui arracha la nourriture des mains, puis la regarda d'un air méfiant.

— Je n'y ai rien fait, dit Kay, impatiente. Ça vient du camion sur Sittingbourne Road. Si vous n'en voulez pas, je le prendrai.

Elle déballa l'autre sandwich, y planta ses dents, puis se dirigea vers l'un des escaliers intégrés aux murs de l'amphithéâtre et s'assit. Posant son gobelet de café sur la marche à côté d'elle, elle regarda la femme lécher la graisse de ses doigts et engloutir la nourriture.

Une ombre de sourire passa sur son visage tandis qu'elle froissait le sac en papier. Elle traversa jusqu'où Kay était assise et prit une gorgée de café. Elle plissa le nez.

— Désolée, je ne savais pas si vous preniez du sucre, alors j'ai dû deviner, dit Kay.

— Peu importe. C'est chaud. Merci.

— Je vous en prie. Comment avez-vous su qui j'étais ?

— Je vous ai vue à la télé au refuge. J'ai demandé à l'un des bénévoles.

— Vous êtes d'ici ?

— Pour l'instant. Mais je ne vais pas rester dans le coin.

— Comment vous appelez-vous ?

— Shelley.

— Shelley... ?

— Juste Shelley.

— Comment connaissiez-vous Ethan ?

La femme cligna des yeux, baissa son gobelet de café et fixa l'horizon alors qu'un faible rayon de soleil commençait à réchauffer l'air. Elle déglutit.

— Il m'a sauvée. Il m'a aidée à m'enfuir.

— De qui ?

— Eux.

Kay vida les dernières gouttes de son café et se leva avant de brosser l'arrière de son manteau.

Shelley était environ dix centimètres plus petite qu'elle, maigre comme un clou avec des pommettes creuses et un teint maladif que ses longs cheveux sombres encadrant son visage ne faisaient qu'accentuer.

Ses yeux ne cessaient de parcourir les alentours, et elle sursauta visiblement lorsqu'un cycliste aux vêtements vifs passa en trombe sur le chemin de halage. Le vrombissement de ses roues s'estompa dans le lointain alors qu'elle reportait son attention sur Kay.

— Je n'aurais pas dû venir ici, dit-elle.

— Mais vous êtes là. Que vouliez-vous me dire à propos d'Ethan ? Vous savez qui l'a tué ?

Shelley se mordit la lèvre, puis haussa les épaules. Et ne dit rien.

— Où avez-vous rencontré Ethan ? demanda Kay.

Une tristesse emplit les yeux de Shelley.

— Ici. À Maidstone, je veux dire. Dans un refuge.

— Quand ?

— Je ne sais pas. Il y a environ trois ans et demi. Bon sang, ça semble faire une éternité, dit-elle, d'un ton nostalgique.

— Puis-je vous demander pourquoi vous y étiez ?

Shelley tressaillit.

— Je voulais m'éloigner de mon petit ami. Il me faisait peur. Je n'avais nulle part où aller.

— Votre accent, il n'est pas du Kent.

— Liverpool. J'ai déménagé ici avec mes parents quand j'avais treize ans. Ils sont repartis il y a quelques années quand ma grand-mère est tombée malade.

— Et vous ne vouliez pas y retourner avec eux ?

Shelley secoua la tête, sa lèvre supérieure se retroussant.

— Quel âge avez-vous ?

— Vingt-cinq ans. Et vous ?

— Trente-sept ans.

Kay sourit.

— Ça vous paraît probablement ancien.

— Pourquoi avez-vous rejoint la police ?

Kay prit les déchets des mains de Shelley avant de se diriger vers une poubelle proche et d'y enfoncer les gobelets et les emballages de sandwichs par le trou sur le côté. En revenant vers la femme qui l'attendait, elle soupira.

— Parce que je voulais aider les gens. Parce que je voulais essayer de faire une différence.

— Et maintenant ?

— Parce que j'aime ce que je fais. Que s'est-il passé avec Ethan, Shelley ?

— Je lui ai dit que c'était trop risqué. Je lui ai dit qu'ils découvriraient.

Kay posa sa main sur le bras de la femme, puis désigna un banc caché sous les arbres.

— Venez par ici, vous pourrez tout me raconter.

Shelley se traîna jusqu'à une extrémité du banc et serra ses bras autour d'elle-même en fixant l'amphithéâtre. Il fallut plusieurs instants avant qu'elle ne commence à parler, mais quand elle le fit, ce fut comme si c'était un soulagement de faire sortir les mots.

— On était fauchés, d'accord ? J'avais commencé à parler avec Ethan au refuge, un autre ; l'église là-bas n'existait pas à l'époque. Il semblait correct, pas comme certains types qu'on rencontre dans la rue. Il a commencé à veiller sur moi en quelque sorte.

Elle laissa échapper un rire triste.

— Il était assez vieux pour être mon père, mais meilleur que mon père ne l'a jamais été.

Kay croisa les jambes et ne dit rien, attendant de comprendre où la conversation allait.

— On traînait ensemble depuis quelques mois, je suppose, dit Shelley. C'était l'automne à ce moment-là, et il commençait à faire sacrément froid la nuit. On avait trouvé du travail au noir, à cueillir des fruits pour une exploitation près de Snodland, mais c'était fini et je commençais à paniquer en me demandant comment j'allais passer l'hiver. Puis un matin, ça devait être un samedi, on traînait pendant qu'on installait le marché et ce type est venu vers nous. Il a dit qu'il pouvait nous donner du travail. À l'intérieur, en plus. Il nous a dit que si on était intéressés, il fallait être là le lendemain matin à quatre heures et qu'il nous conduirait.

— Où ça ?

— Je ne connais pas le nom de l'endroit.

Son regard tomba sur ses mains, qu'elle tordait sur ses genoux.

— Il faisait noir, et je ne suis pas douée pour me souvenir de ce genre de choses. C'est pour ça que je ne me suis pas beaucoup embêtée avec l'école.

— Vous êtes allée avec lui ?

— Oui. Ethan aussi.

La lèvre inférieure de Shelley tremblait.

— Je me suis dit que si j'étais avec lui, je serais en sécurité.

— Que s'est-il passé ?

— On y est allés. On n'est jamais revenus.

— Que voulez-vous dire ?

La femme se tourna pour lui faire face.

— Ils nous ont gardés là-bas. À l'intérieur. À travailler à toute heure. J-je pensais que j'allais mourir.

Kay se pencha en arrière quand la réalisation la frappa.

— Vous étiez retenus comme esclaves.

— Oui.

— Mais vous vous êtes échappée. Comment ?

— Ethan. Il a tout planifié. Pendant des années. Il n'a pas cessé d'y travailler, essayant d'anticiper tout ce qui pourrait mal tourner. Et puis une nuit, il est venu me voir et m'a dit où attendre. Il a dit que c'était le moment. On partait.

— Que s'est-il passé, Shelley ? Qu'est-ce qui a mal tourné ?

Des larmes coulèrent sur les joues de la femme, et elle les essuya avec la manche de son anorak.

— Je me suis échappée. Pas lui.

— Où était-ce, Shelley ? Qui vous retenait captifs ?

La tête de Shelley se tourna brusquement en entendant un cri en provenance de la passerelle piétonne plus loin sur le chemin de halage. Elle se leva, renifla, puis baissa les yeux vers Kay.

— Shelley, où vous gardaient-ils ? Que faisiez-vous pour eux ?

— Je ne peux pas rester ici. Je dois y aller.

— Shelley, attendez !

Kay se leva du banc, mais la femme courait déjà vers le chemin de halage, étonnamment rapide.

— Nom de Dieu.

Elle regarda la femme disparaître de vue et se demanda comment diable elle allait expliquer ce qu'elle avait appris à Sharp.

CHAPITRE 29

Six heures plus tard, Kay suivit Sharp dans une salle de conférence qui semblait avoir été soumise à une tornade et prenait du temps à s'en remettre.

— Désolée, dit Michelle, une assistante administrative qui les avait accueillis à la réception et les avait conduits à l'étage par un couloir miteux. La police de la route a eu un briefing ici cet après-midi, et ça a débordé. Nous n'avons pas encore eu le temps de ranger.

Kay remarqua que la bouche de Sharp se pinçait. Manifestement, ses vieilles habitudes militaires étaient réprimées par politesse, car il promena son regard sur les gobelets abandonnés, les assiettes en carton et les serviettes froissées avant de forcer un sourire.

— Ce n'est pas grave, ça arrive, dit-il. Les autres savent-ils que nous sommes là ?

— Oui, ils ne vous feront pas attendre longtemps.

Elle quitta précipitamment la pièce sans un regard en arrière, et Kay sourit.

— Si tu vas chercher la corbeille à papier sous la fenêtre, je vais commencer.

— Tu lis dans mes pensées.

— J'ai cru que tu allais faire une crise cardiaque.

Elle retroussa ses manches, prit quelques serviettes propres dans un distributeur à côté d'une urne à café sur une table sur le côté de la pièce, et commença à balayer les miettes de la table de conférence avant de les jeter dans la poubelle que Sharp lui tendait. Pendant qu'il y vidait les restes de nourriture et les assiettes en papier, elle rassembla les tasses abandonnées et les aligna sur la table, se retournant pour évaluer leurs efforts.

— Pas mal.

Elle tourna son attention vers le couloir en entendant des voix à l'extérieur.

Sharp remit la poubelle sous la fenêtre et sourit.

— Ça fera l'affaire. Espérons que Michelle s'occupera de renouveler les provisions.

Kay leva les yeux au ciel.

— Je pensais que c'était nous qui étions en sous-effectif en ce moment, pas l'équipe administrative aussi.

— Les coupes affectent tout le monde. J'ai entendu dire qu'ils avaient aussi du mal à trouver du personnel temporaire pour assurer les remplacements pendant les vacances cette année.

— Bon sang.

Elle rajusta sa veste alors que deux hommes entraient dans la salle de conférence, Michelle derrière eux.

— Commandant divisionnaire Sharp, inspectrice principale Hunter, voici l'inspecteur Colin Maxwell de la division des crimes graves et organisés, et l'agent Mark Weston de la force d'intervention rurale. Je vais vous laisser vous installer pendant que je remplis la machine à café.

Kay serra la main des deux hommes avant qu'ils ne prennent tous place, et Sharp ouvrit la réunion.

— Messieurs, merci d'être venus à si court préavis.

— Pas de problème, répondit Maxwell, s'installant confortablement dans son siège. Vous avez mentionné au téléphone que vous avez une enquête en cours ?

— Oui. Nous avons une enquête pour meurtre en cours qui, d'après des renseignements récents, nous laisse penser que nous pourrions avoir un problème actif d'esclavage moderne passé inaperçu depuis plusieurs années.

Il leur passa des photographies d'Ethan Archer, ainsi que des copies de la déclaration de Kay concernant sa rencontre avec Shelley plus tôt dans la journée, et il attendit que Maxwell et Weston lisent les détails.

— À ce jour, nous avons établi qu'Archer dormait dans la rue dans la région de Sevenoaks mais fréquentait aussi Maidstone, surtout pendant les mois les plus froids, car il y avait plus d'accès aux refuges ici. Il y a trois ou quatre ans, il a disparu sans laisser de trace et si l'on en croit les affirmations de Shelley, ils ont tous deux été contraints au travail forcé dans une exploitation agricole quelconque. Archer a un passé militaire mais a été démobilisé en quatre-vingt-dix-neuf.

Kay déplia une carte de la zone où le corps d'Ethan avait été trouvé et la tourna pour que les deux officiers puissent voir.

— Le corps d'Archer a été découvert ici, et nous avons parlé à trois propriétaires terriens à ce jour : l'agriculteur dans le champ duquel le corps d'Archer a été trouvé, et les deux propriétés adjacentes. Nous avons actuellement une équipe de recherche qui fouille le réservoir, ici.

— Au début, nous pensions que la mort d'Archer pouvait avoir un lien avec son sauvetage de femmes et d'enfants pendant la guerre du Kosovo, continua Sharp. Peut-être des représailles d'un des chefs de guerre.

— J'ai été approchée par une femme, Shelley, à l'improviste mercredi soir, et je l'ai rencontrée ce matin. Elle était extrêmement nerveuse, mais a déclaré qu'Archer l'avait aidée à s'échapper de leurs ravisseurs.

Kay posa sa main sur la photographie d'Ethan.

— Selon Shelley, Archer n'a pas réussi. Il a été repris, et elle craignait le pire.

— Est-ce qu'elle sait où ils étaient retenus ? demanda Maxwell.

— Elle dit qu'il faisait nuit quand ils ont été récupérés, et elle ne se souvient d'aucun nom des endroits qu'ils ont traversés. Quelque chose l'a effrayée pendant que nous parlions, et elle est partie avant de répondre à mes questions sur l'endroit où ils étaient détenus et le travail qu'ils faisaient. Nous avons chargé notre équipe de faire le tour de tous les refuges de la région pour voir si nous pouvons la localiser.

— Pensez-vous que sa vie soit en danger ?

— Oui. Oui, je le pense. Son histoire corrobore la chronologie que nous avons obtenue d'autres témoins concernant la disparition initiale d'Archer, et elle semblait suffisamment effrayée pour s'enfuir quand elle a entendu quelqu'un crier pendant que je lui parlais. Elle est très nerveuse.

— Je ne me souviens pas avoir vu quelque chose passer sur Country Eye, dit Weston en fronçant les sourcils.

— Country Eye ? répéta Sharp. Qu'est-ce que c'est ?

Weston sortit son téléphone de sa veste et le fit pivoter sur le bureau jusqu'à ce qu'il soit face à Kay et Sharp, puis il tapota une application sur l'écran.

— C'est une application que nous avons développée avec certaines organisations partenaires pour que les gens dans les zones rurales puissent signaler des activités suspectes et des crimes en cours. Le personnel qui surveille les rapports déposés sur l'application a été formé par la police du Kent afin que, si quelque chose leur donne des raisons de s'inquiéter, ils puissent le signaler et que nous enquêtions.

— Et vous n'avez rien eu concernant un gang d'esclavage agricole ? demanda Sharp.

— Non. Quelques stations de lavage de voitures ont été signalées récemment mais se sont avérées légitimes, bien que les conditions de travail soient déplorables, elles ont donc reçu un avertissement d'une des organisations partenaires, mais rien comme un gang d'esclavage.

Sharp fronça les sourcils.

— D'après l'emplacement du corps d'Ethan, je ne suis pas enclin à penser qu'ils étaient utilisés par un salon de manucure ou une station de lavage de voitures. S'ils ont été gardés cachés pendant plus de trois ans, alors ils ont été tenus à l'écart et travaillent à l'intérieur...

— Ou la nuit, dit Weston.

— Comment le gang d'esclavage aurait-il pu nous empêcher de le découvrir ? demanda Kay.

Weston regarda Maxwell, qui lui fit signe de continuer.

— Eh bien, souvent, c'est similaire à d'autres cas d'esclavage comme dans les salons de manucure. Un gang peut créer une entreprise qui se fait passer pour une agence de recrutement légitime en apparence, mais l'utilise ensuite pour organiser de la main-d'œuvre bon marché.

— L'industrie agricole est l'un des domaines à haut risque que nous surveillons régulièrement, dit Maxwell. Surtout dans la région, vous avez des travailleurs saisonniers qui viennent de partout pour bosser, et ils sont désespérés, donc ils acceptent des salaires de misère et des conditions de travail déplorables. C'est un problème croissant. Nous constatons une augmentation spectaculaire d'année en année de l'esclavage dans l'industrie alimentaire et agricole.

— Dans quels secteurs particuliers observez-vous ces cas ? demanda Sharp.

— La cueillette de fruits et légumes, tous les secteurs de production animale, répondit l'inspecteur. Avant, on voyait beaucoup de travail forcé d'Europe de l'Est, mais maintenant nous trouvons aussi des gens du Royaume-Uni piégés dans ces circonstances, simplement parce qu'ils sont désespérément à la recherche de travail et qu'il est ensuite trop tard pour s'en sortir. C'est plus lucratif que le trafic de drogue, et de plus en plus de victimes sont britanniques. Nous devrions avoir les mêmes ressources que pour une affaire d'enlèvement pour combattre ce problème, mais ce n'est tout simplement pas le cas.

— Comment votre équipe essaie-t-elle d'empêcher que cela se produise ? demanda Kay.

— Souvent, ça repose sur les informations qu'on nous

communique, répondit Weston. Certainement du point de vue rural, en tout cas, c'est plus difficile de surveiller ce qui se passe à la campagne par rapport aux zones urbaines.

— Donc, à moins que quelqu'un ne vienne vous demander de l'aide, vous ne pouvez rien faire ?

— Exactement, confirma Maxwell. Nous avons nos propres agents de renseignement qui travaillent sous couverture, mais vous savez ce que c'est avec les restrictions budgétaires, nous ne pouvons pas être partout, et nous avons des ressources limitées pour agir sur les informations que nous recueillons.

Kay tambourina des doigts sur le bureau pendant un moment, puis jeta un coup d'œil à Sharp.

— Et si je pouvais persuader Shelley de vous parler, de vous dire ce qu'elle sait ?

— C'est un début, dit Maxwell. Il faudrait aussi élargir les paramètres de votre enquête, si vous me permettez de le dire. Vous devriez commencer à examiner toutes les fermes de la région, pas seulement celles proches de l'endroit où le corps d'Archer a été trouvé, y compris des recherches dans les dépendances.

Sharp se gratta le menton et écrivit dans son carnet.

— Cela va prendre beaucoup de temps et de main-d'œuvre, Colin.

— J'en suis conscient, chef, mais à moins que cette Shelley ne s'adresse à nouveau à l'inspectrice Hunter, je pense que c'est votre meilleure option. Vous n'avez aucun moyen de la contacter, n'est-ce pas ?

— Non.

Kay soupira, puis roula des épaules.

— Que se passe-t-il si elle parle ?

— Nous pourrions la mettre en contact avec l'une des organisations partenaires pour lui apporter du soutien, répondit Maxwell. Généralement, cela signifie un toit pendant quatre-vingt-dix jours et un travailleur social pour l'aider à s'adapter et à se remettre sur pied. Ce n'est pas beaucoup, mais certaines associations caritatives travaillent avec des organismes gouvernementaux pour essayer d'offrir une période de logement plus longue. Et, bien sûr, nous lui offririons une protection pendant que nous travaillerions avec vous pour poursuivre les chefs de gang et les traduire en justice.

— Quel est votre taux de réussite aux procès ? demanda Sharp.

— En travaillant avec le ministère public, nous estimons avoir un taux de condamnation de soixante-sept pour cent.

— Nous pourrions avoir besoin d'aide pour mener cette enquête afin d'atteindre ce pourcentage.

— Tout ce dont vous avez besoin.

Maxwell pointa du doigt la photographie d'Ethan.

— Celui qui lui a fait ça mérite d'être enfermé pour longtemps.

CHAPITRE 30

Gavin fit un pas de côté, tint la porte ouverte pour Laura, puis la suivit dans la salle communale brillamment éclairée.

Les arômes de nourriture se mêlaient à l'odeur de vêtements humides en train de sécher, et tout l'espace bourdonnait de voix basses en conversation.

Des lits temporaires avaient été disposés en rangées le long de deux murs, un paravent séparant les femmes des hommes pour permettre un minimum d'intimité, tandis que des volontaires rassemblaient des paquets de sacs de couchage, de couvertures et d'oreillers sur les lits des occupants qui avaient déjà quitté le refuge pour la journée.

Laura s'arrêta près d'un bureau qui avait été installé près de la porte, une expression choquée traversant ses traits.

— Je ne réalisais pas que ce serait si fréquenté.

— Ce n'est que l'un d'entre eux, dit-il. Il y en a deux autres près du centre-ville. Et c'est encore l'hiver, j'imagine qu'ils vont être bondés la nuit pendant encore quelques semaines.

— Vous êtes de la police ?

Gavin se retourna pour voir un homme sec dans la quarantaine avancée qui les observait depuis le bout d'un lit de camp, une botte aux pieds, l'autre prête à être enfilée et une cigarette roulée non allumée entre les lèvres.

Ses traits étaient craquelés et ridés, durcis par le froid hivernal, mais son ton était léger, intéressé.

— En effet. Nous espérions parler à l'un des bénévoles.

L'homme enfonça son pied dans la botte et se leva avec un grognement. Il s'étira et indiqua d'un mouvement du menton le fond de la salle.

— Ils serviront le petit-déjeuner pendant encore une demi-heure environ.

— Merci.

— Pas de problème.

Il se pencha pour ramasser un sac de sport usé et commença à y jeter ses affaires.

— Quelqu'un a des ennuis ?

— J'espère que non. Nous essayons de la trouver pour l'aider.

— Oh ?

L'homme s'arrêta, un livre de poche à la main, et il leva un sourcil.

— Qui ?

— Shelley. Vous la connaissez ? Elle a un accent de Liverpool. La vingtaine.

— Ça me dit quelque chose.

L'homme glissa la cigarette derrière son oreille et tendit la main.

— Je m'appelle Jeremy.

— Ravi de vous rencontrer.

Gavin présenta Laura, puis fit un geste vers un groupe de tables près du bureau où d'autres se rassemblaient avec des tasses de boissons chaudes.

— Vous avez une minute pour discuter ?

Jeremy sourit, exposant une dent manquante sur le haut.

— Mon emploi du temps semble être libre ce matin, alors pourquoi pas ?

— Je vais chercher les boissons, dit Laura. Comment prenez-vous votre café ?

— Avec du lait, sans sucre, ma petite dame, merci. Je suis déjà assez sucré comme ça.

Gavin attendit que l'homme ramasse le reste de ses vêtements et ferme le sac avant de le conduire vers une table dans le coin le plus éloigné, à l'écart des autres personnes.

— C'est un endroit où vous séjournez régulièrement ? demanda-t-il alors que Jeremy s'affaissait sur la chaise à côté de lui.

— Ouais. Tant que vous arrivez tôt dans la soirée, vous pouvez généralement avoir un lit pour la nuit.

Il fit un clin d'œil.

— Ils ne prennent pas de réservations pour plusieurs jours.

— Je peux vous demander pourquoi vous êtes à la rue ?

— Je me suis disputé avec ma femme.

Il haussa les épaules.

— J'ai perdu mon entreprise lors du crash il y a quelques années. J'ai dormi dans la voiture pendant un moment, puis je l'ai vendue parce que j'avais besoin d'argent. Tout est parti en vrille à partir de là.

— Je suis désolé d'entendre ça.

— C'est comme ça. J'espère avoir des nouvelles pour obtenir un appartement dans les prochaines semaines. Je n'ai jamais eu de problèmes avec vous autres, donc ça joue en ma faveur. Le problème, c'est qu'il y a tellement d'autres personnes qui ont besoin d'un toit. Des femmes, des enfants. Nous, les hommes, on a tendance à devoir attendre.

Gavin laissa son regard errer sur les têtes des groupes assis autour des tables et repéra Laura à l'autre bout de la salle, en train de discuter avec trois bénévoles qui s'occupaient des théières et distribuaient les petits-déjeuners.

— Pourquoi avez-vous voulu être flic, d'ailleurs ? demanda Jeremy.

— Mon père l'était.

Il reporta son attention sur l'homme.

— Ça semblait être une bonne idée à l'époque.

Jeremy éclata de rire et frappa la table avant de le pointer du doigt.

— Je vous aime bien. Alors, qu'est-ce que Shelley a fait ?

— Comment la connaissez-vous ?

— Juste en passant, vous voyez ?

Il fit un geste de la main vers l'étendue de la salle.

— Vous finissez par reconnaître quelques visages

familiers qui viennent aux refuges. En été, c'est différent. Certains refuges ne sont pas ouverts, donc il faut se débrouiller. Quoi qu'il en soit, je l'ai repérée il y a quelques semaines. Je pense qu'elle se démarquait parce qu'elle était nouvelle. Comme si elle n'avait aucune idée de ce qu'il fallait faire quand elle est arrivée ici. Moi et quelques femmes l'avons aidée à s'installer et à s'inscrire auprès de quelques autres associations caritatives, pour qu'elle ait de bonnes chances d'avoir un toit sur la tête la nuit.

— A-t-elle dit d'où elle venait ?

— Non, pas vraiment.

Les yeux de Jeremy s'adoucirent.

— Ce n'est pas comme si nous étions amis. Je veux dire, si quelqu'un ne vous cause pas de problèmes, vous veillez sur lui. Ça ne veut pas dire qu'on traîne ensemble, comme disent les jeunes.

Il s'interrompit lorsque Laura marcha vers eux et posa trois tasses fumantes sur la table avant de les distribuer.

— Fabuleux, ma petite. Merci.

— Pas de problème. Je vous ai aussi apporté des biscuits.

Elle sourit.

— On ne peut pas prendre le thé sans quelque chose à tremper dedans.

— Vous ferez une merveilleuse épouse un jour.

— Jeremy me disait qu'il a vu Shelley quelques fois au cours des deux dernières semaines, dit Gavin. Vous connaissez son nom de famille ?

— Non. Je n'ai jamais demandé. L'un des autres pourrait savoir.

L'homme tendit le cou.

— Je ne les vois pas ici, donc ils doivent être partis pour la journée. Je peux leur demander ce soir, si vous voulez ? S'ils viennent ici, bien sûr.

— Ce serait super, merci.

Laura fouilla dans son sac et sortit le croquis d'Ethan Archer.

— Vous reconnaissez cet homme ?

Jeremy le prit, puis fronça les sourcils.

— Non, je ne l'ai jamais vu.

— Nous pensons qu'il était dans les parages il y a trois ou quatre ans. Il est peut-être venu à Maidstone.

— Ah, alors non, je n'étais pas à la rue à cette époque. Il a des ennuis aussi ?

— On peut dire ça.

Jeremy regarda de Laura à Gavin, puis se pencha en arrière sur son siège.

— Oh. C'est comme ça, hein ?

— Oui, malheureusement.

— D'accord.

L'homme passa une main sur son menton.

— Je me demande... Il y avait un type que Shelley a mentionné. On aurait dit qu'elle était proche de lui. Elle était vraiment bouleversée, et puis elle s'est fermée comme une huître. Elle n'en a plus reparlé.

— C'était quand ?

— Peu après son arrivée ici. Elle n'a plus voulu en parler après ça.

— Vous nous avez beaucoup aidés, merci Jeremy, dit Gavin, et il fit glisser une carte de visite sur le bureau. Vous pouvez me rendre un service ? Faites-moi savoir si vous revoyez Shelley, ou si vous savez où nous pourrions la trouver.

— Elle a des ennuis ? demanda l'homme en faisant tourner la carte entre ses doigts.

— Pas avec nous. On essaie de la protéger.

— D'accord, alors je le ferai.

— Merci. Et si vous avez besoin de quoi que ce soit, appelez ce numéro. Je verrai ce que je peux faire.

CHAPITRE 31

Kay parcourut du regard les expressions fatiguées sur les visages de son équipe et elle se promit de garder le briefing aussi court que possible.

L'attention commençait à faiblir, et elle savait par expérience qu'il était vital de maintenir leur énergie et leur concentration. Des erreurs se produiraient sinon. De petites erreurs, peut-être, ici et là, mais une piste vitale pourrait être manquée si elle n'était pas prudente.

— Si mon ancien professeur principal pouvait voir vos têtes, il vous ferait tous faire des sauts en étoile, dit-elle en atteignant le devant de la salle.

Un murmure de rires polis remplit l'espace, et elle sourit.

— Passons aux choses sérieuses, alors. Barnes, comment ça s'est passé ce matin avec Stephen Halsmith ?

L'inspecteur recula sa chaise, boutonnant sa veste en se levant.

— Halsmith a formellement identifié notre victime comme étant Ethan Archer. Il m'a aussi fourni quelques noms d'endroits, des refuges, des centres d'accueil et autres, où il se souvient avoir vu Ethan de temps en temps avant sa disparition. Je suis en train de passer cette liste en revue pour savoir lesquels sont encore ouverts et si quelqu'un se rappelle de son nom.

— Merci, Ian. Gavin, à toi.

— Oui, chef. Laura et moi avons passé la journée à visiter autant de refuges que possible dans la région de Maidstone. Nous avons appris que Shelley a été vue ces derniers jours dans l'un des refuges, et un homme qui fréquente le refuge a dit qu'il garderait un œil ouvert pour elle et lui demanderait de nous contacter. Il a mon numéro. Nous essayons de savoir où elle pourrait loger pour pouvoir l'interroger formellement, à moins que tu ne veuilles t'en charger ?

— Je pense que dans ces circonstances, étant donné à quel point elle était nerveuse hier matin, j'aimerais être impliquée, répondit Kay. Bon travail, cependant. Autre chose à signaler ?

Laura se leva.

— Nous avons parlé à l'une des associations de logement qui travaillent avec des personnes vulnérables et ils se sont engagés à lui fournir un endroit où vivre pendant un moment si nous parvenons à porter cette affaire devant les tribunaux. Ce ne sera peut-être que pour quelques semaines, cependant. Ce n'est pas parfait mais—

— C'est déjà quelque chose, au moins. Merci.

Kay fit un geste vers deux silhouettes qui se tenaient en retrait dans l'espace bondé.

— Tout le monde, j'aimerais vous présenter

l'inspecteur Colin Maxwell et l'enquêteur Mark Weston, qui rejoindront notre équipe pour la durée de cette enquête.

Maxwell hocha la tête en réponse et leva la main pour que les membres de l'équipe puissent le voir parmi la foule.

— Colin apporte une riche expérience dans le traitement des cas d'esclavage moderne, et Mark fait partie de l'équipe des crimes ruraux depuis deux ans. Ils auront probablement des idées sur la façon dont nous pouvons orienter cette enquête et poursuivre des pistes que nous aurions pu négliger. Debbie, pourrais-tu passer un peu de temps cet après-midi à les mettre au courant de ce que nous avons jusqu'à présent ?

— Je m'en occupe, chef.

— Colin, vous voulez bien venir par ici et nous partagerons ce dont nous avons discuté avant ce briefing ?

— Merci, chef.

Maxwell se fraya un chemin entre les rangées de chaises jusqu'à ce qu'il se tienne devant le tableau blanc.

— Je vais donner un bref aperçu pour ceux d'entre vous que je n'ai pas encore rencontrés. Depuis six ans, je dirige l'une des équipes basées au quartier général chargées de s'attaquer au problème croissant de l'esclavage moderne que nous connaissons dans le Kent, à la fois ici dans la division ouest, et en travaillant étroitement avec les divisions est et nord. Nous avons eu quelques avancées concernant les gangs opérant entre ici et l'Europe de l'Est, mais avec le départ du Royaume-Uni de l'UE, nous observons un problème croissant de cas d'esclavage domestique également. Grâce aux initiatives que nous avons mises en place avec d'autres agences, en particulier la force frontalière, il y a eu une légère diminution des arrivées par bateau au cours de l'année écoulée, mais nous recevons plus de signalements de personnes tombant dans l'esclavage ou de mauvaises conditions de travail qui sont des citoyens britanniques. Après avoir rencontré l'inspectrice principale Hunter et le commandant divisionnaire Sharp hier pour discuter du meurtre d'Ethan Archer et de l'enquête qui a suivi jusqu'à présent, je pense que ce que vous avez ici est un cas clair de quelqu'un contraint au travail, puis retenu contre sa volonté comme esclave.

— Merci, Colin.

Kay attendit qu'il reprenne sa place à côté de Weston, puis continua.

— Nous avons également discuté du type de travail qu'Ethan, et Shelley, auraient pu être forcés de faire. Étant donné qu'ils ont disparu depuis plus de trois ans sans que les personnes qu'ils connaissaient auparavant ne les aient aperçus, nous devons supposer qu'ils ont été gardés quelque part à l'abri des regards, loin des yeux du public.

— Donc nous pouvons exclure les salons de manucure, les lavages de voitures et les endroits comme les restaurants de plats à emporter, dit Barnes, son stylo s'arrêtant au-dessus de son carnet.

— Exactement.

Kay fit un geste vers la carte de la scène de crime.

— Compte tenu de la corpulence d'Ethan, nous pouvons supposer qu'il était utilisé pour des travaux physiques. Shelley, étant plus petite, a peut-être été utilisée pour la cueillette de légumes ou de fruits. S'ils ne travaillaient pas à l'intérieur, ils auraient pu être forcés à travailler la nuit pour réduire le risque d'être vus.

— Cela explique aussi le fait que de la nourriture et d'autres fournitures pourraient être achetées pour les travailleurs sans éveiller les soupçons, dit Weston. Beaucoup de fermes fournissent des repas et parfois des logements aux travailleurs, donc ça ne semblerait pas inhabituel.

— Je vais me coordonner avec les agents en uniforme et organiser une recherche plus large des propriétés agricoles voisines, dit Gavin. Nous devons retourner voir les trois propriétaires terriens à qui nous avons déjà parlé, mais je vais organiser des visites dans toutes les fermes qui produisent des légumes, des fruits et ensuite prendre en compte les producteurs animaliers comme les fermes laitières et les élevages de poulets, tout ce qui peut être cultivé à l'intérieur d'un bâtiment.

— Merci, c'est parfait. Mark, vous pouvez lui donner un coup de main avec ça ?

Weston acquiesça en réponse.

— Barnes, pendant qu'ils enquêtent sur cet angle, je veux que tu travailles avec moi pour mettre en place un autre groupe d'officiers pour surveiller les marchés ce week-end. Trouve l'emplacement des plus grands et surveillons-les pour voir si quelqu'un essaie toujours de recruter illégalement des travailleurs comme Shelley l'a expliqué. S'il leur manque deux travailleurs avec le meurtre d'Ethan et la fuite de Shelley, ils pourraient essayer de trouver des remplaçants.

— Je m'en occupe, chef.

— Laura, ton travail est de trouver Shelley. Vérifie les

images de vidéosurveillance de mercredi soir entre le palais de l'archevêque, la rivière et le centre-ville. Puis fais la même chose pour jeudi matin. J'ai téléchargé mes rapports des deux incidents sur HOLMES2, donc tu pourras obtenir les descriptions de ce qu'elle portait à partir de ceux-ci.

— Oui, chef.

Kay nota les nouveaux angles d'enquête sur le tableau blanc puis se tourna vers la plus récente membre de l'équipe.

— Je ne peux pas assez insister sur l'importance de la localiser, Laura. Le meurtrier d'Ethan est toujours en liberté, et si Shelley sait quelque chose qu'elle ne nous a pas encore dit, alors elle est en grave danger.

CHAPITRE 32

Laura remonta la fermeture éclair de son manteau matelassé noir et arpenta Palace Avenue, serrant les dents alors qu'un vent glacial venu de la Medway lui cinglait les joues.

Incapable de se débarrasser du brouillard qui obscurcissait ses pensées depuis le briefing, elle décida de prendre l'air et d'essayer de comprendre les points de sortie potentiels de Shelley avant de passer le reste de la journée devant un écran d'ordinateur.

Les caméras de vidéosurveillance ne lui montreraient que peu de choses – elle voulait parcourir exactement les itinéraires que Kay avait notés dans ses rapports.

Elle tapait du pied en attendant que le feu piéton passe au vert, ne voulant pas risquer sa vie à esquiver la circulation comme Kay l'avait fait mercredi soir. Le milieu d'après-midi ce vendredi était un véritable chaos, la ville passant à la vitesse supérieure pour un début de ruée à l'heure de pointe, alimentée par la rumeur d'un week-end sans pluie.

Elle se précipita dès qu'elle entendit le familier *bip*, et ralentit en approchant de l'entrée du parking du bureau d'état civil pour sortir son téléphone.

Elle prit des photos des caméras fixées aux lampadaires au-dessus de certains véhicules, et plissa les yeux pour évaluer l'angle de vue des caméras, puis elle continua son chemin, retraçant les pas de son inspectrice principale et notant chaque caméra qu'elle repérait. Un sentiment de malaise s'empara d'elle lorsqu'elle atteignit l'église All Saints.

Elle leva la tête vers les architraves et les contreforts ornés qui saillaient de la maçonnerie, mais elle ne vit aucune indication de mesures de sécurité prises par le diocèse.

Reculant de la porte jusqu'à se tenir sous les ifs, Laura utilisa son téléphone pour tracer ses pas depuis la direction du bureau d'état civil, puis elle passa devant l'église et continua vers le sentier.

Elle mit en pause la vidéo qu'elle avait prise, et s'écarta pour laisser passer un groupe de touristes qui allaient dans la direction opposée, puis elle se tint sur le sentier vers la rivière. Elle tournait le dos au cours d'eau et parcourut du regard le carrefour animé avec Knightrider Street.

Elle prit des photos des caméras qu'elle pouvait voir fixées à deux des lampadaires dans cette direction, puis se retourna vers l'église, sortit son carnet et nota l'itinéraire qu'elle avait emprunté jusqu'à présent.

L'endroit où elle se tenait était celui où Kay s'était retournée et avait regardé la silhouette de Shelley disparaître dans l'obscurité.

Laura renifla pour contrer l'effet de l'air froid, et elle descendit jusqu'à la rivière avant de tourner à gauche et de suivre le chemin.

Quelques instants plus tard, elle se tenait au bord de l'amphithéâtre et se retourna. Faisant face au chemin de halage qui longeait l'arrière de l'église et du palais de l'archevêque vers le centre-ville, elle avait une vue dégagée sur la voie d'évasion de Shelley le matin précédent.

Kay avait noté dans son rapport qu'elle n'avait pas vu la femme traverser la passerelle piétonne, alors Laura s'engagea sur le chemin.

Un restaurant et bar flottant tanguait tristement sur le courant, désert à l'exception de l'équipage qui s'affairait sur les ponts, à nettoyer et préparer l'endroit pour la foule du vendredi soir qui s'y presserait à la tombée de la nuit.

Au-delà, elle passa devant le bateau de passagers aux couleurs vives qui transportait les touristes en amont et en aval de la Medway, remarquant un groupe de personnes blotties contre les éléments en attendant que la corde qui barrait la passerelle soit abaissée pour qu'ils puissent monter à bord et s'abriter sous l'auvent en fibre de verre, smartphones et appareils photo numériques prêts à l'emploi.

Laura dépassa une collection hétéroclite de tables de pique-nique abandonnées placées à côté de panneaux pour des glaces qui claquaient dans le vent, et elle se dirigea vers le pont routier animé qui se dressait devant elle.

Un flot de circulation en accordéon réparti sur quatre voies balayait au-dessus de sa tête avant d'être recraché dans toutes les directions à l'est et au nord du centre-ville.

Elle s'arrêta près du pylône en béton et leva une fois de plus son téléphone en angle pour saisir les caméras de vidéosurveillance fixées aux lampadaires au-dessus, puis elle se dépêcha de grimper le sentier et traversa la route.

De retour dans la salle des opérations, elle serra la mâchoire en scrutant les moniteurs devant elle.

Trois écrans d'ordinateur fonctionnaient simultanément, tous affichant une séquence d'angles de caméra filmés au même moment mercredi soir.

Elle regarda Kay quitter le poste de police et marcher le long de Palace Avenue vers l'église All Saints, puis disparaître de vue sous les arbres en empruntant le raccourci à travers le parking public devant l'Hermitage.

Le temps sembla suspendu tandis qu'elle attendait que Kay émerge de l'autre côté, passant l'arche taillée dans le mur de pierre qui bordait le sentier vers la rivière.

Elle vérifia les images qu'elle avait enregistrées sur son téléphone, puis passa de l'une à l'autre tout en gardant un œil sur l'enregistrement de vidéosurveillance.

Finalement, Kay réapparut et se dirigea vers sa voiture.

Laura observa son inspectrice principale s'arrêter, puis sortir sa main de sa poche et regarder en arrière vers l'arche. Elle arrêta l'enregistrement, le rembobina puis scruta à nouveau l'écran, se concentrant sur le cimetière de l'église.

Ne trouvant rien et exaspérée par sa recherche, elle arrêta l'enregistrement et passa à ceux de jeudi matin. Effectivement, il y avait Kay en train de garer sa voiture juste avant sept heures devant l'Hermitage une fois de plus.

Laura changea pour un angle de caméra qui lui donnait

une vue claire de l'amphithéâtre du côté de la rivière. Elle fit avancer l'enregistrement jusqu'à ce que Shelley apparaisse dans le coin inférieur gauche.

La femme faisait les cent pas, les bras serrés autour de sa taille tandis qu'elle parlait avec Kay, mais Laura remarqua qu'il n'y avait aucune hésitation dans ses mouvements lorsque l'inspectrice lui tendit le café et le sandwich.

Elle se rapprocha de l'écran alors que la conversation entre les deux femmes touchait à sa fin – en lisant la déclaration de Kay, elle savait à peu près à quel moment s'attendre à ce que Shelley tourne les talons et se dirige vers le chemin de halage, mais la vitesse à laquelle la femme s'éloigna de l'amphithéâtre la prit par surprise.

Elle appuya sur le bouton « rembobiner », puis rejoua les derniers moments avant de cliquer sur un ensemble de touches pour faire apparaître de nouveaux angles de caméra de vidéosurveillance.

Shelley disparut de vue en moins d'une minute après avoir quitté Kay, se faufilant sous le pont routier principal et puis…

Rien.

Absolument rien.

Laura jura bruyamment et poussa sa souris et son clavier à travers le bureau loin d'elle par frustration.

— Bon sang. Elle savait où étaient les caméras.

CHAPITRE 33

Kay fit volte-face en entendant un claquement sonore, puis elle se détendit en voyant l'un des marchands manipuler une bâche en plastique qui s'était détachée d'un auvent en face de l'endroit où elle s'abritait dans l'entrée d'un magasin abandonné d'articles de cuisine à prix réduits.

Le froid matinal s'accrochait à ses doigts et à ses orteils, créant une douleur dans son estomac et laissant ses lobes d'oreilles engourdis.

Barnes tapait des pieds à côté d'elle, marmonnant dans sa barbe.

— Combien avons-nous de personnes en surveillance ? demanda-t-elle.

— Dix, plus nous. Six à l'intérieur, le reste ici dehors.

Il fronça les sourcils.

— Ce n'est pas suffisant, je sais, surtout en couvrant aussi le marché aux puces.

— C'est ce que c'est.

Kay frotta ses yeux fatigués et cligna des paupières.

Son réveil avait sonné à cinq heures trente ce matin-là,

lui laissant assez de temps pour se doucher et s'habiller avec les vêtements les plus chauds qu'elle puisse trouver avant de se rendre au marché à son ouverture aux commerçants à six heures.

— Quelque chose au marché fermier hier ? demanda-t-elle.

— Non, nous sommes arrivés trop tard. Ils commencent à remballer après le déjeuner, et Maxwell pense que, d'après ce que Shelley t'a dit, quiconque cherche de la main-d'œuvre bon marché serait là tôt pour ne pas attirer l'attention. Il prévoit d'envoyer une équipe faire un tour là-bas la semaine prochaine, au cas où.

— Nous devons obtenir des résultats avant.

Kay tourna le dos au commerçant qui attachait la bâche à l'armature métallique de son stand, et elle donna un coup de coude à Barnes.

— Viens, faisons un autre tour. Mes orteils sont engourdis.

Elle parcourut du regard les enseignes et les auvents aux couleurs criardes qui se bousculaient pour occuper l'espace sur l'esplanade en béton devant les cafés et les magasins qui bordaient la rue.

Les fournisseurs d'huile d'olive côtoyaient les marchands de fromages et les viticulteurs, tandis que l'odeur des légumes frais et des produits de boulangerie imprégnait l'air à son passage. Quelque part, quelqu'un faisait frire des saucisses et en tournant au coin, elle aperçut les camions de nourriture.

— Je suis mort et je suis allé au paradis, dit Barnes.

— Pia ne me le pardonnera jamais si je te laisse t'approcher de tout ça. Continue d'avancer.

Il sourit, puis ouvrit la voie dans un passage étroit créé par deux rangées d'étals.

— Je suis surpris que ce soit si populaire, étant donné le marché habituel du samedi à Lockmeadow.

— Je suppose que les commerçants alternent entre les deux, ils auraient une clientèle différente, non ?

— Ce n'est pas aussi bien organisé, cependant, regarde.

Il s'arrêta et montra du doigt un tas de sacs en toile de jute et de cordes abandonnés qui encombraient le trottoir au-delà des étals qu'ils longeaient.

— Eh bien, d'après les commentaires de Maxwell, c'est le genre d'endroit où l'on pourrait s'attendre à voir traîner des gens comme les ravisseurs de Shelley. Ils vont éviter l'autre marché, n'est-ce pas ? La mairie le surveille de près.

— Je pense aussi. J'ai quand même envoyé une équipe de quatre personnes là-bas. Je m'attends à ce qu'ils passent une matinée tranquille, mais je ne voulais rien laisser au hasard. Pas tant que Shelley est toujours quelque part dehors.

Kay fronça le nez et scruta la foule de gens qui grouillait entre les différentes zones du marché, bavardant bruyamment et chargés de sacs fourre-tout et de boîtes en carton.

— J'espère qu'elle va bien. Je n'imagine pas ce qu'elle a traversé, ni comment elle va se débrouiller si quelqu'un la cherche. J'aurais aimé qu'elle m'en dise plus. J'aurais pu faire quelque chose pour l'aider, ou au moins travailler avec l'équipe de Maxwell pour la mettre en sécurité jusqu'à ce que nous ayons éclairci tout ça.

— Tu as fait de ton mieux, répondit Barnes d'un ton bienveillant. Et elle sait où te trouver, non ? Elle t'a déjà retrouvée une fois.

— Je sais, mais ça m'inquiète de ne pas avoir eu de nouvelles d'elle depuis deux jours maintenant, Ian.

Elle s'arrêta lorsqu'ils atteignirent le bout de la rangée d'étals et elle parcourut du regard l'étendue d'auvents.

— Nous allons devoir répartir les équipes pour s'occuper des plus petits marchés à partir de demain matin si nous n'avons pas de succès ici. Quels rapports avons-nous reçus jusqu'à présent des autres marchés de la région ?

Barnes sortit son téléphone et fit défiler ses messages.

— Trois arrestations pour vol à la tire à Tonbridge, un gamin de douze ans averti pour mauvaise conduite à Tunbridge Wells qui s'est ensuite fait passer un savon par sa mère quand elle est arrivée, et une arrestation il y a quarante minutes, quelqu'un qui portait un couteau à Sevenoaks.

Kay soupira.

— La routine, donc.

— On retourne vers l'endroit où Maxwell et son équipe sont basés ?

— Oui.

Elle emboîta le pas à son collègue, réprimant sa déception.

Après quelques instants de marche à contre-courant de la foule, elle aperçut l'autre inspecteur à côté d'un marchand de journaux, son téléphone à l'oreille.

— Tu sais quoi, je vais nous chercher du café à tous, dit Barnes. Je vous rejoins.

— Merci, Ian. Ça me semble une excellente idée. Je pourrai au moins dégeler mes doigts.

Elle regarda son inspecteur se diriger vers un van qui vendait des boissons chaudes, puis elle attendit que Maxwell ait fini son appel et elle s'approcha.

— Du nouveau ?

Il secoua la tête et mit son téléphone dans sa poche.

— Rien de ce côté, et j'entends qu'il n'y a pas de nouvelles des autres marchés non plus. C'était un coup de chance, de toute façon. Quiconque recrutait sur les marchés par le passé pourrait se tenir à l'écart pour le moment.

— Et nous n'avons que la parole de Shelley qu'ils ont été recrutés sur un marché, dit Kay.

— Ça valait le coup de vérifier, répondit Maxwell. Et ça ne fait pas de mal d'avoir une présence ici, ça pourrait encourager d'autres personnes à se manifester si elles savent que nous nous y intéressons.

— C'est une façon très charitable de le dire. J'espère que vous ne pensez pas que c'était une perte de temps pour vos officiers aujourd'hui.

— Ce n'est jamais une perte de temps, chef. Pas quand la vie des gens est en danger.

— Voilà pour vous.

Barnes les rejoignit et distribua les boissons chaudes, plaçant le plateau en carton dans une poubelle de recyclage devant un magasin. Il prit une gorgée, puis fronça les sourcils.

— Peut-être qu'on se trompe complètement. Je veux dire, si les gens ne s'échappent pas si souvent, ils n'auraient pas besoin de recruter plus de monde, n'est-ce pas ?

— Je suppose que oui. Je me demande ce qui les empêche de s'échapper, cependant, dit Kay. Je veux dire, c'est une situation terrible dans laquelle se retrouver.

Maxwell grimaça, son gobelet de café à emporter à mi-chemin de ses lèvres.

— La peur, dit-il. Les gangs instillent la terreur chez ces personnes. La dernière chose à laquelle elles pensent, c'est s'échapper. Elles essaient simplement de survivre.

CHAPITRE 34

Kay faisait pivoter sa chaise de gauche à droite, tandis qu'elle feuilletait les rapports qu'elle avait imprimés de HOLMES2 suite à la surveillance des marchés locaux ce matin-là, et elle retint un soupir.

Les derniers membres de l'équipe étaient revenus dans la salle des opérations une demi-heure plus tôt, alors que les commerçants rangeaient leurs marchandises au marché de Sevenoaks, et ils commençaient maintenant à se rassembler près du tableau blanc, leur conversation n'étant qu'un faible murmure.

L'épuisement s'infiltrait dans l'atmosphère de la pièce, et malgré ses inquiétudes pour la sécurité de Shelley, elle savait qu'elle devrait prendre des mesures drastiques pour s'assurer que son équipe reste concentrée.

Laissant tomber le dernier rapport sur son bureau, elle recula sa chaise et se dirigea vers l'endroit où ils se rassemblaient.

— Bon, faisons ce briefing et ensuite je vais diviser l'équipe en deux pour le reste du week-end. Debbie, tu peux apporter les changements nécessaires au planning pour moi ?

— Je m'en occupe, chef.

— Il est quinze heures maintenant, donc nous allons faire un service réduit cet après-midi et ce soir, le reste d'entre vous devra garder son téléphone allumé en permanence. Ce n'est pas parce que vous avez une permission anticipée que vous ne serez pas appelés. Je veux que tout le monde soit prêt au cas où nous aurions une percée, c'est compris ?

Un murmure d'approbation parcourut la salle, et elle attendit qu'ils se calment à nouveau.

— Laura, tu as eu de la chance avec ces images de vidéosurveillance ?

La jeune enquêteuse secoua la tête.

— Je les ai repassées ce matin pendant que vous étiez tous aux marchés, et j'ai aussi obtenu de nouveaux films du conseil municipal. Shelley connaissait l'emplacement de toutes les caméras, elle n'était peut-être de retour en ville que depuis une semaine environ, mais elle est débrouillarde.

— Quelque chose de la part des refuges ?

— Rien, chef, répondit Gavin. Tous les organisateurs et bénévoles ont été priés de la chercher, et nous les avons informés que nous pensons que sa vie est en danger, mais jusqu'à présent, rien du tout.

Kay s'appuya contre le bureau et scruta le tableau blanc, son regard s'arrêtant sur la photographie du corps mutilé d'Ethan Archer.

— Nous ne pouvons pas l'abandonner, dit-elle. Elle est là, quelque part. Elle doit être effrayée, paranoïaque, elle n'aura tout simplement pas l'énergie de rester en avance sur ces gens si elle n'obtient pas d'aide bientôt.

— Tu penses qu'elle a quitté Maidstone ? demanda Barnes.

— Je ne pense pas. Si elle dit la vérité sur tout ça, et je suis encline à la croire, alors malgré le fait d'avoir été retenue pendant trois ans ou plus, elle connaît bien la ville.

Kay commença à arpenter la moquette devant son équipe, ses yeux suivant les tourbillons de couleur bleutée délavée.

— Cela dit, ça dépend de combien d'argent elle a pu mendier dans les rues depuis la semaine dernière, quand elle dit s'être échappée.

— Si elle essaie de rester cachée par peur d'être attrapée, elle n'a peut-être pas beaucoup d'argent, dit Laura.

— C'est vrai, mais si elle a réussi à rassembler un peu d'argent, elle a le choix entre deux gares ferroviaires principales et une gare routière.

— Je ne l'ai pas vue sur les images de vidéosurveillance que j'ai regardées à l'extérieur de ces endroits, mais je peux y jeter un autre coup d'œil, chef.

— Fais-le, s'il te plaît. Et demande à deux de nos collègues en uniforme de venir t'aider pour avoir des yeux neufs sur ces images.

— Merci, chef.

Kay fit un signe de tête à sa jeune protégée, satisfaite que Laura ait bien pris le conseil. Après avoir passé les dernières vingt-quatre heures à regarder les mêmes angles de caméra, il serait trop facile de rater quelque chose.

— Bien, c'est tout pour aujourd'hui. Vérifiez le

nouveau planning avec Debbie et si votre nom n'y figure pas, alors je vous verrai demain.

Une vague d'activité balaya la salle tandis que les officiers s'éloignaient, et Kay se mordit la lèvre en les regardant commencer à se diriger vers le bureau de Debbie.

Une fois les affectations distribuées, certains se dirigèrent vers la porte d'un pas léger tandis que d'autres retournaient à leurs ordinateurs, résolus à faire des progrès durant le reste de l'après-midi.

Barnes s'approcha d'elle et sourit.

— Allez, file. Tu as l'air morte de fatigue.

Elle sourit et secoua la tête.

— Désolée, j'étais ailleurs pendant un moment.

— Comme je l'ai dit, rentre chez toi. Je vais rester ici jusqu'à dix-huit heures et ensuite l'équipe de nuit pourra gérer les lieux. Tu ne nous es d'aucune utilité si tu es fatiguée.

— Tu es culotté. Est-ce que ce n''est pas une de mes répliques ?

— C'en est une bonne.

— Tu t'inquiètes pour elle.

La main de Kay plongea dans le seau de granulés qu'Adam lui tendait avant de laisser la nourriture glisser entre ses doigts.

— Oui.

— Si elle a réussi à survivre pendant trois ans comme travailleuse esclave et à s'échapper, peut-être qu'elle se fait juste discrète. Peut-être que quelque chose l'a effrayée jeudi quand elle te parlait, et qu'elle attend le bon moment.

— Peut-être.

— Elle sait où te trouver, n'est-ce pas ?

— Seulement en personne. Je n'ai jamais eu l'occasion de lui donner ma carte.

Adam lui donna un coup de coude.

— C'est une bonne chose que tu sois passée ici en rentrant. Tu te serais juste assise là à t'inquiéter pour elle. Je te connais. Être autour de cette bande devrait te changer les idées pendant un moment.

— C'est ce que j'espérais.

Kay jeta les granulés dans l'auge en acier inoxydable et recula tandis que trois chèvres miniatures se bousculaient pour être les premières à atteindre la nourriture.

— Bon sang, on dirait qu'elles n'ont pas mangé depuis une semaine.

— Je sais, et c'est la deuxième tournée aujourd'hui. Sans compter tous les restes de cuisine qu'on leur a apportés.

Kay sourit et observa le réseau d'enclos qu'Adam avait construit à l'arrière de sa clinique vétérinaire lorsqu'il avait ouvert son cabinet il y a plusieurs années.

Au-delà de l'enclos des chèvres, deux cochons grognaient en fouillant dans un lit de paille qui avait été étalé sous un abri en bois, et un âne leva son museau velouté alors qu'ils avançaient le long du paddock vers lui.

— À ce rythme, tu pourrais ouvrir une mini-ferme. Tu ferais fortune, dit-elle.

— C'est ce que Stephanie a dit plus tôt cette semaine.

Je pense que si elle avait son mot à dire, les brochures seraient déjà conçues et sur les étagères de l'office de tourisme.

Kay rit.

La réceptionniste d'Adam, quinquagénaire, gérait l'accueil ainsi que la salle des incidents. Propriétaire d'une petite exploitation avec son mari et comptable qualifiée, Stephanie était considérée par Adam comme son arme secrète contre tous ses concurrents.

Kay lui serra le bras.

— Tu as accompli beaucoup ici. Je suis si fière de toi.

Il sourit, puis l'embrassa sur la joue.

— Hé, on ne veut pas de ces mamours ici, cria une voix depuis l'arrière du cabinet. Pas devant les patients.

Kay se retourna pour voir Scott Mildenhall qui les observait par l'une des fenêtres, avec une expression faussement choquée sur le visage.

— Voyeur !

Le jeune vétérinaire sourit et brandit un pack de quatre bières.

— C'est l'heure de la bière. Vous en voulez une ?

— On arrive, dit Adam. Je dois juste aller voir le pigeon.

— Le pigeon ? demanda Kay.

— Oui, il s'est cogné contre la baie vitrée de quelqu'un hier après-midi et s'est complètement assommé. On l'a gardé ici cette nuit pour le surveiller. Il devrait aller bien. Va à l'intérieur, j'arrive dans une minute. Il commence à faire froid dehors.

Kay épousseta la poussière de granulés de ses mains et

suivit le chemin bordé d'écorces jusqu'à l'arrière du cabinet, remerciant Scott qui lui tenait la porte ouverte.

— On n'a pas de verres, dit-il. Désolé, on ne garde que quelques bières au frigo pour les urgences, et tu as l'air d'en avoir besoin d'une.

— J'ai si mauvaise mine que ça ? Je vais me laver les mains et vous rejoindre avant qu'on rentre nourrir ces renardeaux.

Quelques instants plus tard, ils étaient tous les trois installés sur les canapés dans la zone d'accueil vide, une lueur sourde provenant du bureau arrière et donnant une chaleur à la pièce pendant qu'ils se détendaient.

Kay jouait avec l'étiquette sur le côté de sa bouteille de bière quand elle releva brusquement la tête en entendant son nom.

— Désolée, j'étais perdue dans mes pensées. Qu'est-ce que tu as dit ?

— J'ai dit que je parie que malgré le fait que tu aies une équipe sur laquelle tu peux compter, tu seras de retour au travail demain matin.

Adam sourit.

— Tu vas continuer à la chercher, n'est-ce pas ?

— Je le dois. Je ne pense pas qu'elle fasse confiance à quelqu'un d'autre.

CHAPITRE 35

Gavin ajusta le volume de la radio Airwave à côté de son écran d'ordinateur avant de faire craquer son cou, puis il passa un crayon sur les lignes noires dactylographiées du rapport qu'il était en train de lire.

Un faible rayon de soleil brillait à travers la fenêtre à sa gauche, et lorsque sa montre indiqua sept heures et demie, le système de chauffage central émit un grognement peu enthousiaste avant que le radiateur à côté de lui ne tente de se réchauffer.

Il était arrivé tôt, déterminé à avancer sur la paperasse générée par les activités de surveillance de la veille sur les marchés. Ça ne le dérangeait pas de faire un service de douze heures s'il le fallait, mais il voulait avoir des résultats à montrer.

Pendant ce temps, il écoutait les appels et les rapports d'avancement sur le terrain de ses collègues en uniforme qui étaient en service autour des petits marchés du dimanche dans la zone de la division ouest, au cas où le nom de Shelley traverserait les parasites.

Laura retira ses mitaines alors que la température dans la salle des opérations passait au-dessus du niveau arctique et elle les jeta sur son bureau à droite du sien, puis elle repoussa ses cheveux de son visage avant de faire pivoter sa chaise.

— Où est Carys, alors ? demanda-t-elle en se penchant en avant et en baissant la voix.

Gavin tourna une autre page du rapport et vérifia un point de localisation qu'il avait déjà vu sur les images de vidéosurveillance.

— Je ne sais pas.

— Mais vous deux êtes habituellement comme *ça*.

Laura croisa les doigts.

— Elle t'aurait sûrement dit quelque chose si elle allait disparaître pendant quatre jours. Je veux dire, pour une enquête pareille, Carys serait normalement au cœur de l'action, non ?

Gavin jeta le rapport sur le clavier de son ordinateur, le front plissé.

La même pensée lui avait traversé l'esprit plusieurs fois depuis la fin du service jeudi, quand Kay avait informé ses détectives que Carys serait en congé jusqu'à lundi.

Il avait essayé de l'appeler, mais son portable l'envoyait directement sur le service de messagerie vocale – et elle ne répondait ni à ces messages, ni aux textos qu'il lui avait envoyés pour lui demander si elle allait bien.

— Peut-être que c'est, tu sais, des trucs de femmes, répondit-il, le rouge lui montant aux joues. Quelque chose dont elle ne veut pas parler.

— Crois-moi, si c'était le cas, elle prendrait rendez-vous après la fin de cette enquête. Elle ne voudrait pas rater tout ça, non ? Les temps d'attente de nos jours pour ce genre de choses sont de toute façon horribles.

Gavin s'éclaircit la gorge et commença à empiler les rapports en une pile nette, mal à l'aise avec la tournure que prenait la conversation. C'était pareil quand sa mère et sa petite sœur se mettaient à parler lors des barbecues familiaux – rien n'était tabou quand il s'agissait de leur santé, et il s'enfuyait souvent pour faire la vaisselle avec son père.

— Tu as fini de faire la liste de tous les autres propriétaires que nous devons interroger avec les agents ? demanda-t-il.

Laura fit un geste vers son écran d'ordinateur.

— J'ai fait une recherche de titres qui englobe un rayon de quarante kilomètres à partir de l'endroit où le corps d'Ethan a été trouvé. Nous avons déjà parlé à trois d'entre eux, donc il nous en reste huit autres.

— C'est beaucoup de propriétaires pour cette surface de terrain.

Gavin planta ses talons dans la moquette et rapprocha sa chaise du bureau de sa collègue pour regarder l'écran par-dessus son épaule.

— Certaines sont de petites exploitations, mais j'ai pensé qu'on devrait aller les voir aussi.

— C'est vrai. Bien pensé. Alors, qu'as-tu trouvé ?

— Un éleveur de poulets, deux vergers, une ferme laitière et un producteur de champignons. Ce sont les plus grandes propriétés, et puis il y a deux petites exploitations, une à l'extérieur de Sevenoaks, et l'autre sur la route de Hildenborough.

— Ok. Comment t'en es-tu sortie avec la vidéosurveillance des gares et du bus ? Un signe de Shelley ?

— Personne qui corresponde à sa description. J'ai travaillé avec Phillip et Debbie jusqu'à ce qu'on finisse hier et aucun de nous ne l'a vue. Si on avait une photo claire d'elle, je pourrais mettre en place une équipe pour aller là-bas et poser des questions—

— Quelque chose pourrait apparaître.

Gavin tapota le dos de sa collègue.

— C'est du bon boulot. Au moins, quand Barnes arrivera, tu pourras lui donner une longueur d'avance avec cette liste de propriétaires et il pourra faire le lien avec les agents en uniforme pour commencer les recherches sur les propriétés.

— Oui, je suppose.

Gavin fit reculer sa chaise et prit son téléphone portable.

Toujours pas de nouvelles de Carys.

Il se demanda s'il devait mentionner son absence à Barnes à son arrivée – et si l'inspecteur connaissait les allées et venues de leur collègue. Elle devait aller bien, sinon on les aurait prévenus.

Alors, où était-elle ?

Depuis qu'il avait rejoint l'équipe deux ans et demi plus tôt, Carys et lui avaient été proches. Ils veillaient l'un sur l'autre pendant le service, se taquinaient sans pitié hors service, et partageaient un esprit de compétition qui donnait lieu à des échanges animés.

Elle était comme une grande sœur pour lui.

Alors, pourquoi ce silence maintenant ?

Il jeta un coup d'œil par-dessus son écran lorsque la porte de la salle des opérations s'ouvrit et que Barnes entra d'un pas nonchalant, les mains chargées de sacs en papier, tachés de graisse sur les côtés.

— Sandwichs au bacon, dit-il en souriant tout en leur tendant à chacun un sac avant de se diriger vers son bureau. Du nouveau ?

— Pas encore, répondit Gavin, et merci.

— Merci, Chef, dit Laura. Où est Carys ?

— Elle a dû prendre quelques jours de congé, dit Barnes. Elle sera de retour demain.

— Elle va bien ?

— Pour autant que je sache.

Il pointa son sandwich.

— Maintenant mange ça, avant que ça ne refroidisse.

Gavin croisa son regard, mais Barnes détourna les yeux avant qu'il ne puisse l'interroger davantage.

Réprimant sa frustration, il dévora le sandwich chaud et examina la prochaine liste de tâches que la base de données HOLMES2 lui avait attribuées ce matin-là.

Son téléphone portable vibra sur le bureau alors qu'il finissait son petit-déjeuner, et il fronça les sourcils en voyant les mots « appelant inconnu » s'afficher à l'écran.

— Enquêteur Gavin Piper.

— Détective, c'est Jeremy. Du refuge. J'ai besoin de vous parler de toute urgence. Est-ce qu'on peut se rencontrer ?

CHAPITRE 36

Vingt minutes plus tard, Kay attendait aux côtés de Gavin sur les marches qui menaient de Earl Street au centre commercial Fremlin Walk.

Il l'avait appelée alors qu'elle arpentait les berges de la rivière, pour scruter les chemins de halage et les ruelles tandis qu'elle parcourait le trajet de là jusqu'à l'amphithéâtre aller-retour, à la recherche désespérée de la femme qui détenait les réponses au meurtre d'Ethan.

Elle portait un jean et un pull sous une veste en cuir pour se fondre dans la foule matinale et s'arrêtait de temps en temps pour vérifier ses messages. Elle était en contact avec plusieurs équipes en uniforme présentes sur les marchés de la zone de la division, mais sans résultat.

— Comment est-il, ce Jeremy ? demanda-t-elle à Gavin.

— Amical. Serviable.

— Tu penses qu'on peut lui faire confiance ? Je veux dire, ce n'est pas le genre de personne à faire des déclarations sans fondement juste pour attirer l'attention ?

— Non, je n'ai pas eu cette impression. Il avait l'air sincèrement inquiet quand nous avons parlé.

Il fit un signe du menton vers un homme élancé d'une quarantaine d'années qui se dirigeait vers eux d'un pas pressé, un sac de sport sur l'épaule.

— Le voilà.

Kay attendit que Gavin serre la main de l'homme, puis se présenta.

— J'espère que ça ne vous dérange pas que je me joigne à vous, Jeremy. Je suis très inquiète pour la sécurité de Shelley.

— Je comprends.

Il jeta un coup d'œil par-dessus son épaule, puis revint à eux.

— Peut-on parler ailleurs ? C'est un peu exposé ici, non ?

— J'ai entendu dire que le café au bout de la rue sert un bon café.

— Je préférerais éviter. Que diriez-vous du parc derrière le centre commercial ?

— Je vois duquel vous parlez. Montrez-nous le chemin.

Kay laissa Jeremy partir en direction des jardins de Brenchley et le suivit avec Gavin. Sa première impression de l'homme était qu'il parlait doucement, et une partie de la bravade dont son collègue avait dit qu'il avait fait preuve lorsque Laura et lui l'avaient rencontré au refuge mercredi, manquait visiblement.

Au contraire, il semblait réticent, sur le qui-vive, et elle se demanda si c'était sa façon de faire face à la vie dans la rue – ou quelque chose de tout à fait différent.

Alors qu'ils remontaient St Faith's Street et passaient devant le musée, Jeremy jeta un coup d'œil par-dessus son épaule, son regard passant au-delà de Kay avec une telle intensité qu'elle en eut la chair de poule, et cela lui donna envie de se retourner pour voir ce qu'il avait pu apercevoir.

Avant qu'elle ne puisse le faire, il tourna à gauche après le musée et suivit le sentier qui menait aux jardins derrière l'église St Faith, les deux détectives sur ses talons.

Kay remarqua que des caméras de vidéosurveillance avaient été installées sur de grands poteaux en acier à la périphérie du parc et elle nota mentalement de demander à l'un des membres de son équipe de les contrôler également pour repérer des signes de Shelley, au cas où la femme aurait cherché refuge ici au cours des trois derniers jours.

L'étendue herbeuse du reste du parc était déserte, à l'exception de quelques acheteurs utilisant les sentiers comme raccourci entre le centre commercial et la gare de Maidstone East ou les parkings à proximité. Des arbres nus, dont les branches commençaient tout juste à montrer les premiers signes de nouveaux bourgeons, projetaient des ombres squelettiques sur les sentiers, accentuant l'atmosphère désolée.

Le sentier montait en pente douce alors qu'ils approchaient du kiosque à musique orné, et en observant la structure en fer forgé, Kay comprit pourquoi Jeremy avait suggéré cet endroit.

Des haies paysagées entouraient le périmètre de la structure victorienne, échevelées et négligées après les mois d'hiver sans entretien, offrant un écran contre les regards indiscrets.

Gavin resta en arrière et attendit d'être à côté d'elle pour parler.

— Il s'inquiète de quelque chose.

— Je m'en doutais. J'imagine qu'il était plus calme la dernière fois que tu lui as parlé ?

— Définitivement. Beaucoup plus détendu.

— Ok. Voyons ce qu'il a à nous dire. Espérons qu'il ne prendra pas peur comme Shelley et ne disparaîtra pas avant qu'on ait fait des progrès. Tu prends la tête, il te fait confiance.

— Oui, chef.

Il s'interrompit alors que Jeremy entrait dans le kiosque à musique, et Kay leva les yeux vers le nom d'un compositeur classique inscrit entre les écoinçons sous l'auvent avant de rejoindre son collègue.

À l'intérieur, le panneau acoustique fixé sous le toit était jonché de vieilles toiles d'araignées et de poussière – tout cela serait balayé avant le début de la saison des concerts d'été. Pour l'instant, l'endroit dégageait une atmosphère hivernale d'abandon et de désolation.

Elle frissonna et se tourna vers le sans-abri qui arpentait le sol d'un côté à l'autre.

— Que vouliez-vous me dire ? demanda Gavin en se plaçant devant lui et en levant une main.

Il garda un ton calme, sans précipitation.

— Tout va bien ?

Jeremy prit une profonde inspiration et sembla se forcer à rester immobile.

— Non, ça ne va pas.

— Vous avez vu Shelley ?

— Non. Pas depuis que je vous ai parlé au refuge. Personne ne l'a vue. Elle a disparu.

— Une idée d'où elle aurait pu aller ?

— Je n'en ai aucune idée.

— Qu'est-ce qui ne va pas, Jeremy ? Vous semblez nerveux.

— Ah bon ? Oui, je le suis.

— Que s'est-il passé ? Est-ce à propos de Shelley ? Est-ce qu'il lui est arrivé quelque chose ?

— Je ne sais pas.

L'homme arracha son bonnet de laine et gratta ses cheveux coupés court.

— Peut-être. Écoutez, j'ai entendu une rumeur jeudi soir au refuge comme quoi quelqu'un se promenait en ville et posait des questions sur elle. Vendredi aussi.

Kay regarda Gavin, puis se retourna vers Jeremy.

— Je suis désolée si cela vous a causé de l'inquiétude, mais j'avais chargé mon équipe d'enquête de parler aux bénévoles du refuge et à toutes les personnes qu'ils connaissaient dans les rues du coin au cas où certains auraient vu Shelley. Elle m'avait demandé de la rencontrer à l'amphithéâtre jeudi matin, mais quelque chose l'a effrayée et elle s'est enfuie. Je m'inquiète aussi pour elle et je n'ai aucun moyen de la contacter.

— Vos hommes proposent de l'argent pour des informations ?

— Quoi ? Non, je—

— C'est ce que j'ai dit aux autres. Non, je ne parle pas de la police. Pas de vos hommes. Vous vous faites remarquer à des kilomètres. C'était un type seul, costaud, à peu près de ma taille, avec une barbe.

La bouche de Kay s'assécha.

— C'était quand ?

— Hier matin. Près de la poste sur High Street. Il m'a montré une photo d'elle et m'a dit qu'il essayait de la retrouver. Il a dit qu'elle était peut-être en danger. Comme je l'ai dit, il a aussi posé des questions à d'autres personnes.

— Que portait-il ? demanda Gavin en sortant son carnet de la poche de son manteau.

— Un jean bleu, une veste noire à capuche. Il portait aussi une casquette de baseball.

Jeremy leva les yeux vers les lattes en bois du plafond du kiosque, puis cligna des yeux.

— Il avait la capuche de son manteau relevée, mais je pouvais voir une partie d'un logo sur le devant de la casquette, je ne me souviens pas de ce que c'était. Pas une de ces marques de sport bien connues.

— C'est utile quand même, merci. On pourra peut-être le repérer sur les caméras de surveillance.

— À qui d'autre a-t-il parlé ? demanda Kay.

— À quelques habitués du coin. Ils savent que je cherche Shelley parce que je suis inquiet après notre conversation de l'autre jour, alors ils m'en ont parlé quand je les ai vus. Il se promène avec une liasse de billets de vingt livres pour quiconque lui dira où elle se trouve.

— Vous l'avez déjà vu auparavant ? Je veux dire, avant de connaître Shelley, demanda Gavin.

— Non, les autres non plus.

— Jeremy, pourriez-vous me rendre un service ? dit Kay.

— Allez-y.

Elle lui tendit une carte de visite.

— Vous avez déjà le numéro de Gavin, alors si vous apercevez ce type qui traîne dans le coin ou qui parle à quelqu'un, pourriez-vous appeler l'un de nous deux ? Peu importe l'heure du jour ou de la nuit. Passez au commissariat sur Palace Avenue et demandez-nous à l'accueil si vous ne pouvez pas appeler. Nous les préviendrons que vous nous aidez.

Il prit sa carte et passa son pouce sur le texte.

— Il va lui faire du mal s'il la trouve, n'est-ce pas ?

— Nous n'en sommes pas sûrs, mais nous devons lui parler, dit Gavin. Ne serait-ce que pour savoir pourquoi il offre de l'argent en échange d'informations sur elle.

Jeremy hocha la tête, l'air maussade, puis il glissa la carte de Kay dans la poche de son jean avant de remettre son bonnet de laine.

— Le problème, c'est qu'à cette période de l'année, il ne faudra pas longtemps avant que quelqu'un ne prenne son argent et ne lui dise où elle se trouve, dit-il. La faim l'emporte sur la solidarité la plupart du temps, d'après mon expérience.

CHAPITRE 37

Barnes regarda par-dessus ses lunettes de lecture lorsque son téléphone portable émit un faible bourdonnement, et il sourit en voyant le nom affiché à l'écran.

Ouvrant la notification, il accéda à l'application pour découvrir une nouvelle photo de sa fille, Emma, aux côtés de deux de ses amies de l'université. Les trois filles tentaient de manœuvrer des kartings d'intérieur à travers un slalom avec peu de succès, la légende en dessous suggérant que cela ne se passait pas bien, comme en témoignaient les fous rires sur leurs visages.

— C'est ta fille ? demanda Laura.

Elle s'arrêta à son coude, déposant deux dossiers dans son bac.

— Oui. Elle vit avec sa mère quand elle n'est pas à l'université.

— Elle est jolie.

— Elle tient définitivement de sa mère.

Barnes sourit, puis envoya un bref message à Emma lui

disant qu'il l'appellerait plus tard dans la semaine, et il mit le téléphone de côté.

— Bon, tu veux bien m'envoyer par e-mail cette liste de propriétaires terriens que tu as rassemblée et je vais contacter Dave Morrison pour voir si on peut obtenir de l'aide des uniformes pour faire les entretiens ? Ce sera probablement demain matin le temps qu'on organise tout, mais inscris-toi sur le planning pour ces entretiens.

— Je m'en occupe, merci, chef.

Il fit pivoter sa chaise alors que la porte de la salle des opérations s'ouvrait brusquement et que Kay et Gavin apparaissaient.

— Qu'est-ce qui ne va pas ? demanda-t-il.

— Il y a quelqu'un qui se promène en ville en offrant de l'argent en échange d'informations sur Shelley, dit Kay.

Elle accrocha son manteau à un crochet devant le bureau de Sharp puis s'approcha de son bureau et tira une chaise libre tandis que Gavin les rejoignait.

— Et vous pensez que c'est le meurtrier d'Ethan ?

— Ça ne peut être que ça, non ? répondit Gavin.

— Et si c'était un membre de sa famille qui essaie de la retrouver ? suggéra Laura.

Barnes renifla, incapable de cacher l'amertume dans sa voix.

— Ils ne se sont pas préoccupés d'elle ces trois ou quatre dernières années, alors pourquoi commenceraient-ils maintenant ? Ils n'ont même pas déposé de signalement de disparition.

— Laura marque un point, cependant, dit Kay. Nous devons agir rapidement sur cette nouvelle information, car s'il ne s'agit pas d'un parent inquiet, alors Shelley est en plus grand danger que nous le pensions. Laura, peux-tu commencer par trouver quels sont les collèges dans la région ? Shelley m'a dit qu'elle avait des difficultés à l'école, alors ignore les lycées préparatoires. Elle a un accent de Liverpool assez prononcé et elle est venue s'installer ici quand elle avait treize ans. Je suppose qu'elle n'a pas fait d'études supérieures, donc elle aurait quitté l'école à seize ans.

— D'accord, chef. La plupart des sites web des écoles ont des coordonnées d'urgence pour les vacances et les week-ends, donc je devrais pouvoir les joindre aujourd'hui.

— Bien, merci. Si tu peux découvrir son nom de famille auprès d'eux, c'est un début. Demande-leur aussi s'ils ont une adresse à Liverpool pour sa mère, même si elle est ancienne, ça donnera une longueur d'avance à nos collègues là-bas. Gavin, d'après la description que Jeremy nous a donnée, travaille avec Parker quand il réapparaîtra et procurez-vous les images de vidéosurveillance de High Street près de la poste. Voyez si vous pouvez repérer l'homme qui l'a approché. Si nécessaire, appelle Andy Grey au service de criminalistique numérique au quartier général. Tu sais comment il est, il connaîtra probablement des angles de caméra supplémentaires qui pourraient nous aider.

— Oui, chef.

— Qu'en est-il des entretiens avec les propriétaires terriens, chef ? demanda Barnes. On les maintient pour demain, ou on attend de voir quels développements on aura avec cette piste d'abord ?

Kay attacha ses cheveux, puis posa son bras sur son bureau et fixa son écran.

— Je pense qu'on va de l'avant. On dirait que tu as une belle liste de Laura, et ça va prendre du temps pour tout coordonner. Organise ça avec les uniformes, et si quelque chose se passe entre-temps, on pourra reprogrammer si nécessaire.

— D'accord. Que sait-on sur le type qui a offert de l'argent au contact de Gavin ?

— Rien à part une description pour le moment, mais Jeremy, c'est le sans-abri qui a appelé Gavin, dit qu'on lui a proposé une poignée de billets de vingt livres pour dire où était Shelley. Il n'a pas pris l'argent, bien sûr, et il a essayé de dire à autant de personnes que possible parmi celles qui utilisent les refuges de ne pas parler à cet homme, mais, comme il nous l'a dit, ils ont faim et ont besoin de vêtements chauds et d'un toit. Si quelqu'un leur offre de l'argent comme ça, ce n'est qu'une question de temps avant que quelqu'un ne parle.

Barnes fit un geste vers sa collègue qui avait maintenant la tête penchée sur son bureau, son téléphone à l'oreille.

— Laura a passé en revue les images de vidéosurveillance près de tous les refuges d'hier soir quand Gavin est parti te rejoindre plus tôt. Il n'y a aucun signe de Shelley près d'aucun d'entre eux.

— Je ne suis pas surprise, étant donné ce que nous savons maintenant. Elle dort probablement dehors quelque part, pour essayer de rester hors de vue.

— C'est ce qui m'inquiète.

Il bougea sa souris et ouvrit le navigateur Internet.

— Regarde les températures nocturnes prévues cette semaine. Elle doit être quelque part au chaud, et en sécurité.

— Je sais, Ian. Espérons que nous trouverons quelque chose cet après-midi, ou peut-être qu'un des contacts de Jeremy nous donnera un indice sur l'endroit où nous pourrions la trouver.

Elle se leva de sa chaise.

— Je ferais mieux d'aller au QG. Je suis censée rencontrer Sharp là-bas à seize heures. Tu t'en sortiras pour tenir le fort ?

— Pas de problème. Je t'appelle si on la trouve.

— Merci. On se parle plus tard.

Il la regarda quitter la pièce d'un pas vif, son manteau sur le bras et son téléphone portable déjà à l'oreille, puis il se retourna vers son ordinateur et essaya de calmer les battements de son cœur.

Shelley n'avait que trois ans de plus que sa fille et elle devait être morte de peur.

Il secoua la tête pour chasser cette pensée et commença à coordonner les enquêtes de porte-à-porte du lendemain pour les fermes et les petites exploitations.

CHAPITRE 38

Carys tira le frein à main et détacha sa ceinture de sécurité, son regard se posant sur les deux fourgons argentés et les trois voitures de patrouille qui bloquaient l'entrée d'une ruelle à une centaine de mètres.

Son téléphone avait hurlé quarante minutes plus tôt, la tirant d'un profond sommeil.

Elle s'était réveillée complètement dans les trois premières secondes en entendant la voix de Kay au bout du fil, et elle s'était rapidement douchée et habillée avant de conduire jusqu'aux abords du centre-ville, luttant contre la circulation matinale.

Un emballage de kebab vide errant roula dans le caniveau à côté de la voiture alors qu'elle ouvrait la portière du conducteur, et sa lèvre supérieure se retroussa devant la flaque de vomi qui avait été répandue au milieu du trottoir avant qu'elle ne l'évite d'un pas de côté et se précipite vers deux agents de police en uniforme au niveau du cordon bleu et blanc.

Elle montra sa carte de police et attendit pendant qu'ils

notaient ses coordonnées, puis elle signa dans la case que lui indiqua le plus grand des deux agents.

— Qui d'autre est ici ?

— Harriet est là avec son équipe de la police scientifique, et le médecin légiste est arrivé il y a une demi-heure. Nous avons un deuxième cordon à l'autre bout de la ruelle.

— Qu'est-ce que vous savez jusqu'à présent ?

Sa collègue s'éclaircit la gorge.

— Personne n'a rien entendu, madame. Le voisin le plus proche vit dans l'appartement juste après votre voiture, au-dessus de la poissonnerie. Les bâtiments qui donnent sur cette ruelle sont des entrées de service pour les magasins des rues de chaque côté. Tous fermés depuis seize heures hier, s'ils ont pris la peine d'ouvrir. Nous ne nous attendons pas à les voir ouvrir avant neuf heures ce matin—

— Si on les laisse ouvrir, ajouta l'autre policier.

— Qu'est-ce qu'on a ?

— Une femme, décédée, milieu de la vingtaine à vue d'œil, peut-être plus jeune. Son corps a été jeté dans une benne à mi-chemin de la ruelle.

— Comment a-t-elle été repérée si aucun des magasins n'est ouvert ?

— Un sans-abri cherchait des restes de nourriture et l'a trouvée.

Il pointa son pouce par-dessus son épaule vers les voitures de patrouille garées.

— L'agent Harris l'interroge en ce moment. Il était assez secoué, mais il dit qu'il ne la connaissait pas.

— Vous avez son nom ?

— Il se fait apparemment appeler Spikey. Il est complètement défoncé. Avec un peu de chance, Harris obtiendra plus de choses sensées de lui une fois qu'il aura bu un peu de café. Vous voulez des gants et des surchaussures ?

— S'il vous plaît, ce serait parfait.

Carys enfila les surchaussures en papier et la combinaison assortie, tira les gants sur ses doigts engourdis puis hocha la tête en signe de remerciement et elle passa sous le ruban, pour se diriger vers l'agent de la police scientifique le plus proche qui était accroupi sur l'asphalte fissuré près de l'entrée de la ruelle, un appareil photo entre les mains.

— Bonjour, Patrick.

— Carys. Comment vas-tu ?

— Ça va, je suppose, étant donné les circonstances. Qu'est-ce que tu sais ?

Il se leva, gémissant à voix basse.

— Ne ris pas, tu n'es qu'à quelques années de faire des bruits comme ça quand tu te lèves.

Elle parvint à sourire et fit un geste vers l'appareil photo.

— Je peux voir ?

— Bien sûr.

— Carys !

Se retournant au cri, elle vit Kay marcher vers elle, une démarche déterminée dans l'allure de l'inspectrice principale.

— Attends, Patrick, autant que l'inspectrice principale voie ça en même temps, dit-elle. Bonjour, chef.

— Tu viens d'arriver ?

— Il y a environ dix minutes. Patrick s'apprêtait à me montrer les photos qu'il a prises jusqu'à présent.

— D'accord, vas-y.

Carys attendit que Kay se déplace à la gauche de Patrick, puis il inclina l'écran de visualisation à l'arrière de l'appareil photo numérique pour qu'elles puissent toutes les deux voir.

— Je vais faire défiler les premières, ce sont des clichés de l'entrée de la ruelle, et puis j'ai avancé jusqu'ici et vers la benne où le corps de la femme a été trouvé.

— Avait-elle des papiers d'identité sur elle ? demanda Kay.

— Aucun que nous ayons trouvé pour l'instant. Harriet a une équipe de trois personnes là-bas en ce moment qui travaille sur le contenu. Il faudra un moment avant que nous en soyons sûrs.

Kay hocha la tête, puis lui fit signe de continuer à parcourir les images.

Carys grimaça à la première photo de la forme tordue de la femme au milieu des plis d'emballages de plats à emporter jetés, de canettes de boisson en aluminium et d'autres détritus.

Tout ce qui était visible de son visage était une joue pâle encadrée de cheveux foncés qui cachaient ses yeux et son nez. Elle portait un débardeur à fines bretelles rose pâle sale, et Carys aperçut la taille d'un jean en denim avant que celui-ci ne soit également recouvert par de vieilles boîtes en carton et des magazines déchirés.

— Merci, Patrick, dit-elle alors qu'il arrivait à la fin des photographies qu'il avait prises jusqu'à présent. On peut aller faire un tour là-bas ?

— Ça devrait être possible, tenez-vous-en juste au chemin désigné que nous avons marqué et vérifiez auprès de Harriet avant de passer le second cordon.

Kay lui tapota le bras avant qu'elles ne s'éloignent, et Carys savait par expérience que c'était la façon de sa chef de faire savoir au photographe qu'elle appréciait sa diligence et son attention dans des circonstances si difficiles.

— Quand es-tu rentrée de Bridgend ? demanda-t-elle alors qu'elles passaient devant un second technicien accroupi sur le côté de la ruelle, occupé à délimiter une autre zone d'intérêt pour l'équipe de la police scientifique.

— Vers vingt-deux heures hier soir.

— Ça s'est bien passé ?

— Je pense que oui. C'est difficile à dire, n'est-ce pas ?

Les lèvres de Kay se tordirent en un sourire sardonique.

— C'est vrai, tu as raison. Quand est-ce qu'ils vont te donner une réponse ?

— Un des commandants divisionnaires qui m'a interrogée a dit qu'ils prendraient une décision d'ici la fin de la semaine.

Carys entendit sa supérieure expirer de soulagement, et elle déglutit.

— Je vais rester jusqu'à la fin de l'enquête, chef. Je ne te laisserai pas tomber.

— Je sais.

Kay fit un signe du menton vers la benne, maintenant à seulement quelques mètres, et elle éleva la voix.

— Harriet ? On peut approcher ?

La responsable de la police scientifique baissa son masque.

— Venez. Nous sommes à mi-chemin mais nous avons traité tout le sol ici, donc vous pouvez venir.

Carys suivit Kay vers la petite équipe de techniciens, puis elle fit un pas en arrière de surprise lorsque Lucas Anderson apparut de l'intérieur de la benne à ordures à côté de l'un d'eux, son corps couvert d'une combinaison de protection biologique intégrale.

— Toujours là ? demanda-t-elle.

— Hmmm, répondit-il en guise de réponse. J'ai pensé qu'il valait mieux rester. Celui-ci est presque aussi grave que le type dans le champ l'autre semaine.

— Pourquoi ?

Les deux détectives s'avancèrent rapidement, l'intérêt de Carys piqué au vif.

— Attendez, je vais chercher une deuxième échelle, dit Charlie, un autre membre de l'équipe de Harriet.

Elle attendit pendant qu'il dépliait une échelle de rechange qui avait été appuyée contre le mur de briques sombres d'une des boutiques à droite de la ruelle et la plaçait contre la benne pour elle, lui tendant la main et soutenant son bras pendant qu'elle montait sur la plateforme.

— Merci, dit-elle, puis elle reporta son attention sur le pathologiste.

À côté d'elle, Kay grimpa l'autre échelle, posa ses mains gantées sur le côté de la benne et laissa échapper un gémissement.

— C'est elle ?

L'inspectrice principale hocha la tête, la tristesse traversant ses traits avant que sa mâchoire ne se crispe.

— C'est Shelley. Nous sommes arrivés trop tard.

Lucas leur laissa quelques secondes pour absorber la révélation, puis il s'éclaircit la gorge.

— Celui qui lui a fait ça l'a probablement étranglée d'abord. Je serai en mesure de donner un avis plus précis à ce sujet après l'autopsie, évidemment.

— Merde.

Carys entendit Kay jurer à voix basse, et elle savait qu'elle jurait de rendre justice à la femme morte et de trouver son tueur, quoi qu'il en coûte.

— Il y a encore une chose, dit Lucas.

Il pointa du doigt les jambes de la femme.

— Ses pieds ont été coupés.

— Quoi ?

Kay ne put cacher l'horreur dans sa voix.

— Probablement post mortem, vu le manque de sang ici.

— Pourquoi quelqu'un ferait-il ça ? Couper ses pieds ? demanda Carys.

Kay plissa les yeux contre la saleté soulevée par le vent qui hurlait à travers la cour.

— C'est comme avec Ethan, n'est-ce pas ? Ils envoient un message aux autres pour leur montrer ce qui arrivera s'ils essaient de s'enfuir.

CHAPITRE 39

— Kay ? Kay. Un instant, s'il te plaît.

La voix de Sharp résonna dans la salle des opérations alors qu'elle entrait avec Carys. Elle tourna son regard vers le bureau du commandant divisionnaire pour le voir passer la tête par la porte et lui faire signe d'approcher.

Il attendit qu'elle soit plus près, puis il se retourna et la guida à l'intérieur.

— Ferme la porte.

Elle obéit, s'avançant vers son bureau tandis qu'il ajustait le dos de sa veste de costume et s'asseyait, tout en lui indiquant de prendre l'un des sièges réservés aux visiteurs.

Kay l'ignora et se tint debout devant le bureau, les dents serrées.

— Ça va ? J'ai appris la nouvelle.

— On est arrivés trop tard pour la sauver, chef. Il l'a mutilée. Il lui a coupé les pieds au niveau des chevilles.

— On va le retrouver.

— Ça, c'est sûr que je vais le retrouver, chef. Je vais

m'assurer qu'il aille en prison pour longtemps pour ça. Je vais—

— Kay ? Respire. Prends une minute. Je sais que tu es en colère et bouleversée. Je le serais aussi, mais tu as fait tout ce que tu pouvais pour essayer de la retrouver.

Elle jeta son sac sur l'un des sièges pour visiteurs, puis se dirigea vers la fenêtre et croisa les bras autour de sa taille en observant le va-et-vient des autres officiers qui entraient et sortaient du bâtiment.

— Je l'ai laissée tomber.

— La seule personne à blâmer pour tout ça, c'est celle qui l'a tuée.

Sharp recula sa chaise et la rejoignit.

— Carys va bien ?

— Oui, je pense. Je devrais aller faire le briefing, sinon on perd du temps à bavarder ici.

Elle força un sourire en se tournant vers lui.

— Merci, chef.

— Ça me touche aussi, dit-il. C'est parce qu'on est humains.

— Dis ça à certains des journalistes avec qui on doit traiter, répondit-elle en passant son sac sur son épaule avant de se diriger vers la porte.

Carys tenait son téléphone coincé entre son oreille et son épaule lorsqu'elle s'approcha du groupe de bureaux des détectives. Sa voix n'était qu'un murmure tandis qu'elle lisait ses notes de la scène de crime.

Barnes tendit une tasse de thé à Kay alors qu'elle s'asseyait.

— Il y a du sucre en plus là-dedans. Carys avait l'air d'en avoir besoin quand elle est entrée, et toi aussi.

— Merci, Ian.

Elle en prit une gorgée, cligna des yeux quand le sucre frappa ses dents du fond, puis elle parcourut du regard la salle des opérations bondée.

— Tout le monde est là ?

— Gavin et Laura sont en route depuis le QG. Ils ont travaillé avec Andy Grey tard hier pour essayer de savoir qui parlait à Jeremy de Shelley, et il a appelé plus tôt pour dire qu'il avait des images d'une caméra de sécurité privée sur High Street qui pourraient nous aider.

— D'accord, bien. On va leur donner encore dix minutes et puis on fera le briefing.

— Carys m'a raconté ce qui s'est passé. Tu vas bien ?

Elle hocha la tête, menacée par l'épuisement.

— Ça ira, quand on aura attrapé le salaud qui a fait ça.

Cinq minutes plus tard, les deux enquêteurs étaient arrivés et elle s'était déplacée à l'avant de la salle, pour mettre à jour le tableau blanc avec les détails de base du meurtre de Shelley, et des photographies de la scène que Carys avait téléchargées de son téléphone pour le contexte.

Lorsque Kay se retourna pour faire face à ses collègues rassemblés, elle redressa les épaules.

— Malgré tous nos efforts pour localiser Shelley avant qu'elle ne soit blessée, je peux confirmer que le corps trouvé dans une benne ce matin est le sien. Lucas était sur place et a déclaré qu'elle avait été étranglée avant que ses pieds ne soient coupés.

Elle parcourut un message affiché sur l'écran de son téléphone.

— Pour l'instant, ses pieds n'ont pas été retrouvés. Ils n'étaient pas dans la benne.

Un murmure choqué parcourut la salle.

— Nous garderons les détails de sa mort confidentiels pour les médias pour le moment, poursuivit Kay, et je vous demanderai que si vous êtes approchés par des membres de la presse, vous les dirigiez vers le commandant divisionnaire Sharp ou moi-même en premier lieu. Nous publierons une déclaration officielle plus tard dans la journée. En attendant, avons-nous fait des progrès concernant l'homme qui a approché Jeremy en lui offrant de l'argent en échange d'informations sur Shelley ? Gavin ?

— Oui, chef.

Il s'avança pour la rejoindre tandis que Laura distribuait un document de deux pages à chaque membre de l'équipe.

— Nous n'avons eu aucun succès avec les caméras de vidéosurveillance gérées par le conseil municipal dans le centre-ville, mais quand l'équipe de criminalistique numérique d'Andy a passé des coups de fil, ils ont obtenu des images d'un bureau de paris agréé près de la poste qui ont pu nous aider. Les images que vous voyez ici sont les quatre plus nettes que nous ayons.

Kay examina les photographies qui avaient été capturées et disposées à raison de deux par page pour les besoins du briefing.

— Elles sont dans HOLMES2 ?

— Oui, chef. Andy l'a mis à jour pour nous pendant que nous revenions. Les deux premières photographies confirment que l'homme à gauche est Jeremy. Sur la deuxième page, nous avons notre suspect.

Il fit une pause alors qu'un bruissement de papier remplissait la salle.

— Évidemment, nous ne pouvons pas améliorer l'image étant donné les restrictions de cet angle de caméra fixe, mais Andy a pu distinguer certains traits de l'homme.

— Est-ce que quelqu'un le reconnaît ? demanda Kay en tenant la page plus près.

Un murmure de réponses négatives remplit la salle.

— Très bien, pas de temps à perdre. Fais circuler cette photo dans toute la division. Si nous n'avons pas de réponses d'ici la fin de la journée, lance la demande à l'échelle nationale.

— Entendu, chef.

Gavin reprit sa place tandis que Kay passait en revue la liste des tâches qui accompagneraient l'enquête sur le meurtre de Shelley, puis elle tourna son attention vers Barnes.

— Ian, les agents en uniforme sont-ils prêts à commencer les recherches dans les fermes identifiées par Laura ?

— Oui, chef. Nous avons réduit la liste à cinq producteurs et deux petites exploitations.

— Fais-moi parvenir les documents à signer et nous commencerons les recherches ce matin.

Kay mit à jour le tableau blanc avec les nouvelles tâches, puis elle se retourna et observa son équipe.

— Je n'ai pas besoin de vous dire que nous ne nous reposerons pas tant que ce tueur ne sera pas trouvé, dit-elle, et je sais que je peux compter sur vous pour le trouver et rendre justice à Ethan et Shelley. Au boulot.

CHAPITRE 40

— Prête, chef ?

Kay se retourna en entendant la voix de l'agent Morrison et elle tira une paire de gants de protection de la poche de son manteau.

— Je vais te laisser briefer ton équipe, Dave. Dis-moi juste où tu veux que je me place.

— Merci.

Il fit signe aux six agents qui s'agitaient à l'entrée de Wiseacre Mushroom Suppliers et attendit qu'ils forment un demi-cercle approximatif à côté d'eux.

— Le mandat pour la perquisition de ce matin a été remis aux propriétaires, et l'enquêteuse Laura Hanway les interroge actuellement dans la maison avec l'agent Phillip Parker. Notre mission est de mener une fouille approfondie des dépendances et de la cour. Les quatre personnes que vous pouvez voir derrière moi près de la maison sont les employés à temps plein qu'ils emploient. Trois sont locaux, un est roumain, et avant que vous ne demandiez, son visa est en règle. Il travaille ici depuis octobre et même s'il dit que le salaire est minable, ma fille gagne moins que lui dans son apprentissage de coiffeuse à Tunbridge Wells, alors je pense qu'il devrait arrêter de se plaindre.

Un rire de bonne humeur parcourut le groupe, et Kay sourit.

C'était typique de Dave Morrison d'essayer d'alléger une situation stressante. La suite dépendait grandement du résultat des perquisitions menées aujourd'hui et ils ressentaient tous la pression, surtout après que la nature de la mort de Shelley se soit répandue dans le commissariat.

Son meurtre avait touché une corde sensible.

La nuit précédente, Adam avait jeté un coup d'œil à son visage quand elle était rentrée et il l'avait emmenée au pub situé dans la ruelle près de leur maison avant de l'installer dans un coin tranquille et de poser un grand verre de cognac sur la table à côté d'elle. Il avait écouté ses murmures tandis qu'elle lui racontait ce qui s'était passé, et il lui avait tenu la main pendant qu'elle essuyait des larmes de colère avec l'autre.

Elle avait quitté la maison ce matin-là avec une détermination renouvelée, une seule pensée tournant dans sa tête.

Elle rendrait justice à Ethan et Shelley, quoi qu'il en coûte.

Tandis que Dave expliquait la procédure de perquisition à une paire d'agents spéciaux nouvellement recrutés et qu'il s'assurait qu'ils étaient associés à des agents plus expérimentés, elle porta son regard à travers la cour vers l'endroit où attendaient les cueilleurs de champignons.

Un filet régulier de fumée de cigarette s'élevait dans

l'air au-dessus de leurs têtes, et une vague de ressentiment émanait du groupe alors qu'ils donnaient des coups de pied dans les cailloux et jetaient des regards en coin aux policiers qui les avaient forcés à arrêter de travailler.

— Pourquoi sont-ils si nerveux ? demanda Kay. Quelqu'un leur a déjà parlé ?

Dave leva les yeux de ses notes alors que son équipe se dispersait.

— Selon le propriétaire, ils sont censés vérifier la température et l'humidité trois fois par jour. Il a vingt serres ici, alors ils s'inquiètent que les récoltes périssent si on les retarde trop longtemps. C'est pourquoi j'ai commencé la perquisition au bout. Une fois qu'on aura vérifié chaque bâtiment, ils pourront reprendre le travail derrière nous.

Kay passa en revue les bâtiments voûtés qui avaient été construits de chaque côté d'un chemin de terre menant à la ferme.

— Quelles sont les chances qu'on trouve un avion dans l'un d'eux, à ton avis ?

— Ce seraient des cachettes parfaites. Tu veux te joindre à moi pour qu'on jette un coup d'œil ?

— Allons-y.

Elle traîna les pieds à côté de l'agent de police, ses bottes s'enfonçant dans la boue molle qui exhalait un parfum distinct de déchets compostés, de fumier et de traitements chimiques pour plantes. De chaque côté, les grandes serres se dressaient au-dessus d'eux, créant un effet de tunnel de vent le long du chemin qui l'obligea à enfouir son visage dans son écharpe pour se protéger du froid.

Quand Dave suivit une des équipes dans un bâtiment au bout, elle fut soulagée d'échapper aux éléments – et surprise par la chaleur à l'intérieur.

Sa mâchoire tomba à la vue des rangées d'étagères en aluminium qui disparaissaient à une trentaine de mètres dans les profondeurs du bâtiment, dont l'extrémité était éclairée par la lueur terne d'ampoules à faible puissance suspendues aux poutres d'acier du plafond.

— Pour un boulot d'hiver, ça doit être l'un des meilleurs, dit-elle.

— C'est pour ça qu'ils s'inquiétaient du temps qu'on allait prendre, dit Dave. Cette température doit rester constante.

Vingt minutes plus tard, elle cligna des yeux en sortant de la serre dans un faible soleil, et vit deux des ouvriers agricoles entrer dans le bâtiment d'en face alors que les agents en uniforme terminaient leur fouille là-bas et passaient au suivant.

— Allons voir le reste, dit-elle. On peut vérifier s'il y a un avion ou des gens, et ton équipe pourra effectuer une fouille plus approfondie dans notre sillage. Au moins, on fera avancer les choses.

— Ça me va, chef.

Dave sourit.

— Il fait trop froid pour rester planté dehors de toute façon.

— C'est exactement ce que je pensais.

Elle se mordit la lèvre en le suivant et sortit son téléphone portable.

Il avait fallu au commandant divisionnaire Sharp une série d'appels téléphoniques à ses supérieurs au quartier général et la persuasion de deux autres commandants de la division ouest pour allouer suffisamment d'agents pour mener les perquisitions du jour, et elle savait qu'il attendrait bientôt une mise à jour – et des résultats.

Dave poussa la porte d'un autre bâtiment et entra.

— Je prends la gauche, tu prends la droite si tu veux, chef ?

— On se retrouve à l'autre bout.

Elle desserra l'écharpe autour de son cou et déboutonna sa veste alors que la chaleur de la serre commençait à pénétrer les couches de vêtements, puis elle s'engagea entre les rangées de champignons.

Quelques instants plus tard, elle retrouva Dave à l'autre extrémité et secoua la tête.

— Rien. Personne ne se cache ici. Et toi ?

— Non. Au suivant, alors.

La frustration commença à s'installer, à mesure que chaque bâtiment était inspecté, qu'elle ne trouverait jamais le tueur ou les autres victimes d'esclavage. Ils n'avaient aucune idée du nombre d'autres personnes qu'il pouvait y avoir, ni depuis combien de temps elles avaient été soumises aux horreurs du travail forcé, et alors que leurs efforts de recherche atteignaient le bout du chemin près de la ferme, elle se résigna à l'idée qu'il n'y avait pas non plus d'avion caché sur la propriété.

Laura sortit de la porte d'entrée de la maison alors qu'ils atteignaient la cour, et elle fit signe à Parker de se diriger vers l'une des voitures de patrouille, puis elle marcha d'un pas lourd vers Kay.

— Monsieur Clapperton et ses employés sont tous en

règle, chef, dit-elle en s'approchant. Comment ça s'est passé pour vous ?

— Aucun signe de qui que ce soit, ni d'un avion léger. Ils seront probablement là encore quelques heures pour terminer les recherches, mais je pense qu'on en a fini.

— On peut définitivement rayer cet endroit de notre liste, dit Dave, la déception teintant ses mots.

Kay regarda sa montre.

— J'imagine qu'il ne nous reste plus qu'à espérer une percée dans l'une des autres propriétés. Merci, Dave, on se voit dans la salle des opérations.

En retournant à sa voiture avec Laura à ses côtés, elle enfonça ses ongles dans ses paumes et essaya d'ignorer l'angoisse qui lui rongeait l'esprit tandis que ses pensées se bousculaient.

Et s'ils arrivaient trop tard ?

Et si le tueur avait détruit les preuves ?

Qu'était-il arrivé aux autres détenus en captivité avec Ethan et Shelley ?

CHAPITRE 41

Laura sursauta dans son siège lorsqu'une rafale de vent féroce fit trembler la vitre à côté d'elle, alors que la pluie fouettait les carreaux.

Elle se reprit et but une gorgée de café tiède dans sa tasse, puis elle fronça les sourcils devant son écran d'ordinateur en tapant ses notes sur les recherches de la journée.

La porte de la salle des opérations s'ouvrit brusquement et un autre groupe d'agents en uniforme entra, retirant leurs gilets pare-balles et leurs chapeaux trempés ou passant leurs mains dans leurs cheveux mouillés après avoir été surpris par le déluge entre le parking et le commissariat.

L'épuisement et l'abattement ponctuaient les conversations murmurées, dont des bribes parvenaient jusqu'à l'endroit où elle était assise, avachie, évitant tout contact visuel avec eux.

Elle essayait d'ignorer l'embarras qui grignotait les

bords de sa confiance comme un terrier irrité depuis que Kay et elle étaient revenues de la champignonnière.

Un par un, les chefs d'équipe responsables de chaque fouille de propriété avaient signalé leur progression par radio, et la confiance de Laura s'était dissipée à chaque mise à jour.

La porte du bureau du commandant divisionnaire Sharp s'ouvrit, et Kay et Barnes apparurent, l'air sinistre.

À part quelques infractions mineures au code de la route, les effectifs supplémentaires affectés aux fouilles n'avaient rien trouvé, et elle ne doutait pas que ses supérieurs recevaient maintenant l'avis de la commissaire sur la question.

Elle s'éclaircit la gorge alors qu'ils s'approchaient de l'endroit où elle était assise à côté de Carys et Gavin – tous deux au téléphone.

— Je peux vous apporter quelque chose à boire ? demanda-t-elle avant de rougir.

Elle avait l'air désespérée.

Barnes secoua la tête.

— Non, merci. On va commencer le briefing et ensuite laisser tout le monde partir, ça a été une longue journée.

Il sembla forcer un sourire, puis s'éloigna pour parler à deux agents de police qui venaient d'arriver, l'air fatigué et abattu.

À sa surprise, Kay tira une chaise libre à côté d'elle et s'y laissa tomber avant de poser ses coudes sur ses genoux et de baisser la voix.

— Je sais ce qui te passe par la tête, et je te dis d'arrêter ça tout de suite.

— Pardon, chef ?

— Le fait qu'on n'ait rien trouvé dans aucune des propriétés qu'on a fouillées aujourd'hui n'est pas de ta faute.

Laura cligna des yeux, en colère de sentir ses yeux piquer.

— Mais c'est moi qui les ai identifiées, chef. C'est moi qui ai donné la liste à Ian et vous avez basé les fouilles là-dessus.

— Oui, et si quelqu'un d'autre avait été chargé de ce travail, il serait probablement arrivé à la même liste. Je te l'ai déjà dit, on n'obtient pas de résultat avec tout ce qu'on fait.

L'inspectrice principale se redressa et fit un geste vers les rapports que Laura entrait dans le système.

— Tout ça, toutes ces heures qu'on passe à fouiller des informations, ça aide à construire une image plus complète. N'importe laquelle pourrait fournir la percée dont on a besoin, mais si on ne fait pas le travail et qu'on n'élimine pas ce qui n'est pas pertinent, on n'arrivera jamais à la vérité.

Laura fit un signe de tête vers la porte de Sharp.

— Et le commandant divisionnaire ? Il pense la même chose ?

Kay lui fit un clin d'œil, puis se leva.

— Qui m'a formée, à ton avis ?

Tandis qu'elle regardait Kay traverser la salle des opérations, appelant l'équipe à la rejoindre pour le briefing, Laura expira.

— Dépêche-toi, Hanway, tu n'auras pas de place devant, dit Gavin.

Il la bouscula en passant, suivi de près par Carys qui s'arrêta à son bureau pour prendre son carnet.

— Tout va bien ?

Laura sourit.

— Oui, merci. Je te suis.

— Bien, tout le monde, dit Kay, alors qu'ils trouvaient où s'asseoir, je serai brève et on se retrouvera demain matin. Comme vous le savez probablement, nous n'avons eu aucun résultat aujourd'hui après avoir fouillé les cinq propriétés agricoles et les deux petites exploitations, même si nous avons identifié quelques infractions mineures que nos collègues devront suivre plus tard.

Elle fit une pause et frappa du poing sur les points écrits au tableau.

— Revoyons pourquoi nous pensons que le meurtrier d'Ethan et Shelley est lié à l'agriculture plutôt qu'à une autre industrie. Un, le travail manuel est une exigence et l'esclavage moderne représente une main-d'œuvre bon marché. Deux, le fait que les propriétés soient réparties sur plusieurs hectares signifie que les travailleurs peuvent être cachés pendant de longues périodes, dans des dépendances ou d'autres logements temporaires. Les chefs de gang ont la possibilité d'acheter des provisions alimentaires en grande quantité sans éveiller les soupçons localement.

Kay baissa la main et fit une pause, regardant la moquette avant de lever les yeux vers l'équipe une fois de plus, son expression durcie.

— Enfin, et c'est le plus important pour nous, l'agriculture représente une opportunité de garder les esclaves modernes isolés, et s'ils sont isolés des autres, il est plus facile de créer une atmosphère de peur et de contrôle. Ethan et Shelley ont enfreint les règles. Ils ont réussi à s'échapper, mais l'ont payé de leur vie. Shelley a tout risqué pour essayer d'aider ceux qui pourraient encore être retenus captifs. Nous leur devons, à elle et à Ethan, de les retrouver. Non, nous n'avons pas obtenu les résultats que nous voulions aujourd'hui, mais nous n'abandonnons pas. Rentrez chez vous, reposez-vous, et soyez ici à sept heures trente demain matin parce que nous allons trouver le salaud qui a fait ça.

Laura repoussa sa chaise alors que les officiers rassemblés commençaient à se disperser, son cœur battant la chamade après les paroles de Kay.

L'inspectrice principale avait raison.

Ils trouveraient qui avait assassiné Ethan et Shelley, quoi qu'il en coûte.

CHAPITRE 42

Gavin engloutit une autre bouchée de nouilles à l'aide de ses baguettes, puis avala et résista à l'envie de bâiller.

La salle des opérations s'était enfin vidée une heure auparavant. Le commandant divisionnaire Sharp était passé devant le bureau de Gavin pour s'assurer qu'il allait bien avant de rentrer chez lui, et maintenant il savourait le calme inhabituel.

Son regard se porta sur le bureau de Kay lorsque son téléphone se mit à sonner, et il s'essuya les mains avant de répondre à la ligne extérieure.

— C'est Lucas, dit la voix. Je me demandais si certains d'entre vous étaient encore là. Kay n'est pas là ?

— Elle est partie il y a un moment. Elle est joignable sur son portable si tu as besoin d'elle, cependant.

— Ce n'est pas grave. J'allais juste donner une rapide mise à jour sur l'autopsie de la jeune femme qui a été trouvée dans cette benne ce matin.

Gavin fronça les sourcils et attrapa son carnet.

— C'était rapide, je ne pense pas que la chef s'attendait à des résultats avant la fin de la semaine.

— Compte tenu des circonstances, mon équipe et moi avons pensé reprogrammer certains de nos cas moins urgents. C'est le moins qu'on puisse faire.

— C'est très aimable à toi, merci. Qu'est-ce que tu peux nous dire ?

— Comme je le soupçonnais, Shelley a été étranglée, mais quelqu'un a utilisé ses mains plutôt qu'un lien.

— Des empreintes ?

— Des gants, j'en ai peur. Aucune indication qu'elle ait été sexuellement agressée. La cause réelle du décès était une insuffisance cardiaque, causée par la strangulation.

Gavin passa un doigt sous son col et déglutit.

— Qu'en est-il de... qu'en est-il de ses pieds ?

Le médecin légiste soupira.

— Ils n'ont pas été retrouvés. J'ai eu une conférence téléphonique avec Harriet et son équipe plus tôt, et après avoir parcouru toute la longueur de la ruelle et fouillé les poubelles du secteur, ils n'ont rien trouvé.

— Les pieds ont-ils été enlevés... ?

— Après la mort, comme je le pensais initialement. À en juger par l'état de ses jambes, je dirais deux à trois coups avec une lame comme un couperet.

Gavin grimaça.

— Ça demanderait un certain effort.

— Il faudrait certainement de la force. Je suppose que nous devons envisager que son tueur était probablement dans un état de rage, aussi.

— Et plus grand qu'elle. Est-ce qu'on doit chercher une autre scène de crime ?

— Non. Harriet et moi-même sommes d'avis que ses pieds ont été retirés dans la benne.

Gavin cala le combiné sous son menton et se pencha vers son ordinateur pour actualiser ses e-mails.

— Nous n'avons pas encore reçu le rapport de Harriet.

— Elle a mentionné qu'elle allait le terminer ce soir et l'envoyer demain à la première heure, répondit Lucas. J'aurai aussi le mien pour vous d'ici demain en milieu de matinée.

— Harriet a-t-elle mentionné si Shelley portait des effets personnels ?

— Rien n'a été noté à part deux billets de cinq livres et un peu de monnaie. Elle n'avait aucun signe distinctif comme des tatouages ou une décoloration de la peau. Si Kay ne l'avait pas reconnue—

— Nous n'aurions pas pu l'identifier.

— Un élément qui était cohérent entre Shelley et le corps d'Ethan Archer est la pâleur du teint, comme s'ils avaient souffert d'un manque d'exposition au soleil.

— Shelley avait raconté à Kay qu'ils avaient été forcés de travailler à l'intérieur tout le temps qu'ils étaient retenus captifs, expliqua Gavin. J'imagine que celui qui leur a fait ça ne pouvait pas risquer qu'on les voie dehors.

— Eh bien, cela serait cohérent avec mes conclusions.

Lucas couvrit le téléphone et parla à quelqu'un de son côté.

— Je dois y aller, Piper, on vient de nous demander d'intervenir sur un incident à Dartford.

— Merci d'avoir appelé, bonne route.

Gavin reposa le combiné sur son socle, puis rassembla les restes de son plat à emporter et se dirigea vers la kitchenette.

Pendant que le café percolait, il tria les restes de nourriture du recyclage, puis versa une bonne dose de sucre dans une grande tasse de café et se dirigea vers les tâches surlignées sur le tableau blanc au bout de la pièce.

Cela faisait presque deux semaines qu'ils enquêtaient sur la mort d'Ethan, et ils n'étaient toujours pas plus près de découvrir qui était responsable de son meurtre brutal et de celui de Shelley.

Il posa sa tasse de café sur un bureau proche, son regard tombant sur la carte étalée sur une table adjacente.

Des post-it de couleurs vives indiquaient les propriétés qui avaient été fouillées ce jour-là, les limites entre chaque ferme marquées d'un surligneur jaune et d'une croix rouge au milieu pour montrer que les propriétaires étaient hors de cause – pour l'instant.

Il fit pivoter la carte jusqu'à ce qu'elle montre Hildenborough dans le coin inférieur droit et Sevenoaks en haut.

Quelque part dans cette zone à l'ouest des deux villes, il pourrait y avoir d'autres personnes comme Shelley et Ethan, désespérées de s'échapper de conditions de travail horribles.

Mais où ?

Il poussa la carte de côté et tendit le bras vers une pile de photographies aériennes qui avaient été imprimées à partir d'une application bien connue et arrangées en paquets séparés pour chacune des propriétés. Retirant les trombones de chaque paquet, il les étala sur la table jusqu'à avoir une vue d'ensemble des franges occidentales du Kent, et il croisa les bras sur sa poitrine tandis que ses yeux parcouraient le paysage.

Le champ où le corps d'Ethan avait été trouvé était marqué d'un point argenté, pour lui permettre de mieux s'orienter. Au nord de celui-ci, il pouvait voir le bois où Barnes avait trouvé les traces de pneus qui auraient pu être laissées par la camionnette que Peter Winton disait avoir entendue dans la ruelle devant sa maison. Au sud de la ferme de Maitland se trouvaient les propriétés appartenant à Hugh Ditchens et aux Peverell, les vergers des Ditchens se fondant parfaitement dans un large enclos à la lisière de l'élevage de lapins des Peverell.

Plus loin des propriétés, la réserve naturelle qui incluait le réservoir offrait une étendue encore plus verte, l'angle de la prise de vue aérienne captant l'eau qui scintillait au soleil.

Gavin bâilla, enroula ses doigts autour de sa tasse de café, puis s'arrêta.

Depuis que Laura était revenue des perquisitions ce matin, elle avait été discrètement gênée par l'absence de percée basée sur les renseignements qu'elle avait recueillis, mais Carys et lui avaient tous deux convenu que sa logique était solide.

Il feuilleta les pages de son carnet, pour essayer de trouver ses notes du briefing pré-perquisition qui avait eu lieu, au cours duquel Kay avait réitéré les paramètres.

Un endroit isolé.

Un endroit où l'on pouvait cacher des gens.

Un endroit où l'on pouvait entreposer un avion léger.

Il examina une fois de plus les photographies, son

regard s'arrêtant sur la propriété appartenant au cultivateur de champignons. L'emplacement précis des toitures en plastique identifiait les serres de culture, et il traça du doigt la ligne des bâtiments avant de tapoter la photographie, un souvenir s'accrochant au coin de ses pensées.

Alors que celui-ci commençait à prendre forme, il se précipita sur son téléphone portable, ne vérifiant l'heure tardive qu'au moment où la connexion s'établit.

Une voix endormie répondit :

— Piper ?

— Désolé de te réveiller. Nous devons étendre les recherches. Je crois savoir où Ethan et Shelley étaient retenus.

CHAPITRE 43

Une odeur âcre de déjections animales et de mort flottait dans l'air tandis que Kay marchait aux côtés d'Adrian Peverell vers un hangar recouvert de tôle ondulée, l'estomac noué par l'appréhension.

— Pourquoi des lapins ? demanda-t-elle.

L'homme à côté d'elle haussa les épaules et frotta sa main sur une série de plaques rouges qui couvraient ses joues.

— Helen a fait des recherches et a découvert la quantité de viande de lapin importée de l'UE pour les aliments pour animaux de compagnie. Elle a pensé qu'on pourrait combler un vide sur le marché et fournir des approvisionnements locaux, pour faire ainsi économiser aux détaillants les coûts d'importation.

— Ça marche bien ?

— Très bien.

Il cligna des yeux, comme surpris par son propre succès.

— À vrai dire, on a du mal à suivre la demande.

Kay fit un geste vers le plus grand des bâtiments devant elle.

— Avez-vous d'autres bâtiments sur votre terrain ?

— Non, juste ceux-ci. Il y avait une vieille grange derrière quand on a acheté la propriété, mais le toit s'était effondré et les poutres de soutien étaient pourries. C'était moins cher pour nous de la faire démolir.

En passant, elle fit un signe de tête à Gavin qui, après l'avoir appelée pour partager sa théorie selon laquelle les dépendances de l'élevage de lapins correspondaient aux mêmes paramètres fixés pour les autres propriétés fouillées la veille, dirigeait maintenant les entretiens et parlait avec l'équipe de travailleurs à temps partiel des Peverell.

Elle essaya d'ignorer le tablier maculé de sang du plus petit homme dans le groupe de quatre qui s'agitait dans la cour en attendant son tour d'être interrogé, et elle se concentra plutôt sur ce qu'Adrian Peverell lui disait.

— Nous avons quelques milliers de lapins ici en permanence. Ils sont gardés en cage depuis le jour de leur naissance jusqu'à ce qu'on les abatte.

— Combien de temps restent-ils dans les cages, alors ?

— Environ quatre-vingts jours. On sépare les mâles et on les tient éloignés des femelles pour qu'on puisse les inséminer artificiellement et contrôler le nombre de portées qu'elles ont chaque année. Évidemment, plus il y en a, mieux c'est pour nous.

Kay grimaça, prit les surchaussures et les gants de protection qu'il lui tendait, et les enfila pendant qu'il soulevait le loquet de la porte du premier bâtiment.

— Prête ?

— Oui, merci.

— Très bien, je dois vous prévenir que vous trouverez probablement ça choquant si vous n'avez jamais été dans un élevage auparavant, mais rappelez-vous que c'est le même processus pour les poulets.

Elle prit une profonde inspiration, puis le suivit à l'intérieur.

Sa première impression fut que la disposition était similaire à celle de la champignonnière, sauf qu'au lieu de rangées d'étagères contenant des champignons à différents stades de croissance, ce bâtiment contenait des rangées de cages, chacune d'un demi-mètre carré et empilées sur quatre niveaux.

Un terrible cri perçant vint de l'autre côté du bâtiment avant de s'éteindre, et elle se tourna vers Peverell, incapable de cacher son choc.

— Qu'est-ce que c'était ?

Il haussa les épaules.

— Ils se battent de temps en temps.

Ravalant sa réplique, elle s'avança de quelques mètres dans l'élevage en batterie, ses bottes frottant sur le sol recouvert d'une couche de fumier et de vieille paille. Ses yeux s'écarquillèrent d'horreur lorsqu'elle s'arrêta à côté d'une des cages.

Huit lapins clignaient des yeux en la regardant, la bouche ouverte alors qu'ils haletaient dans l'air stagnant.

— Ils n'ont pas besoin de plus d'espace que ça ?

— Ils vont bien.

— Où est leur approvisionnement en eau ?

— Dans cette bouteille. C'est distribué au goutte-à-goutte.

— Comment le bâtiment est-il ventilé ?

L'éleveur pointa son pouce vers le haut, et elle leva les yeux au plafond pour voir une ligne de vieilles bouches d'aération.

Frustrée, elle serra les dents, puis se retourna et le suivit à travers les entrailles du bâtiment et de retour vers la porte principale.

L'équipe de recherche attendait pour commencer à fouiller l'élevage en batterie après avoir déjà vérifié l'abattoir, et elle n'avait aucune envie de rester à l'intérieur plus longtemps.

— Je ne peux m'empêcher de remarquer que ces cages n'ont pas été nettoyées depuis un moment, dit-elle.

Peverell s'arrêta et la fusilla du regard par-dessus son épaule, ses yeux se durcissant.

— On les nettoie tous les jours.

— Il y a un lapin mort dans celle-là.

— C'est un fait de la vie, et de cette entreprise, inspectrice. Voulez-vous voir l'abattoir maintenant ?

Kay plissa le nez alors qu'une poignée de mouches s'envolaient au-dessus des cages avant de descendre sur la rangée suivante, le bourdonnement de leurs ailes créant un horrible bruit blanc qu'elle était sûre d'entendre pendant des jours. Elle préférerait faire n'importe quoi plutôt que de voir l'autre côté de l'exploitation. Cependant, l'intérêt professionnel la fit acquiescer.

— Je vous suis.

Une demi-heure plus tard, elle arracha ses gants et ses surchaussures en plastique et les jeta dans une poubelle que Peverell lui indiqua à l'extérieur de l'abattoir.

Il avait été pragmatique pendant la visite, décrivant le processus d'abattage, lui montrant les énormes chambres froides où la viande était conservée jusqu'à son expédition vers les entreprises d'aliments pour animaux de compagnie, et vantant le fait que son entreprise n'utilisait qu'un tiers de l'espace des autres entreprises commerciales de viande.

Elle avait été surprise par l'ampleur de ce que lui et sa femme faisaient.

— Comme je l'ai dit, il y a une demande pour la viande, dit-il en fermant la porte et en arrachant ses gants. Si c'est tout, j'ai de la paperasse à faire. Vos hommes en auront encore pour longtemps ?

Kay regarda derrière lui où les équipes de recherche commençaient à se rassembler dans la cour pour un débriefing, leurs visages stoïques.

— Merci, monsieur Peverell. Je pense que nous avons terminé ici. Nous vous contacterons si nous avons besoin d'autre chose.

Il hocha la tête, puis lui tourna le dos et se dirigea à grands pas vers la maison.

— Bon sang.

Kay expira lourdement, vérifia que Gavin avait le débriefing sous contrôle, puis s'éloigna de la cour vers un chemin herbeux qui commençait sur le côté du bâtiment de l'abattoir.

Elle prit de profondes inspirations tandis que la puanteur de l'élevage s'estompait grâce à une brise fraîche qui soufflait à travers un enclos sur sa gauche, et elle huma l'arôme sucré de l'herbe fraîchement coupée tout en marchant.

Le chemin s'élargit, le sol sous ses pieds s'aplanit entre une allée d'arbres taillés en têtards et des haies soigneusement taillées de prunelliers et de pruniers, et le stress des dernières heures commença à s'atténuer un peu, lui permettant de concentrer ses pensées sur les pistes d'enquête qu'elle devrait suivre ensuite.

Lorsqu'elle jeta un coup d'œil par-dessus son épaule, elle fut surprise de voir à quel point elle s'était éloignée de l'élevage de lapins.

Au-delà de sa position, elle repéra les branches enchevêtrées caractéristiques des arbres fruitiers et s'approcha pour y jeter un coup d'œil. Après une centaine de mètres, elle trouva son chemin bloqué par une simple chaîne tendue en travers du sentier à hauteur de genou, attachée à un poteau en bois sur le côté droit par un simple crochet.

Tirant de sa poche sa carte pliée de la région, elle en lissa les plis du bout des doigts, retraça son parcours et réalisa qu'elle se tenait à la frontière des terres des Ditchens. Surprise par l'absence de marquages de limite ou d'autres panneaux à la clôture, elle replia la carte et repartit en direction de la cour des Peverell.

La couverture nuageuse se rompit un instant, baignant le paysage d'une chaude lumière solaire qui promettait un meilleur temps à venir, et elle plissa les yeux face au contraste soudain avec la pénombre qui enveloppait son environnement un instant plus tôt.

Alors qu'elle se rapprochait de l'élevage de lapins, l'odeur désormais familière flotta vers elle. Elle prit une dernière bouffée d'air frais avant de s'y engouffrer tandis qu'une agente en uniforme s'éloignait en titubant du groupe qui se dispersait dans la cour et s'appuyait contre le mur de l'abattoir.

Kay jeta un coup d'œil au visage de la jeune agente de police et lui fit signe de se diriger vers un bout de sous-bois au-delà de la porte ouverte du bâtiment annexe.

— Il y a une brise de ce côté du bâtiment. Ça aide.

— Merci, madame.

Kay se détourna de l'agente de police alors que Gavin s'approchait d'elle d'un air morne.

— Chef, je suis dé—

Elle leva la main pour l'arrêter.

— Comme je l'ai dit à Laura hier, nous devons suivre ces pistes. D'ailleurs, je veux que tu appelles le conseil municipal et le ministère de l'environnement, de l'alimentation et des affaires rurales. Demande-leur d'inspecter cet endroit pour vérifier leurs pratiques d'élevage. Je doute qu'ils soient très impressionnés par les conditions dans ce bâtiment annexe.

Ses épaules se redressèrent tandis qu'il sortait son téléphone.

— Merci, chef. Je m'en occupe.

Satisfaite que le reste de l'équipe puisse se débrouiller sans elle, elle se dirigea vers l'endroit où elle s'était garée, échangea ses bottes contre des chaussures et fourra les bottes en caoutchouc couvertes d'ensilage dans un sac en plastique qu'elle ferma hermétiquement et plaça à l'arrière de la voiture pour les laver une fois rentrée chez elle.

Elle recula dans la ruelle et écrasa l'accélérateur.

Tandis que la campagne défilait dans un flou, elle essaya de tempérer sa frustration. Deux fouilles en autant de jours n'ayant rien donné ne faisaient pas grand bien à sa relation avec la commissaire, mais elle maintenait sa décision d'écouter ses enquêteurs.

Elle était sûre qu'ils étaient proches.

— Bon sang.

Elle vérifia ses rétroviseurs avant de freiner, puis fit déraper la voiture dans une aire de stationnement, tira le frein à main et frappa le volant.

Qu'est-ce qui leur échappait, bordel ?

CHAPITRE 44

Carys était assise, son stylo en suspens au-dessus de son carnet, tandis que Kay marchait d'un pas décidé vers l'avant de la salle des opérations et se tenait devant le tableau blanc, le visage grave alors qu'elle rayait les tâches relatives aux perquisitions.

Elle avait entendu Gavin parler de l'élevage de lapins à son retour, et elle était à la fois soulagée de ne pas avoir eu à voir ces pauvres créatures, et désolée pour son collègue dont l'intuition, dont il était si sûr, s'était soldée par une nouvelle journée frustrante pour l'équipe.

Levant les yeux au-dessus de l'écran d'ordinateur, elle observa son collègue affalé sur sa chaise pendant qu'il tapait son rapport, des cernes sombres sous les yeux après sa nuit tardive suivie d'un départ matinal.

Elle se mordit la lèvre et ouvrit un navigateur web, tapant le nom d'un des villages voisins et agrandissant la carte qui apparaissait dans les résultats.

Les cartes étalées sur la table près du tableau blanc ne lui étaient d'aucune utilité – toutes les annotations et les surlignages la distrairaient et ne feraient qu'ancrer les opinions qui avaient été discutées depuis la découverte du corps d'Ethan Archer.

Elle avait besoin de repartir de zéro.

À un moment donné, elle devait aussi parler à Gavin de l'appel qu'elle avait reçu ce matin.

Ses mains avaient commencé à trembler quand elle avait vu le numéro s'afficher sur l'écran de son téléphone portable, et elle s'était précipitée dans le couloir, parlant à voix basse à l'homme de la police du sud du Pays de Galles tout en gardant un œil sur ceux qui passaient au cas où ils se douteraient de ce qui se passait.

Après coup, elle ne se souvenait plus de ce qui avait été dit – des mots comme « félicitations », « date de début » et « période de préavis » avaient été mentionnés, et elle était sûre d'avoir fait les bruits appropriés, mais quand l'homme avait terminé l'appel et confirmé qu'une lettre d'offre lui serait envoyée par e-mail et par courrier avant la fin de l'après-midi, elle s'était au moins souvenue de le remercier.

Son exaltation à cette nouvelle contrastait amèrement avec l'atmosphère dans la salle des opérations quand elle était revenue à son bureau, et elle avait alors résolu d'aider ses collègues à trouver le tueur d'Ethan et Shelley avant de les quitter.

Elle déglutit, le coin de ses yeux la piquant, et elle cligna des yeux pour se reconcentrer.

— Ça va ?

Laura passa avec une brassée de dossiers en se dirigeant vers le bureau de Debbie.

Carys hocha la tête.

— Ça va, merci.

— Tu avais l'air ailleurs.

Elle fit un geste vers les documents et les photographies éparpillés sur son bureau.

— J'essaie juste de voir si je peux trouver un autre angle d'approche pour tout ça.

Laura sourit puis s'éloigna, et Carys expira.

Elle ne pouvait pas leur dire – pas avant d'avoir parlé à Kay d'abord.

Elle lui devait au moins ça, et plus encore.

Un téléphone portable sonna à l'avant de la pièce, et elle se pencha par-dessus son épaule pour voir Kay plongée dans une conversation.

Le visage de l'inspectrice principale s'assombrit tandis qu'elle écoutait, et pendant un bref instant Carys pensa que quelqu'un l'avait devancée pour annoncer sa nouvelle, jusqu'à ce que Kay termine l'appel et se dirige vers eux.

— C'était la police de Merseyside, dit-elle. Ils ont réussi à retrouver la mère de Shelley avec les informations que Laura a obtenues de l'école secondaire ici à Maidstone, et ils lui ont annoncé la nouvelle de la mort de sa fille il y a une heure.

— Bon sang, dit Gavin. Je n'imagine pas ce qu'elle traverse.

Les lèvres de Kay se pincèrent.

— J'imagine que ça va empirer quand les médias auront vent de la nouvelle. Nos collègues là-bas lui ont fourni un agent de liaison familiale et je vais demander à Phillip de se mettre en contact avec lui pour tenir la mère et le beau-père de Shelley informés de nos progrès ici.

Carys la regarda se précipiter vers son bureau alors

qu'un autre téléphone commençait à sonner avec insistance, et elle entendit Kay saluer la commissaire quand elle répondit.

Baissant à nouveau les yeux vers les photographies, elle tapota du doigt le dos de celle qu'elle tenait et fronça les sourcils alors qu'une idée commençait à se former.

Elle se mordit la lèvre — ils avaient déjà perdu un temps précieux à poursuivre des pistes et à effectuer des recherches en vain ; serait-elle confrontée à la même déception que ses collègues si elle se trompait ?

— Hé, Piper, tu as une minute ?

— Qu'est-ce qu'il y a ?

— Viens jeter un coup d'œil à ça.

Il soupira, verrouilla l'écran de son ordinateur et se dirigea vers l'endroit où elle était assise.

Elle tint deux des photographies aériennes et se tourna vers lui.

— Cet élevage de lapins où vous êtes allés. Ils vous ont dit, à Laura et toi, qu'ils n'avaient pas d'avion, c'est ça ?

— Oui.

Son front se plissa.

— J'ai pensé qu'ils mentaient peut-être. C'est ce que je pensais qu'on trouverait dans les dépendances. Elles sont assez grandes.

Elle sourit, repoussa sa chaise et lui donna un coup de coude.

— Je ne pense pas que tu étais loin de la vérité. Viens.

Ouvrant la voie entre les bureaux, elle se dirigea vers l'endroit où Kay était assise à essayer de trier la paperasse qui s'accumulait dans sa corbeille d'arrivée.

— Chef ?

— Oui ?

— Quand vous étiez à l'élevage de lapins des Peverell ce matin, avez-vous par hasard jeté un coup d'œil autour des bâtiments ?

Les yeux de Kay se plissèrent en les regardant.

— Pourquoi ?

Carys posa la photographie aérienne sur le bureau de Kay et pointa du doigt la ligne de démarcation.

— Qu'est-ce que c'est ?

L'inspectrice principale rapprocha l'image, puis se cala dans son fauteuil et haussa les épaules.

— Une piste. Ça devait être un vieux chemin de randonnée ou quelque chose comme ça à l'époque. Je l'ai parcouru, et il va de l'arrière du bâtiment qu'ils utilisent comme abattoir jusqu'aux vergers de Ditchens. Il n'y a qu'une chaîne qui sépare les deux propriétés.

— Quelle est sa largeur ? demanda Gavin.

Kay pencha la tête.

— Environ trois longueurs de voiture, je suppose. Pourquoi, à quoi pensez-vous ?

Carys sourit.

— Je pense que quelqu'un utilise ce chemin comme piste d'atterrissage.

CHAPITRE 45

Kay passa une vitesse et ralentit la voiture alors que les panneaux de limitation à cinquante kilomètres-heure apparaissaient, puis elle jeta un coup d'œil à Carys qui tenait son téléphone et lisait les directions de l'application de navigation tandis qu'elles serpentaient dans les rues du village.

Le briefing convoqué à la hâte s'était terminé quarante minutes plus tôt, avec l'instruction qu'un audit des dépositions de témoins existantes et des preuves soit entrepris avant que quiconque n'approche les Peverell.

La nuit allait être longue pour eux tous, mais Kay voulait être sûre.

Si elle autorisait l'un des membres de son équipe à retourner à l'élevage de lapins, cela alerterait les propriétaires sur la nouvelle piste motivant l'enquête, étant donné que la propriété avait déjà été fouillée, et elle ne voulait pas avoir à expliquer une seconde fois à la commissaire pourquoi du temps et de l'argent avaient été gaspillés sur une piste d'enquête infructueuse.

Malgré les efforts de Sharp pour la protéger des conversations qui avaient lieu au quartier général, ses oreilles bourdonnaient encore du blâme qu'elle avait reçu plus tôt dans l'après-midi.

Au lieu de cela, elle avait pris sur elle de rejoindre l'équipe pour décortiquer tout ce qu'ils avaient jusqu'à présent, ce qui expliquait pourquoi elle conduisait maintenant vers la maison de Luke Martin, l'homme qui avait découvert le corps d'Ethan Archer.

— Le tournant arrive ici sur la droite, juste après l'école maternelle, dit Carys en pointant à travers le pare-brise alors qu'un mur de briques bas surmonté d'une clôture métallique apparaissait, puis elle agrandit la carte sur son téléphone. Le numéro soixante-trois est à environ deux cents mètres sur le côté gauche.

— Merci.

Elle trouva l'adresse rapidement, s'arrêta au bord du trottoir et scruta la maison au-delà d'une basse haie de troènes qui encadrait un jardin paysagé à l'extrême, avec du gravier décoratif là où une pelouse s'étendait autrefois, et des arbustes de différentes hauteurs apportaient une touche de couleur.

— Ils sont là, dit Carys en vérifiant ses notes. Sa femme s'appelle Sonia, et ils n'ont pas d'enfants à la maison. Un fils dans un pensionnat près de Guildford. Luke a quarante-huit ans et dirige une entreprise de peinture et de décoration.

— D'accord. Au moins sans enfants à la maison, ce sera un peu plus facile de se présenter à l'improviste. Allons-y.

Kay avait choisi de ne pas téléphoner à l'avance pour

parler à Luke Martin parce qu'elle voulait évaluer sa réaction en face à face – non pas qu'elle croyait qu'il avait quelque chose à cacher, mais elle trouvait que s'asseoir avec un témoin et revoir leurs déclarations fournissait plus d'informations si elle pouvait observer leurs expressions faciales.

Les gens révélaient plus qu'ils ne le pensaient par la façon dont leurs yeux et leurs mains bougeaient, et elle voulait savoir si le subconscient de Luke avait enregistré plus de détails sur la ferme où le corps d'Ethan avait été trouvé que ce qui figurait dans sa déclaration actuelle.

Menant le chemin dans la courte allée, elle entendit une télévision à travers la fenêtre de devant, la lumière vacillant contre des rideaux qui avaient été presque entièrement tirés. Un espace en haut offrait une vue sur le plafond du salon, rien de plus, et elle se dirigea vers la porte d'entrée.

Au son de la sonnette, la télévision fut mise en sourdine et elle put entendre les tons bas d'une conversation alors que les habitants se demandaient qui pouvait bien sonner à cette heure de la nuit. Finalement, la lumière du couloir fut allumée, une chaîne cliqueta contre la surface en bois, puis la porte s'ouvrit et Luke Martin jeta un coup d'œil, la confusion dans ses yeux, et ses cheveux bruns mi-longs dressés sur sa tête comme s'il avait été allongé sur le canapé.

Il posa une main sur le cadre de la porte et fronça les sourcils.

— Détective... ?

— Kay Hunter. Nous nous sommes rencontrés à la ferme de Dennis Maitland il y a quelques jours. Voici ma collègue, l'enquêteuse Carys Miles. Pouvons-nous entrer ?

Elle s'avança, ne lui laissant pas la chance de trouver une excuse alors qu'une voix provenait du salon.

— Qui est-ce, Luke ?

— La police.

Un silence choqué accueillit sa réponse, puis sa femme apparut, la bouche ouverte de surprise.

— Que faites-vous ici ?

— Pourrions-nous nous asseoir quelque part et arrêter ce courant d'air froid ? dit Kay, consciente que la porte d'entrée était toujours ouverte et désireuse de poursuivre l'entretien. Nous avons juste quelques questions auxquelles nous aimerions donner suite avec vous, si cela ne vous dérange pas.

Luke cligna des yeux, puis s'écarta alors que Carys franchissait le seuil et fermait la porte.

— Mais je vous ai déjà fait une déposition.

— Je sais. Nous avons travaillé sur plusieurs pistes d'enquête cependant, et nous voulions donc clarifier quelques points.

— Je suppose que oui, mieux vaut utiliser la cuisine ; Sonia a étalé ses cours partout sur le canapé.

Sa femme haussa légèrement les épaules.

— J'essaie de finir mon diplôme avant d'atteindre la cinquantaine, je me suis dit que je voulais apprendre quelque chose de nouveau.

— Ce qu'elle ne vous dira pas, c'est que c'est son troisième diplôme, dit Luke en les guidant dans le couloir, une note de fierté dans la voix. Inutile de dire que notre fils tient d'elle, pas de moi.

— Je comprends d'après votre déclaration qu'il est en pensionnat en ce moment, dit Kay alors que le couple s'affairait à débarrasser la table de la cuisine des magazines de décoration intérieure, des catalogues de peinture et des papiers.

— Juste à l'extérieur de Guildford, précisa Luke en fermant un ordinateur portable avant de le pousser sur le côté. Asseyez-vous. Vous voulez un café ou quelque chose ?

— Non, ça va, merci. Nous ne vous retiendrons pas longtemps.

Kay attendit qu'il s'assoie avec sa femme en face, elle vérifia que Carys était prête à prendre des notes, puis elle reporta son attention sur Luke.

— La ferme où vous faisiez de la détection de métaux, depuis combien de temps connaissez-vous Dennis Maitland ?

— Environ quatre ans. J'ai peint sa cuisine, je discutais un jour avec sa femme de mon intérêt pour l'histoire et ce genre de choses, et elle a mentionné que je devrais lui demander si je voulais un jour explorer une partie des terres autour de la ferme. Elle faisait des recherches sur l'endroit de temps en temps depuis leur mariage et elle était intéressée par ce qui pouvait s'y trouver. Tom et moi n'avons commencé la détection de métaux qu'il y a environ un an, et ce n'est que maintenant que Dennis a pu nous laisser accéder au terrain. Nous n'avions qu'une fenêtre de quelques jours de toute façon, parce qu'il était impatient de planter la première récolte de cette année.

Son visage s'assombrit, et il baissa les yeux vers ses mains.

— J'aurais aimé écouter Sonia et me mettre au golf maintenant.

Sa femme tendit la main et serra ses doigts.

— Luke ne vous le dira pas, mais il fait des cauchemars depuis qu'il a trouvé le corps de cet homme.

Il rougit et releva le menton.

— Je m'en remettrai un jour ou l'autre.

— Il n'y a pas de honte à avoir. Vous devez parler à votre médecin si cela affecte votre sommeil, dit Kay.

Elle fit un geste vers les factures qui avaient été poussées sur le côté.

— Après tout, vous avez une entreprise à gérer. Nos officiers trouvent souvent que parler à quelqu'un aide.

Luke hocha la tête, mais ne dit rien.

— Êtes-vous retourné à la ferme récemment ? Depuis que vous avez peint la cuisine ? demanda Kay.

— Non, je n'en ai pas eu besoin. Ce jour-là, dans le champ, c'était la première fois que j'y retournais.

— Avez-vous vu quelqu'un d'autre entre le moment où vous avez quitté la route principale et votre arrivée dans le champ ?

— Non. Dennis travaillait dans le champ adjacent, et il n'y avait que moi et Tom. Le chemin vers le champ n'avait pas été utilisé depuis un moment. J'ai cru que j'allais rester coincé avec mon véhicule dans les ornières avant même d'y arriver.

Kay se rappela la façon dont Barnes avait eu du mal à atteindre la scène de crime et elle ne pouvait contredire l'homme.

— Quand vous avez fait les travaux de décoration pour

les Maitland, avez-vous vu quelqu'un d'autre autour de la ferme ?

Luke fronça les sourcils et tambourina des doigts sur la table un instant.

— Seulement quelques ouvriers, je pense qu'ils travaillaient avec eux depuis un moment. Ils semblaient assez sympathiques.

— Avez-vous eu des contacts avec monsieur Maitland depuis le jour où vous avez découvert le corps dans son champ ?

— Il m'a téléphoné il y a environ trois jours pour voir comment j'allais, ce que j'ai trouvé gentil de sa part. Il a dit qu'il espérait que je n'avais pas été découragé par ce qui s'était passé. Je crois que sa femme est toujours désireuse de savoir s'il y a quoi que ce soit d'intérêt historique sur leur terrain.

Luke frissonna.

— Mais je ne l'aiderai pas. Je n'y retournerai plus jamais.

CHAPITRE 46

— Qu'en penses-tu, chef ?

Carys la regardait par-dessus le toit de la voiture de service, son souffle formant de la buée dans l'air frais qui enveloppait le village.

Un léger brouillard commençait à apparaître, créant des halos de lumière autour des lampadaires disposés de façon sporadique le long de la rue.

— Je veux parler à Dennis Maitland à nouveau.

— Ce soir ?

— Oui. Monte.

Elle tourna la clé dans le contact et s'éloigna du trottoir pendant que Carys attachait sa ceinture, puis elle accéléra en atteignant la route principale.

— Quand tu as parlé à Maitland, a-t-il dit quoi que ce soit à propos d'un avion qu'il aurait entendu passer au-dessus dans les jours précédant la découverte du corps d'Ethan ?

— Seulement qu'il n'en avait pas entendu. Je lui ai

aussi demandé s'il savait si ses voisins possédaient un avion léger, mais il a dit qu'il n'en savait rien.

Kay tapota ses doigts sur le volant et garda un œil attentif sur les bas-côtés profonds de chaque côté de la route au cas où un gros animal déciderait de traverser devant la voiture. À cette heure de la nuit, elle ne verrait un cerf que trop tard, et elle avait vu suffisamment de scènes d'accidents durant ses années en tant qu'agente de police pour savoir quelles pouvaient être les conséquences d'un tel impact.

Après vingt minutes, elle fit entrer la voiture dans la cour de la ferme des Maitland, les pneus grondant sur la grille à bétail en fer avant qu'elle ne freine devant la ferme.

Une lumière de sécurité s'alluma au-dessus du porche d'entrée alors qu'elle sortait de la voiture, mais les fenêtres de devant restaient sombres, sans aucun signe de vie.

Elle frappa avec le heurtoir en laiton fixé à la porte en chêne, et elle retint son souffle.

Avec un peu de chance, le fermier n'était pas couché depuis longtemps.

Des pas étouffés se firent entendre de l'autre côté, suivis d'un juron murmuré avant qu'une voix d'homme ne s'élève.

— Qui est là ?

— Inspectrice principale Kay Hunter, police du Kent.

Un verrou fut tiré. Quelques secondes plus tard, des clés tintèrent et la porte fut ouverte brusquement.

Dennis Maitland les regarda fixement, resserrant la ceinture d'une épaisse robe de chambre, des pantoufles usées aux pieds et une expression tout aussi fatiguée sur le visage.

— Inspectrice, il est onze heures et demie, et je dois me lever dans six heures. Que voulez-vous ?

— Je suis désolée, monsieur Maitland, mais j'ai des questions urgentes qui ne peuvent pas attendre jusqu'au matin. Pouvons-nous entrer ?

— Attendez.

Il fouilla dans les poches profondes de sa robe de chambre, puis porta ses doigts à ses oreilles.

— C'est mieux. Appareils auditifs. Je n'entends pas correctement sans eux.

— Alors comment avez-vous—

— Je l'ai réveillé pour voir qui était à la porte.

Une voix de femme flotta depuis l'étage avant que l'épouse de Maitland n'apparaisse, l'air pas du tout ravie.

— Nous dormions.

— Je suis désolée, dit Kay, mais comme je l'ai dit à votre mari, nous sommes à un point critique de notre enquête.

— Liz, va allumer le poêle à bois dans le salon, dit Maitland. Il fait trop froid pour rester ici, et le chauffage s'est éteint il y a des heures.

Sa femme leva les yeux au ciel, puis fit signe à Kay et Carys.

— Allez, venez. Je ne vais pas mettre la bouilloire en route, par contre, il ne se rendormira jamais s'il prend de la caféine à cette heure-ci.

Kay aperçut l'expression de Carys alors qu'elles suivaient la femme, et elle esquissa un petit sourire.

Elle savait qu'elle allait agacer les Maitland avec cette

visite tardive, et si elle avait pu attendre, elle l'aurait fait, mais elle avait désespérément besoin de réponses.

Elle prit place sur le canapé que l'épouse du fermier lui indiqua et attendit pendant que la femme ravivait les flammes avant de placer quelques bûches dans le poêle et de fermer la porte en fer.

Une lueur chaleureuse émanait à travers la vitre, et bientôt elle put sentir la chaleur envahir la pièce.

— Je serai aussi brève que possible, dit-elle une fois que les Maitland furent installés dans des fauteuils de chaque côté du poêle. Quand Carys ici présente vous a parlé dans les jours qui ont suivi la découverte du corps de monsieur Archer dans votre champ, vous avez déclaré que vous ne saviez pas si les propriétaires des terrains voisins aux vôtres possédaient un avion léger, est-ce correct ?

Maitland fronça les sourcils.

— C'est exact, oui.

— Madame Maitland...

— Appelez-moi Liz.

— Liz, avez-vous connaissance d'avions appartenant à vos voisins ?

— Non, mais nous n'avons pas vraiment de contacts avec eux. Nous ne socialisons pas avec eux, et je n'ai jamais été sur leurs propriétés. Je n'ai aucune raison de le faire.

— Où étiez-vous dans les jours précédant la découverte du corps de monsieur Archer ? Je vois d'après la déclaration de votre mari que mes collègues en uniforme ont prise ce jour-là que vous n'étiez pas là et que vous étiez absente depuis cinq jours.

— Je rendais visite à un fournisseur, répondit Liz.

Nous allons commencer à cultiver de la lavande pour l'huile, et je devais m'assurer que nous allions obtenir les graines à temps. Je les importe d'Europe, et j'ai eu toutes sortes de problèmes avec la paperasserie. Les fournisseurs ont tendance à mettre les besoins de leurs clients de longue date avant les nôtres aussi.

— Je lui ai dit qu'elle aurait dû opter pour l'une des variétés communes déjà cultivées dans le comté, dit Dennis. Ça aurait été plus facile.

— Je ne veux pas du « commun ».

Liz fit la moue.

— C'est tout l'intérêt.

— Quand êtes-vous rentrée ? demanda Kay.

— Jeudi matin. Après que Dennis m'a appelée pour me dire ce qui s'était passé, j'ai hésité à tout laisser tomber et à revenir, mais il m'a persuadée de ne pas le faire.

— Elle avait investi tellement de temps à établir une relation avec les fournisseurs, je ne voulais pas qu'elle ruine ses chances d'obtenir un bon prix, dit-il, tendant la main pour tapoter le genou de sa femme.

Kay jeta un coup d'œil au poêle alors qu'une des bûches craquait et éclatait avant de se caler contre la porte vitrée dans une pluie d'étincelles, puis elle se retourna vers le fermier.

— Depuis combien de temps portez-vous des appareils auditifs ?

— Je blâme toutes ces années à utiliser des machines bruyantes, dit-il avec un sourire penaud. Je n'entends rien sans eux. Remarquez, vu ce qu'il y a à la télévision, je ne pense pas que ce soit si mal. Au moins, je peux lire mon livre en paix.

— Pourquoi donc voudriez-vous savoir ça ? demanda Liz.

Kay l'ignora.

— Et vous les enlevez chaque nuit ?

— Oui. Nous montons généralement vers neuf heures et demie et je lis pendant une demi-heure environ avant d'éteindre la lumière.

— Rien ne le réveille, ajouta Liz, pas même ses propres ronflements. Le plus souvent, il n'entend pas le réveil sonner à moins qu'il ne se souvienne d'augmenter le volume quand je suis absente.

Kay s'adossa contre les coussins, et elle remarqua le regard émerveillé de Carys.

— Alors, monsieur Maitland, puis-je en déduire que si un avion léger passait au-dessus à basse altitude pendant la nuit, vous ne l'entendriez pas ?

CHAPITRE 47

Kay sirotait un café à emporter et scrutait à travers le pare-brise l'entrée de la ferme fruitière des Ditchens, à quelques centaines de mètres plus bas sur la route.

Le brouillard s'était levé de la campagne depuis une demi-heure, un soleil éclatant perçant à travers des poches de nuages et projetant des ombres sur la route. Une fraîcheur humide s'accrochait à l'intérieur de la voiture de service, et elle remua ses orteils dans ses bottines pour essayer de se réchauffer.

À côté d'elle, Carys parlait dans une radio, pour coordonner avec le centre de contrôle des forces de l'ordre pendant qu'elles attendaient qu'une voiture de patrouille les rejoigne.

Elle tourna son poignet, son regard s'attardant sur les cadrans de sa montre.

Huit heures.

— Ils sont encore loin ?

— Dix minutes.

Carys remit la radio dans son support sur le tableau de bord.

— L'équipe de Harriet est également en stand-by.

— Ok. Où sont Barnes et Piper ?

— Garés à environ un kilomètre et demi de la ferme d'élevage de lapins des Peverell, juste de l'autre côté de cette route. Il y a deux voitures en route pour les soutenir, mais ils ne feront rien tant que tu n'en donneras pas l'ordre.

Kay finit son café et mit le gobelet vide entre les sièges avant.

— Tu as dit à Gavin que tu partais ?

Sa collègue soupira.

— Pas encore. Je ne sais pas trop comment m'y prendre.

— Eh bien, ne tarde pas trop. Tu ne veux pas qu'il l'apprenne par quelqu'un d'autre. Tu sais comment ça peut être au commissariat une fois qu'une rumeur se répand.

Un éclair blanc apparut dans le rétroviseur, et elle fit signe à Carys de démarrer la voiture avant d'ouvrir le canal radio.

— Barnes ? Vous pouvez y aller.

Carys vérifia ses rétroviseurs, puis s'engagea devant la voiture de patrouille aux couleurs de la police du Kent et accéléra le long de la route en direction de la ferme des Ditchens.

Kay serra les dents tandis que Carys faisait entrer le véhicule dans l'allée, son pied touchant à peine le frein, et elle détacha sa ceinture de sécurité lorsque la voiture s'arrêta.

La voiture de patrouille freina à côté d'elles, les deux

occupants en sortant d'un bond avant de se diriger vers la ferme.

Carys lui tapota le coude.

— Le bureau est là-bas.

— D'accord. Va le contrôler, assure-toi qu'il n'y a personne à l'intérieur et puis scelle-le jusqu'à ce que les équipes de recherche soient prêtes à l'examiner.

Tandis que Carys s'éloignait, la porte d'entrée de la ferme s'ouvrit et Kay vit un homme d'une cinquantaine d'années reculer de surprise à la vue des deux agents en uniforme sur le pas de sa porte.

Elle se retourna au bruit d'un autre moteur de voiture.

Quelques instants plus tard, une deuxième voiture de patrouille s'arrêta à côté d'elle, le sergent Harry Davis au volant, le visage sombre.

— Bonjour, Harry. Je ne savais pas que vous vous joindriez à nous.

Elle fit un signe de tête à l'agent Phillip Parker alors qu'il descendait du siège passager et fermait la portière.

— J'ai pensé que vous pourriez avoir besoin d'une paire de mains supplémentaire, chef.

Il jeta un coup d'œil par-dessus son épaule en direction de la ferme.

— Ils ont présenté le mandat ?

— À l'instant. Vous voulez coordonner avec eux ? Je vais avoir une petite conversation avec monsieur Ditchens avant de jeter un coup d'œil aux alentours.

— Ça me va, chef.

Kay traversa la cour boueuse en direction de la ferme, où Hugh Ditchens se tenait sur le seuil de sa maison, les yeux écarquillés de stupeur.

— Êtes-vous l'inspectrice en charge de tout ceci ? demanda-t-il, les bras croisés sur la poitrine. Que se passe-t-il ?

Elle montra sa carte de police.

— Inspectrice principale Kay Hunter, et oui, je suis en charge. Mes agents vont fouiller votre propriété dans le cadre d'une enquête pour meurtre que nous menons actuellement.

La bouche de Ditchens s'ouvrit et se ferma avant qu'il ne retrouve sa voix.

— C'est absurde. Est-ce à propos de l'homme qui a été retrouvé mort dans le champ de Maitland ? Qu'est-ce que Maitland a dit sur moi ?

— Que pouvez-vous me dire sur le chemin entre votre verger et la ferme d'élevage de lapins des Peverell ?

— Quoi ?

Il cligna des yeux.

— C'est un ancien chemin de transhumance. Nous le gardons comme coupe-feu entre les propriétés.

— Les incendies sont-ils un gros problème ici ?

— Écoutez, c'est une mesure de sécurité, c'est tout. Le chemin aide aussi à espacer les variétés d'arbres pour faciliter la propagation. Nous cultivons des variétés spécifiques pour les marchés londoniens, les restaurants locaux, ce genre de choses, donc nous ne pouvons pas nous permettre qu'elles se croisent.

Kay plissa les yeux vers lui.

— Très bien, monsieur Ditchens. Si c'est comme ça que ça va se passer. Assurez-vous de rester ici où l'un de mes agents peut vous voir, et veuillez vous abstenir d'utiliser votre téléphone portable.

Se détournant, elle traversa lourdement la cour jusqu'à l'endroit où Carys attendait près du petit bâtiment annexe utilisé comme bureau, la porte fermée et scellée par un croisillon de ruban de police bleu et blanc jusqu'à ce que l'équipe de recherche en uniforme soit prête à entrer.

— Qu'a-t-il dit ?

— Beaucoup de vent à propos du chemin servant de coupe-feu, ou d'un moyen d'empêcher la pollinisation croisée des arbres.

— Envie d'une petite promenade alors, chef ?

Kay sourit.

— Je pense qu'un peu d'air frais nous ferait du bien, alors pourquoi pas ? Par où va-t-on pour atteindre le chemin d'ici ?

— Derrière ce hangar à machines avec le tracteur devant.

Elle adopta un rythme rapide, sa collègue plus petite quelques pas derrière elle alors qu'elle se dirigeait vers la structure en tôle ondulée.

Une barrière en bois à cinq barreaux séparait la cour du premier verger, et en l'ouvrant, elle leva les yeux vers la cime des arbres pour voir les premières teintes roses des fleurs de cerisier.

N'importe quel autre jour, la promenade entre les arbres fruitiers aurait été idyllique, mais ses pensées revenaient sans cesse à Ethan et Shelley et aux conditions qu'ils avaient dû endurer.

Elle attendit que Carys la rattrape.

— Il n'y a pas de bâtiments ici, dit-elle, alors où Ethan et Shelley ont-ils été retenus ?

— Je ne vois aucun signe de campement non plus, dit Carys.

Elle pointa du doigt devant leur position.

— Voilà le début du chemin, on peut voir où les arbres commencent à s'éclaircir.

Kay repartit.

Ici et là, l'herbe plus longue entre les arbres avait été piétinée, et elle fit signe à Carys de s'écarter.

— Ce sentier a été utilisé récemment. Peux-tu utiliser ce ruban pour former une barrière entre ces arbres jusqu'à ce que nous ayons une idée de l'avancement de la fouille à la ferme ?

Elle prit l'extrémité que Carys lui tendait, fit un nœud et attendit que sa collègue fasse de même, puis elle avança à nouveau, contournant la zone qu'elles avaient délimitée.

Elle s'arrêta au bord du chemin, et son cœur fit un bond tandis que ses yeux balayaient le sol.

— Appelle Harriet, nous allons avoir besoin d'elle ici.

— Qu'est-ce que tu as trouvé, chef ?

— Regarde.

Elle attendit que l'enquêteuse soit à ses côtés, puis pointa du doigt les profondes ornières parallèles à quelques mètres de l'endroit où elle se tenait.

Les deux lignes disparaissaient le long du chemin herbeux, les marques s'estompant au fur et à mesure qu'elles passaient sous la chaîne qui séparait les deux fermes, et elles se dirigeaient en ligne droite vers la propriété des Peverell.

— Quelque chose de lourd est tombé ici, puis a continué le long de ce chemin. Je n'ai pas vu de lignes profondes à l'autre bout.

— Un avion qui a atterri, dit Carys. Bon sang, chef. Tu l'as trouvé.

Kay scruta l'horizon.

— Mais nous ne l'avons pas trouvé, n'est-ce pas ? Il n'y avait rien à l'élevage de lapins. Et je n'ai rien entendu de notre équipe ici. Ils seraient venus nous chercher si leur recherche avait révélé un avion.

— Eh bien, il a définitivement atterri ici.

Carys s'approcha des arbres qui bordaient la limite gauche, puis s'arrêta.

— Chef, les extrémités de cette branche ont été cassées. Peut-être coupées par une aile ?

— Il faudrait avoir du cran pour atterrir ici, non ? Je veux dire, c'est assez large, mais il faudrait savoir ce qu'on fait.

— C'est peut-être pour ça que les ornières sont si profondes ici. Nous avons toujours supposé que l'avion volait de nuit, ce qui rendrait les choses plus difficiles, même pour un pilote habitué à atterrir ici.

Carys revint là où Kay se tenait et se protégea les yeux du soleil matinal.

— Ce chemin est-il assez long pour rouler et décoller ?

— Quand Harriet arrivera, demande-lui de faire mesurer la longueur par l'un des membres de son équipe, puis vérifie ça avec l'un de tes contacts des aérodromes auxquels tu as parlé.

— D'accord. On arrête Ditchens ?

Kay regarda à travers le verger en direction de la maison.

— Emmène-le pour l'interroger. Je vais aller à

l'élevage de lapins des Peverell pour voir où en sont Barnes et Piper.

CHAPITRE 48

— Je ne mangerai plus jamais de lapin.

Barnes arracha les gants de protection de ses mains et les jeta dans le seau de déchets biologiques dangereux que lui tendait l'un des agents en uniforme, puis il fronça les sourcils en apercevant les cages à travers la porte ouverte de la dépendance.

— Ceux-ci ne sont pas destinés à la consommation humaine. C'est pour la nourriture pour chiens et chats. Les vraies fermes d'élevage de lapins dans le coin qui approvisionnent les restaurants sont beaucoup plus humaines, expliqua Gavin. Cet endroit est une honte.

— Tu as contacté le ministère de l'agriculture ?

— Oui, et le conseil municipal.

Son collègue fronça les sourcils.

— Ils ont dit qu'ils manquaient de personnel et avaient du mal à gérer les plaintes déjà enregistrées dans le système concernant divers endroits du comté, mais qu'ils enverraient quelqu'un à un moment donné.

— Incroyable.

Barnes secoua la tête et sortit son téléphone portable qui venait d'émettre un bip.

— La chef est en route.

— Mon Dieu, j'espère qu'on va trouver quelque chose. Elle ne nous remerciera pas si c'est encore une perte de temps.

— Ce n'est jamais une perte de temps, Piper, tu le sais bien. Maintenant, tu veux me montrer cet abattoir ? Autant y jeter un coup d'œil pendant qu'on est là. Où sont les propriétaires, d'ailleurs ?

Gavin fit un geste en direction de la maison située à l'écart des dépendances.

— Les agents en uniforme ont Helen Peverell à l'intérieur. Son mari n'est pas là, elle dit qu'il devrait revenir d'ici quelques heures.

— Où est-il ?

— Au bureau de poste de Tonbridge, apparemment.

Gavin ouvrit la porte de l'abattoir.

— Ils ont envoyé quelqu'un là-bas pour le trouver.

Barnes sortit son mouchoir et se couvrit le nez.

— Bon sang, ça pue ici.

— Je suppose que s'ils vendent la viande pour la nourriture pour animaux, ils n'ont pas à se soucier autant de l'hygiène.

— Je parie que le conseil municipal ne sera pas de cet avis. Cet endroit est énorme, non ? Je veux dire, ils n'utilisent qu'un tiers de l'espace ici.

Il pointa du doigt les portes massives au bout du bâtiment.

— Ce sont les chambres froides ?

— Oui. Ils tuent les lapins dans ce coin, découpent la

viande sur ces tables galvanisées au fond là-bas, et ensuite la viande est stockée dans les chambres froides jusqu'à ce qu'elle soit récupérée pour être distribuée aux fournisseurs de nourriture pour animaux. C'est comme une chaîne de production, non ?

Barnes grimaça à cette description, mais il comprenait pourquoi son collègue la décrivait ainsi. Il se retourna en entendant un mouvement près de la porte et une agente en uniforme passa la tête à l'intérieur.

— On peut commencer la perquisition ici, inspecteur ? demanda-t-elle.

— Allez-y. On va vous laisser les lieux dans une minute.

— Merci, inspecteur.

Il remit son mouchoir dans sa poche et redressa les épaules.

— Bon, je vais faire un tour rapide, et ensuite on sortira attendre la chef.

— Ok.

Gavin s'éloigna, ses chaussures résonnant sur le sol en béton alors qu'il traversait l'espace ouvert, la tête baissée tandis qu'il lisait les mises à jour des autres membres de l'équipe d'enquête sur son téléphone portable.

Barnes enfonça ses mains dans les poches de son manteau et commença à longer le mur, son regard s'attardant sur les couteaux aiguisés et les couperets alignés à côté des postes de travail et les planches à découper appuyées contre un évier galvanisé.

Des mouches bourdonnaient autour d'une grande poubelle couverte directement derrière les postes de travail, et il souleva le couvercle de l'une d'elles, reculant instantanément.

Des dizaines de peaux de lapins remplissaient le conteneur en acier, la fourrure emmêlée ensanglantée et tachée d'urine.

Il remit le couvercle en place, un frisson parcourant ses épaules alors qu'il progressait vers les chambres froides, puis il enroula son mouchoir autour de la poignée en acier fixée sur l'une des portes et jeta un coup d'œil à l'intérieur.

Un nuage d'air glacé s'échappa, glaçant son visage et lui donnant la chair de poule.

L'odeur était moins forte ici, même si la vue de tous ces petits corps roses congelés alignés en rangées ordonnées lui retournait l'estomac.

Il y en avait tellement.

— Ian, viens voir !

Le cri de Gavin résonna dans tout l'abattoir.

Barnes claqua la porte de la chambre froide et se précipita, passant devant l'équipe de recherche qui fit une pause dans son travail, un regard plein d'attente dans les yeux.

Il trouva l'enquêteur accroupi près de l'avant du bâtiment dans le coin le plus éloigné, son excitation palpable.

Une rangée de sacs contenant du foin et des granulés pour les lapins avait été appuyée contre une rangée d'étagères vides, et Gavin fixait le mur.

— Qu'est-ce que tu as trouvé ?

— Ces étagères étaient pleines quand on a fouillé l'endroit mardi, des sacs comme ceux sur le sol étaient empilés dessus. L'équipe a regardé entre les sacs lors de la perquisition, mais ils n'ont pas vu ça.

Barnes ajusta son pantalon de costume et s'accroupit à côté de son collègue, sortant ses lunettes de lecture de sa poche avant d'examiner attentivement les planches entre les étagères.

De légères marques de griffures avaient été taillées dans la surface en bois avec une lame tranchante, représentant une approximation grossière d'un parachute entre des ailes ouvertes qui avaient été gravées d'une main mal assurée.

Il retint son souffle en lisant les mots inscrits en dessous.

Aidez-moi.

— Bon sang. C'est le tatouage d'Ethan, n'est-ce pas ?

CHAPITRE 49

— Prêt ?

Gavin tapota le bord du dossier contre sa cuisse, la mâchoire serrée en regardant la porte de la salle d'interrogatoire numéro deux, puis il expira.

— Je crois que oui. Merci, chef.

Kay sourit.

— Pas de problème. Je vais devoir compter encore plus sur toi à l'avenir, tu t'en rends compte, n'est-ce pas ?

— Je sais.

— Quand est-ce que Carys te l'a dit ?

— Juste après que vous êtes toutes les deux arrivées chez les Peverell. Je n'arrive pas à croire qu'elle nous quitte si tôt.

— Ils sont impatients qu'elle commence le plus tôt possible. Je suis sûre qu'elle a tout autant hâte de s'y mettre.

Il fronça les sourcils.

— J'aurais aimé qu'elle reste ici. Il n'y a pas de postes d'inspecteur disponibles dans le Kent, chef ?

— Crois-moi, j'ai vérifié. Sharp aussi. Il n'y a pas de budget pour les promotions en ce moment dans la région, tous les fonds ont été alloués à la formation de nouveaux agents de police le plus rapidement possible pour atteindre les objectifs fixés par le gouvernement. J'espère que tu ne t'attendais pas non plus à une augmentation cette année.

Elle lui fit un clin d'œil, puis ouvrit la porte et traversa la pièce jusqu'à la table et aux quatre chaises disposées contre le mur du fond.

Helen Peverell était assise, les mains sur les genoux, la tête baissée. Une mèche épaisse de cheveux lui tombait sur le visage, et elle avait pleuré. La bouche tournée vers le bas, elle leva les yeux vers les deux détectives lorsqu'ils s'assirent en face d'elle, et essuya une traînée de mascara dilué sur sa joue.

Son avocat, un homme maigre d'une cinquantaine d'années aux cheveux ras et à l'expression pincée, lança un regard noir aux détectives en leur tendant sa carte de visite.

— Merci, monsieur Brackenridge, dit Kay, puis elle attendit que Gavin appuie sur le bouton d'enregistrement de l'appareil à côté de son coude et lise l'avertissement officiel.

Cela fait, il ouvrit le dossier et en sortit trois photographies d'Ethan Archer, pour les placer sur la table devant Helen.

— Connaissez-vous cet homme ?

La femme se mordit la lèvre, puis secoua la tête.

— Répondez à voix haute pour l'enregistrement, s'il vous plaît, Helen, dit Kay.

— Non.

— Vous êtes sûre ? dit Gavin. Regardez encore une fois.

— Je ne le connais pas.

L'enquêteur sortit une quatrième photographie du dossier.

— Reconnaissez-vous ce tatouage ?

— Non.

— Vraiment ? Voici une autre image. Ça y ressemble, non ? insista Gavin.

Il se pencha en avant et tapota l'image du doigt.

— Cette photo a été prise dans votre abattoir il y a trois heures. C'est sur le mur, derrière les étagères. Que fait-il là ?

— Je ne sais pas. Je ne l'ai jamais vu auparavant.

— Je parie que si vous l'aviez vu, vous l'auriez fait enlever, n'est-ce pas ?

Helen ne répondit rien.

— Qui est chargé de réapprovisionner les étagères, Helen ? Vous, ou l'un de vos employés ? demanda Kay.

Elle haussa les épaules.

— Les employés. C'est pour ça qu'ils sont payés.

— Est-ce que nous parlons des employés à temps partiel que vous avez sur votre liste de paie, ou de quelqu'un d'autre ?

Kay se pencha en arrière et croisa les bras.

— Parce que quelqu'un a déplacé les sacs après notre dernière fouille lundi, n'est-ce pas ? Quelqu'un espérait-il que nous reviendrions et que nous le remarquerions ?

Helen déglutit, mais garda le silence.

Gavin retourna une autre photographie face à Helen.

— L'inscription est différente sous ce tatouage dans votre abattoir. Pouvez-vous lire ce qui est écrit ?

La femme le fusilla du regard, puis regarda son avocat, qui lui fit signe de répondre à la question.

— C'est écrit « aidez-moi », dit-elle d'un ton boudeur.

— Qui aurait pu vouloir de l'aide ? demanda Gavin. Pourquoi quelqu'un aurait-il gravé cela dans le mur ?

— Je ne sais pas.

— Pourquoi les étagères étaient-elles vides aujourd'hui ? dit Kay.

— Une nouvelle livraison de nourriture arrive cet après-midi, répondit Helen. Nous devons faire tourner le stock pour que les granulés les plus anciens soient utilisés en premier afin qu'ils ne pourrissent pas. Les nouveaux sacs sont placés sous l'ancien stock, c'est tout.

— Et pourquoi le travail a-t-il été abandonné de telle sorte que ce dessin soit exposé ?

— Je ne sais pas.

— Vous nous avez fourni les détails des travailleurs à temps partiel que vous employez, mais en regardant votre masse salariale, il semble que vous soyez extrêmement généreuse avec leur paie par rapport aux autres fermes de la région. Pourquoi cela ?

— C'est un travail difficile. Il est dur de trouver de bonnes personnes, dit Helen. Nous les payons bien dans l'espoir qu'ils restent. Personne n'a démissionné depuis quatre ans, ce qui montre que nous faisons quelque chose de bien.

Gavin sortit une liasse de déclarations de témoins du dossier et parcourut le texte des yeux.

— Aucun d'entre eux n'a un mot négatif à dire sur

vous ou votre mari. Les payez-vous pour qu'ils se taisent au sujet de vos autres travailleurs ?

— Quels autres travailleurs ?

Kay joignit ses mains sur la table.

— Helen, nous avons parlé avec des entreprises agricoles similaires et nous sommes d'avis que le nombre de travailleurs que vous employez légalement n'est pas suffisant pour maintenir les niveaux d'approvisionnement que vous avez maintenus ces trois dernières années. Il vous faudrait au moins une demi-douzaine de personnes supplémentaires à temps plein pour gérer l'élevage industriel en plus de ceux que vous employez à l'abattoir. Où sont ces autres travailleurs ?

— Je n'ai aucune idée de ce dont vous parlez. Mes employés sont incroyablement travailleurs et diligents, c'est tout.

Gavin se tourna vers Kay et haussa un sourcil.

— Je parie qu'ils doivent travailler encore plus dur, maintenant que deux des travailleurs non payés sont morts.

— C'est exactement ce que je pensais, enquêteur Piper. Et dans des conditions infernales.

Kay se retourna vers Helen.

— Qui a tué Shelley ? Vous, ou Adrian ?

— Je n'ai tué personne !

L'explosion soudaine de la femme prit Kay par surprise, et elle se pencha en arrière.

— Où est votre mari ?

— Je l'ai dit au policier à la maison : il est allé à Tonbridge. Il devait aller à la poste.

— Helen, la police locale est allée à la poste. Ils n'ont

pas vu votre mari. Ils n'ont pas du tout reconnu sa photo. Où est-il ?

Helen baissa la tête et mordit le coin de son ongle de pouce.

— Je ne sais pas.

CHAPITRE 50

Laura observa l'homme de l'autre côté de la table, se demandant pourquoi quelqu'un ayant connu tant de succès dans la vie se retrouverait impliqué dans un plan aussi odieux que l'asservissement de personnes sans défense et vulnérables.

Carys était assise à côté d'elle, le menton dans la main, en train de feuilleter nonchalamment la déposition originale de Hugh Ditchens tandis que l'homme, assis en face d'elle, avait une goutte de sueur qui lui coulait le long du visage.

Elles avaient commencé l'enregistrement de l'entretien quelques minutes auparavant, et après avoir récité la mise en garde formelle, Laura s'était tue, s'attendant à ce que sa collègue commence l'interrogatoire.

Elle s'inquiéta d'abord que Carys ait peut-être perdu la notion du temps, mais elle réalisa ensuite que l'enquêteuse plus expérimentée faisait attendre Ditchens.

Alors, au lieu de cela, elle observa avec fascination l'agriculteur qui commença par s'agiter sur sa chaise, puis s'éclaircit la gorge, et finalement se tourna vers son avocat pour demander de l'aide.

— Détective Miles, si vous avez quelque chose à dire à mon client, faites-le, je vous prie, lança le représentant légal en les fusillant toutes les deux du regard. C'est un homme occupé.

Carys leva enfin les yeux de la déposition du témoin et sourit.

— Oui, il *a été* occupé, n'est-ce pas ?

Quelques instants passèrent encore pendant qu'elle griffonnait des notes, et Laura se mordit l'intérieur de la joue en jetant un coup d'œil et en réalisant que sa collègue écrivait sa liste de courses pour la soirée.

— Détective Hanway, avez-vous ces photographies aériennes, s'il vous plaît ? dit-elle finalement.

— Les voici.

Laura glissa sa main dans le dossier sous son coude et en sortit deux copies propres des photographies qu'elle avait imprimées pour l'entretien.

Aucune des annotations utilisées pendant l'enquête n'était visible, et donc lorsque Carys les plaça devant Ditchens et son avocat, les deux hommes avaient une vue dégagée de la propriété de l'agriculteur et de la campagne environnante.

— Possédez-vous un avion léger, monsieur Ditchens ?

Il sortit un mouchoir de sa poche et tamponna son front.

— Non, non, je n'en ai pas. Je vous l'ai dit quand vous me l'avez demandé l'autre jour.

— Ce n'est pas un test, monsieur Ditchens. Si vous

ressentez le besoin de modifier votre déclaration précédente, c'est le moment.

— Je ne possède pas d'avion léger.

— Avez-vous une licence de pilote ?

— Non.

— Connaissez-vous des aérodromes privés dans la région ?

— Non, je n'en connais pas.

Carys poussa les photographies aériennes plus près de l'agriculteur et indiqua la large piste menant de ses terres à celles des Peverell.

— Qu'est-ce que c'est ?

— Je vous l'ai dit. C'est une ancienne piste de bétail. Elle sert de coupe-feu de nos jours, et m'aide à éviter la pollinisation croisée entre les variétés d'arbres.

— Encore une fois, monsieur Ditchens, je vous conseille de modifier vos réponses précédentes à mes questions si vous le souhaitez.

Laura observa la pomme d'Adam de l'homme monter et descendre dans sa gorge.

Une aura de désespoir flottait dans l'air autour de lui tandis que sa mâchoire travaillait, et elle se demanda avec quelles vérités il était aux prises.

Elle retint son souffle alors qu'il ouvrait la bouche pour parler, puis changea d'avis avec un léger hochement de tête.

— Puis-je avoir les photographies prises sur la propriété des Peverell plus tôt aujourd'hui, s'il vous plaît, agent Hanway ? demanda Carys.

— Bien sûr.

Laura sortit la série de six images du dossier et les posa sur les photographies aériennes, puis elle attendit.

— Pour les besoins de l'enregistrement, nous montrons à monsieur Ditchens des photographies prises au sol sur sa propriété et sur la ferme d'Helen et Adrian Peverell, dit Carys d'une voix claire et régulière. Plus précisément, ces images montrent la piste qui mène de leur propriété à la vôtre, une mesure prise de la largeur de cette piste représentée avec un mètre ruban, et une troisième photographie qui montre des indentations profondes dans le sol à l'extrémité, sur le terrain de monsieur Ditchens, de ce qui semble être des ornières. Une idée de ce qui pourrait avoir causé ces marques, monsieur Ditchens ?

— Je ne suis pas sûr.

— Mais c'est sur votre terrain. Vous voudriez certainement savoir ce qui les a causées. Il y a pas mal de dégâts au sol là-bas, n'est-ce pas ? Ne nous avez-vous pas dit que vous étiez inquiet des dépôts sauvages ?

Il ne répondit pas.

Carys prit une photographie en gros plan qui avait été prise des arbres sur le côté de la piste.

— Qu'est-ce qui a causé ces dégâts à vos arbres, monsieur Ditchens ?

L'agriculteur fronça les sourcils.

— Je ne sais pas. Je n'avais pas vu ça avant.

— Quoi ? Vous ne contrôlez pas régulièrement les arbres de votre verger ? Je suis sûre que si certaines de vos cultures étaient endommagées, vous voudriez savoir qui en est responsable ?

La misère balaya les yeux de l'agriculteur et il passa une main sur sa bouche avant de parler.

— Écoutez, je ne voulais tout simplement pas faire d'histoires, c'est tout.

— Faire d'histoires ? répéta Carys, son expression incrédule. Il est question de deux meurtres brutaux, monsieur Ditchens. Et pour le moment, vous êtes suspect dans ces meurtres.

— Mais je n'ai rien à voir avec la mort de cet homme.

Son visage pâlit.

— Qui d'autre est mort ?

Laura poussa une autre photographie à travers la table vers lui sans attendre le signal de Carys.

— Shelley Yates. Vingt-cinq ans. Étranglée, avant d'être jetée dans une benne à Maidstone. Et ensuite, on lui a coupé les pieds.

— Oh mon Dieu.

— Maintenant, monsieur Ditchens, dit Carys. Peut-être voudriez-vous nous dire ce que vous savez à propos d'un avion léger utilisant la piste qui traverse votre verger pour décoller et atterrir ?

Il jeta un coup d'œil à son avocat, qui hocha la tête et lui fit signe de continuer, puis il se retourna vers les deux détectives, toute son attitude étant celle d'un homme vaincu.

— Écoutez, je suis désolé pour cette femme, mais je n'ai rien à voir avec sa mort, ni avec celle de l'homme qui a été trouvé dans le champ de Maitland. La piste dans le verger... vous avez raison, elle est parfois utilisée comme piste d'atterrissage pour un avion léger, mais ce n'est pas le mien.

— À qui est-il ? demanda Carys.

— À Helen et Adrian.

Il haussa les épaules, la bouche tournée vers le bas.

— Écoutez, je ne voulais pas avoir d'ennuis, c'est tout. Je les accompagne parfois.

— Vous les accompagnez où ? dit Laura, sa curiosité piquée.

— Eh bien, la plupart du temps en France. Ils ont des amis qui ont un vignoble là-bas, alors… et ce n'est qu'une ou deux fois par an, notez bien, on y vole et on fait le plein de vin, dit Ditchens, le visage malheureux.

Son regard se porta sur la table et il gratta une marque dans le placage avec son ongle.

— Nous… je rapporte parfois des cigarettes ou du tabac pour mes employés. Vous savez, pour les remercier. C'est pareil avec le vin. J'en garde une partie, j'en revends peut-être un peu. Je pense qu'Helen et Adrian font peut-être la même chose. On ne veut faire de mal à personne. C'est juste une petite gâterie, pour être honnête.

Carys leva la main pour l'arrêter.

— Attendez une minute. Êtes-vous en train de nous dire que vous n'utilisez l'avion que pour aller d'ici en France afin de faire le plein de vin et de tabac de temps en temps ? Et ai-je raison de supposer que la raison pour laquelle vous nous avez menti est que vous l'avez fait sans déclarer les taxes douanières sur les achats excédentaires à votre retour ici ?

— Je leur avais dit qu'on se ferait prendre si on n'était pas prudents.

— Qui est le pilote ?

— Helen, bien sûr.

Il sourit.

— Adrian n'a pas la patience, c'est un type tout en muscles, celui-là.

— Monsieur Ditchens, vous auriez dû nous dire cela lors de notre premier entretien, lui reprocha Carys, incapable de cacher sa frustration. Vous auriez dû nous dire la vérité.

— Je m'en rends compte maintenant, et j'en suis vraiment désolé. Je ne voulais tout simplement pas leur attirer des ennuis, dit Ditchens. C'est un couple tellement charmant. Ils travaillent si dur.

CHAPITRE 51

Kay poussa la porte si fort que la poignée rebondit contre le plâtre, faisant sursauter Helen Peverell et son avocat sur leurs sièges.

Elle laissa tomber sa collection de dossiers sur la table, serrant les dents tandis que Gavin mettait en marche l'équipement d'enregistrement et fournissait la confirmation verbale requise qu'ils poursuivaient l'entretien précédent.

— Où est l'avion, Helen ?

La femme garda ses mains à plat sur la table, mais ses yeux s'écarquillèrent.

— Quoi ?

— L'avion léger que vous utilisez pour voler en France quelques fois par an. Où est-il ? Il n'est dans aucune des dépendances de votre ferme, c'est certain vu le nombre de perquisitions que nous avons effectuées ces derniers jours, alors où diable est-il ?

— Je ne—

— Non, Helen.

Kay prit une profonde inspiration pour garder son calme, puis expira.

— Assez de mensonges. Avez-vous tué Ethan Archer ?

— Non—

— Avez-vous attaché ses pieds ensemble, puis l'avez-vous poussé hors de l'avion alors qu'il était encore en vie ?

Le teint d'Helen vira à un gris maladif, mais elle resta silencieuse.

— Et Shelley ? C'était l'idée de qui de lui couper les pieds ?

Clignant des yeux, Helen agrippa le bord de la table, puis regarda son avocat.

— Toute la vérité, Helen, ordonna Kay. Maintenant.

La femme déglutit.

— C'était l'idée d'Adrian.

— De faire quoi ?

— De tuer Ethan.

Entendant la brusque inspiration de Gavin à cet aveu, Kay se rassit dans son siège et croisa les bras, un soulagement la parcourant tandis qu'elle étudiait la femme.

— Très bien, Helen. Racontez-nous tout. Absolument tout.

— Ce... ce n'était pas censé se terminer ainsi. Quand nous avons acheté la ferme et fait nos recherches sur les lapins, cela semblait si simple. Presque personne ne le faisait dans le sud de l'Angleterre, les élever pour la nourriture pour animaux, je veux dire. Beaucoup d'entreprises d'aliments pour animaux importaient les lapins morts en gros de France ou de Belgique. Ils n'ont pas de contrôles aussi stricts là-bas sur la façon dont les lapins sont logés. Puis, le climat politique a changé, et il y a eu des rumeurs sur le manque d'approvisionnement et les retards dans les ports. Puis-je avoir un verre d'eau ?

Kay attendit pendant que Gavin allait à la porte et faisait signe à un agent en uniforme à l'extérieur.

Quelques instants plus tard, il revint avec deux gobelets en plastique et les plaça devant Helen et son avocat qui, Kay le remarqua, vida son eau en trois gorgées avant de reprendre sa prise de notes.

Helen prit une gorgée et serra son gobelet entre ses mains, son regard toujours fixé sur la photo du corps prostré d'Ethan.

— Continuez, dit Kay.

— J'ai vu une opportunité sur le marché, et j'en ai parlé à Adrian. Nous nous sommes positionnés comme une meilleure alternative aux entreprises d'aliments pour animaux, soulignant que nous ne serions pas affectés par ce qui se passait politiquement et que nous pourrions garantir un approvisionnement ininterrompu. Je veux dire, vous avez entendu l'expression « se reproduire comme des lapins », n'est-ce pas ?

Ni Kay ni Gavin ne sourirent.

— Quoi qu'il en soit, au bout de six mois, nous avions des difficultés. Nous ne pouvions pas nous permettre de payer plus de travailleurs. Nous avions quatre personnes qui nous aidaient, mais nous avions accepté des conditions stupides lors de la première négociation des contrats d'approvisionnement parce que nous voulions donner aux clients une raison de passer chez nous, et ils ne pensaient même pas à nous payer avant au moins quatre-vingt-dix jours.

Elle porta le gobelet à ses lèvres d'une main tremblante, puis changea d'avis et le reposa sur la table, l'eau débordant sur ses doigts.

— C'est alors qu'Adrian a dit que nous pouvions obtenir de la main-d'œuvre bon marché. Quand je lui ai demandé comment, il a dit que nous pouvions faire venir des sans-abri qui travailleraient pour nous en échange d'un toit et de nourriture gratuite.

— Comme c'est noble de votre part, dit Kay, incapable de retenir le sarcasme dans sa voix. Sortir les sans-abri de la rue pour en faire des esclaves modernes.

— Ce n'était pas comme ça !

Le visage d'Helen s'affaissa.

— Pas au début. Je pensais vraiment que nous leur rendions service. Puis nous sommes devenus plus occupés, et Adrian a dit que nous devions les garder, que nous pourrions faire plus de profit si nous en trouvions d'autres. C'était son idée de payer plus aux quatre employés que nous avions en échange de leur silence. Ils pouvaient travailler à temps partiel pour un salaire à temps plein, tant qu'ils ne le disaient à personne. Ils n'allaient pas le faire, n'est-ce pas ? Ils avaient la belle vie, eux aussi.

— Qu'est-ce qui a mal tourné ?

Helen renifla.

— Tout. Les clients ont renégocié les contrats, nous devions fournir une fois et demie plus de viande, et, je ne sais pas, Adrian l'a très mal pris. Il a commencé à frapper les gens que nous logions—

— Les esclaves, vous voulez dire, la corrigea Gavin.

— Il a dit que nous ne pouvions jamais risquer qu'ils partent, et que si quelqu'un découvrait comment nous les avions traités ces trois dernières années, nous aurions beaucoup d'ennuis.

Elle repoussa l'eau.

— Il a dit que la seule façon de s'en assurer était de les effrayer tellement qu'ils ne voudraient même pas essayer de s'échapper. Il battait quiconque essayait de s'enfuir, et faisait regarder les autres.

— Et vous, Helen ? Avez-vous déjà essayé de vous échapper ?

Kay observa la femme se mordre la lèvre, puis fermer les yeux et donner un léger hochement de tête.

— Oui, dit-elle. Une seule fois.

— Qu'a fait Adrian ?

Helen ouvrit les yeux, et c'est alors que Kay vit qu'elle était terrifiée.

— Qu'est-ce qu'Adrian vous a fait, Helen ?

— Je ne peux pas... il me tuera.

— Helen, il ne peut pas vous atteindre ici. Qu'a-t-il fait ?

Les épaules de la femme se soulevèrent tandis que des larmes coulaient sur ses joues.

— Il a mis un couteau sous ma gorge. Un des couteaux à désosser que vous avez vus dans l'abattoir. Il a dit qu'il me découperait vive si j'essayais de le quitter, ou si j'essayais de parler à quelqu'un des gens que nous gardions là-bas.

Kay lui donna un moment pour se ressaisir et attendit qu'elle se mouche.

— Quand avez-vous appris à piloter ?

— Au début de la vingtaine, avant de rencontrer Adrian.

Un sourire humide traversa ses lèvres.

— Je voulais apprendre à voler depuis que j'étais adolescente, alors mes parents ont payé pour des leçons pour mon vingt et unième anniversaire.

— Où ?

— Dans le Shropshire, où j'ai grandi.

— Êtes-vous autorisée à voler la nuit ?

Helen secoua la tête, puis se souvint de l'équipement d'enregistrement.

— Non.

— Alors, que s'est-il passé la nuit où Ethan Archer a été assassiné ?

— Adrian a fait irruption dans la cuisine vers dix heures le vendredi soir, dans une colère noire. Il a dit qu'il y avait eu une évasion et qu'une des ouvrières s'était échappée. Il a dit qu'elle avait disparu dans la ruelle avant qu'il ne puisse l'arrêter, mais qu'il avait attrapé le type qui l'avait aidée. Ensuite, il a dit qu'il allait leur donner une leçon qu'ils n'oublieraient pas.

Elle s'arrêta et but quelques gorgées d'eau supplémentaires.

— Il m'a fait sortir avec lui, à l'abattoir. Il avait enchaîné le poignet d'Ethan à l'un des poteaux de soutien en bois au milieu de la pièce. On aurait dit qu'ils s'étaient battus, le nez d'Ethan semblait cassé—

— Un combat à peine équitable, dit Kay. Votre mari était-il blessé d'une quelconque manière ?

— Pas que je puisse voir.

— Continuez.

— Quand je lui ai demandé ce qu'il allait faire, il... il a changé. Il y avait cette lueur dans ses yeux que j'avais déjà vue auparavant, quand il m'avait menacée cette fois-là, et je pense qu'Ethan l'a vue aussi. Adrian n'a rien dit, il a pris des attaches en plastique qu'on utilise pour fermer les sacs de granulés et en a enroulé une autour des poignets d'Ethan avant de le détacher. Il m'a dit de démarrer l'avion. Je l'avais fait descendre de chez mes parents le matin même—

— Arrêtez-vous là, dit Kay. Vous *possédez* un avion ?

— Non, ce sont mes parents qui le possèdent. Je le pilote juste de temps en temps. Soit je monte en voiture, soit je prends le train et ensuite je reviens en avion. Nous devions aller en France le lendemain.

Kay griffonna une note pour contacter la police du West Mercia dans le Shropshire afin de saisir l'avion pour un examen médico-légal, réalisant que l'histoire d'Helen expliquait pourquoi ils n'avaient pas réussi à trouver un tel avion enregistré ou caché localement.

— Comment avez-vous fait monter Ethan dans l'avion ?

— Adrian... Il a menacé de tuer les autres si Ethan n'obéissait pas. Je pense qu'il savait qu'il allait mourir, mais il était trop faible pour s'enfuir à ce moment-là...

Elle s'interrompit et tamponna le coin de ses yeux avec le mouchoir.

Kay serra la mâchoire face à la cruauté abjecte de ce qu'elle entendait.

— Continuez.

— Quand Ethan est monté dans l'avion, Adrian a mis l'autre attache en plastique autour de ses chevilles, puis il l'a frappé.

Helen déglutit.

— Il n'arrêtait pas de le frapper, de le battre à la tête jusqu'à ce qu'il perde connaissance. Puis il m'a dit de monter et de faire décoller l'avion. J'étais terrifiée, je n'avais jamais volé de nuit auparavant, mais Adrian a dit que tout ce que j'avais à faire était de nous faire monter assez haut au-dessus du réservoir pour qu'il puisse le pousser dehors. Il a dit que ce serait une fin appropriée pour un parachutiste.

— Vous saviez ce qu'Ethan faisait ?

— Oui. Je l'ai entendu le dire aux autres un jour. Je n'ai pas fait le rapprochement à l'époque, je ne savais pas qu'il essaierait d'utiliser ce qu'il savait à ce moment-là pour les aider à s'échapper.

— L'auriez-vous dit à Adrian si vous l'aviez su ?

— Je ne sais pas. Je suppose que oui.

— Que s'est-il passé une fois que vous étiez en l'air ?

— C'est un petit avion. Adrian était assis entre moi et Ethan, qui était inconscient et appuyé contre la porte passager. J'essayais vraiment de me repérer et de lire les instruments, le décollage a été un cauchemar. Adrian a sorti son téléphone portable, il a dit qu'il allait filmer le moment où il pousserait Ethan par la porte pour le montrer aux autres, pour leur montrer ce qui arrive aux gens qui essaient de s'échapper. Nous n'étions qu'à quelques centaines de mètres quand soudain Ethan a repris connaissance, il s'est jeté sur Adrian avant qu'il n'ait eu le temps de réagir, et j'ai crié. J'ai cru que j'allais perdre le contrôle. Adrian a réussi d'une manière ou d'une autre à se pencher sur Ethan tout en le tenant en étau, et il a ouvert la porte. Il... il l'a poussé dehors.

Elle ferma les yeux.

— Il a réussi à se retourner et à s'accrocher au cadre de la porte, mais Adrian lui a donné des coups de pied sur les mains pour qu'il lâche prise. Je peux encore l'entendre crier. Je... je n'arrive pas à dormir la nuit.

Kay entendit Gavin bouger sur son siège à côté d'elle et elle se retourna pour voir le visage de l'enquêteur d'une pâleur extrême.

— Helen, que s'est-il passé après que vous avez atterri avec l'avion ?

La femme utilisa sa manche pour s'essuyer les yeux.

— Adrian était en colère, il a dit qu'Ethan aurait dû être lâché au-dessus de l'eau pour que son corps ne soit pas retrouvé. Il a pris l'une des camionnettes que nous utilisons pour nous déplacer de l'autre côté de la propriété, nous ne l'utilisons pas sur les routes, donc elle n'est pas immatriculée. Il a dit qu'il connaissait un chemin au nord de chez Maitland et nous étions sûrs qu'Ethan était tombé quelque part par là. Il est parti pendant près de deux heures, mais quand il est revenu, il a dit qu'il ne pouvait pas risquer d'essayer de déplacer le corps. Il l'a laissé là-bas et m'a dit de ramener l'avion chez mes parents à la première heure le lendemain matin. Je suis revenue en train le jour suivant.

— Où est la camionnette, Helen ?

— Il a dit qu'il l'avait emmenée quelque part sur l'île de Sheppey et qu'il y avait mis le feu pour qu'on ne puisse pas remonter jusqu'à nous. Elle n'était pas immatriculée de toute façon, il l'utilisait seulement pour transporter des choses autour de la ferme.

— Qui a tué Shelley ?

— Adrian, bien sûr. Il était furieux que le fait de devoir

s'occuper d'Ethan ait permis à Shelley de s'échapper. Il a passé des jours à la traquer, retournant à Maidstone où il l'avait d'abord convaincue de venir travailler pour nous. Il a dit qu'elle n'avait nulle part où aller et que nous ne pouvions pas risquer qu'elle parle à quelqu'un.

— Pourquoi diable a-t-il coupé ses pieds ?

— Pour la même raison qu'il a tué Ethan. Pour avertir les autres.

— Combien d'autres esclaves détenez-vous à la ferme ?

— Quatre maintenant. Il y en avait sept à l'origine, mais un homme est devenu trop malade pour travailler il y a environ six mois. Adrian l'a emmené.

Kay frissonna aux paroles de la femme.

— Vous avez dit qu'il avait coupé les pieds de Shelley « pour avertir les autres », dit-elle. Que voulez-vous dire ? Qu'a-t-il fait ?

— Il les a jetés en bas des marches de la cave et leur a dit que c'était ce qui arrivait aux personnes qui s'enfuyaient.

— Quelle cave ? demanda Gavin. Où avez-vous gardé ces pauvres gens ?

— Sous l'abattoir, avoua Helen.

Elle passa une main dans ses cheveux, vaincue.

— C'est un ancien entrepôt à grains du XIXe siècle, vous voyez. Il y a une trappe dans le sol sous l'une des tables de désossage. Ça nous évite d'avoir à les faire sortir de l'abattoir et d'être vus par qui que ce soit.

Kay repoussa sa chaise.

— Entretien suspendu à dix-neuf heures quarante-cinq. Gavin, avec moi.

Elle se précipita hors de la pièce, sortant son téléphone portable tout en courant dans le couloir, l'enquêteur sur ses talons.

— Où vas-tu, chef ?

— De retour à la ferme, Piper. Il y a quatre personnes piégées sous un hangar sans nourriture ni eau, et Adrian Peverell saura maintenant que sa femme est en garde à vue. Il n'a plus rien à perdre.

CHAPITRE 52

Kay baissa son téléphone portable sur ses genoux et regarda la campagne plongée dans l'obscurité défiler par la fenêtre de la voiture lancée à toute allure.

Depuis la confession d'Helen, elle était en liaison avec le commandant divisionnaire Sharp et le quartier général pour fournir suffisamment d'effectifs pour se rendre à la ferme des Peverell et appréhender Adrian, et localiser le reste des esclaves que lui et sa femme gardaient en captivité.

Des patrouilles en uniforme s'étaient déjà rendues aux domiciles de leurs quatre employés, procédant aux arrestations alors que les hommes et les femmes dînaient ou regardaient la télévision confortablement pendant que leurs homologues non rémunérés essayaient de survivre dans la misère, affamés.

L'avocat d'Helen travaillait déjà pour s'assurer que sa cliente bénéficie de charges plus légères que son mari, arguant qu'elle avait vécu dans la crainte pour sa propre survie.

Kay n'en avait rien à faire.

Elle voulait que tous deux soient incarcérés aussi longtemps que possible, pour qu'ils sachent ce que c'était que d'être privés de liberté. Même alors, ils vivraient dans de meilleures conditions que les personnes qu'ils avaient asservies.

— Ça va ? demanda Barnes, passant une vitesse et guidant la voiture dans un virage serré. Tu es silencieuse depuis que tu as terminé ce dernier appel.

— J'aurais dû faire le rapprochement quand j'ai vu Adrian ce matin, dit-elle. Les plaies sur ses joues, je veux dire. Je les ai attribuées à une irritation ou quelque chose comme ça, mais c'est une réaction allergique, n'est-ce pas ?

Barnes laissa échapper un rire sardonique.

— Bon sang, tu as raison. Je ne m'en étais pas rendu compte non plus. C'est la colle, n'est-ce pas ? La colle qu'il a utilisée pour fixer la fausse barbe sur son visage quand il a approché ces sans-abri à Maidstone. C'est pour ça qu'on ne l'a pas reconnu quand on l'a vu parler à Jeremy sur les images de vidéosurveillance.

—Exactement.

Son inspecteur ralentit le véhicule alors qu'ils approchaient de la ferme des Peverell et il lui jeta un coup d'œil.

— Ça n'aurait pas sauvé Shelley, chef. Elle était partie depuis longtemps quand nous avons eu des nouvelles de Jeremy.

— Je sais.

Ses yeux se fixèrent sur la radio accrochée au tableau

de bord alors qu'elle prenait vie et que les conducteurs des véhicules de patrouille signalaient leurs positions.

— Mon Dieu, j'espère que nous n'arrivons pas trop tard pour sauver les autres.

— La voiture d'Adrian a été retrouvée il y a une heure sur la route principale entre Sevenoaks et Hildenborough. Tu penses qu'il est encore dans la région ? Il pourrait être n'importe où maintenant.

— Il est violent et vindicatif, Ian. Je ne pense pas qu'il va laisser ces gens partir librement. Il aurait pu retourner à la ferme par n'importe lequel des sentiers qui traversent cette campagne, et il connaît la région mieux que nous. Au moins, nous avons des patrouilles aux fermes Maitland et Ditchens au cas où il s'y présenterait.

— Tu penses qu'il va les menacer s'il le fait ?

— Oui, c'est pour ça que j'ai autorisé l'utilisation de Tasers si nécessaire. Je ne prends aucun risque avec ce salaud.

— Nous y voilà.

Barnes fit entrer la voiture dans l'entrée de la ferme derrière une voiture de patrouille venant de la direction opposée, et il se gara à côté de la maison alors que des projecteurs s'allumaient dans la cour de l'élevage.

— Si nous étions ailleurs, je penserais qu'il est trop prudent avec sa sécurité, dit-il.

— Helen a dit qu'il y avait des caméras partout, à l'arrière des dépendances également, au cas où certains des esclaves essaieraient de s'enfuir à travers les champs.

— Bon sang. Ce sont des monstres, dit Barnes alors qu'un officier en uniforme traversait vers la maison et commençait à marteler la porte d'entrée de son poing.

Quelques instants plus tard, deux autres officiers le rejoignirent, brandissant un bélier qu'ils fracassèrent contre la serrure avant que tous les trois hommes ne disparaissent dans le bâtiment.

— Mets ton gilet pare-balles, dit Kay. Je ne prends aucun risque étant donné les couteaux qu'il a dans l'abattoir.

Elle attacha le sien par-dessus sa veste, puis sortit de la voiture, ses yeux balayant la cour éclairée par les projecteurs.

À l'exception des six officiers en uniforme et de Barnes, la cour de la ferme était déserte.

Le vent s'empara de ses cheveux et envoya une bâche en plastique bleu rouler sur le sol en béton devant le bâtiment annexe qui abritait les lapins.

Elle retint son souffle en scrutant la cour à la recherche d'un signe de vie.

Les portes de l'abattoir étaient grand ouvertes, un cadenas gisait sur le sol à côté de celle de droite, sa surface métallique brillant dans la lumière. L'espace au-delà des portes était d'un noir d'encre, et alors que la direction du vent changeait, elle sentit une odeur qui lui glaça le sang.

Elle jeta un coup d'œil par-dessus son épaule en entendant un cri venant de la maison.

— Il n'est pas ici, madame.

— Chef, c'est de l'essence, dit Barnes en se déplaçant à ses côtés.

Kay baissa le menton et murmura un ordre dans sa radio.

— Je veux que tout le monde se disperse autour de l'abattoir. Déplacez-vous lentement, restez dans l'ombre autant que possible. Le suspect a répandu de l'essence, et il est considéré comme une menace.

Elle baissa le volume alors que les réponses lui parvenaient, et accueillit l'agent Dave Morrison qui la rejoignit.

— Madame, vous devriez reculer. Avec la poussière de la nourriture et de la paille stockées dans ce bâtiment, c'est hautement combustible.

— Il y a au moins quatre personnes piégées dans la cave sous le bâtiment, dit Kay. Je ne vais nulle part. Contacte le contrôle et dis-leur que nous allons avoir besoin des pompiers ici au cas où.

— Je m'en occupe, patron.

Morrison s'éloigna un peu et transmit son message pendant qu'elle réfléchissait à ses options.

Si elle faisait entrer son équipe dans le bâtiment, Adrian pourrait blesser les captifs avant qu'ils aient une chance de les atteindre.

Elle pouvait sentir l'essence, mais ils n'avaient aucune idée de l'endroit où elle avait été répandue, ni en quelle quantité.

Tant qu'elle ne saurait pas où il se trouvait, elle ne pouvait pas envisager d'organiser un sauvetage au cas où il attaquerait un membre de son équipe.

Elle devait supposer qu'il s'était armé des couteaux utilisés pour abattre les lapins, et elle n'avait aucune idée s'il avait également accès à des armes à feu. Helen s'était tue peu après leur avoir parlé de la cave, et son avocat attendait de savoir quelles accusations seraient portées contre sa cliente avant de la persuader de parler davantage.

— Kay, c'est lui, dit Barnes.

Son attention se reporta brusquement sur les portes de l'abattoir lorsqu'une silhouette émergea de l'obscurité.

Adrian Peverell avait une allure imposante tandis qu'il s'avançait, brandissant une longue lame dans sa main droite qu'il pointait vers elle.

— Reculez, cria-t-il. Reculez tous.

— Calmez-vous, Adrian, dit Kay en levant les mains. Nous voulons juste nous assurer que ces personnes sont vivantes et en bonne santé.

En réponse, Adrian se mit à rire. Lorsqu'il leva sa main gauche, deux des agents sortirent de l'ombre, matraques levées, lui criant chacun de lâcher son arme.

Au lieu de cela, sa main gauche tressaillit, et l'éclat d'une flamme nue illumina son visage.

— Merde, dit Barnes. Il a un briquet. Il va mettre le feu à toute cette foutue ferme.

— Adrian, s'il vous plaît, parlons-en.

Kay entendit sa voix trembler, le désespoir lui rongeant les nerfs.

Derrière le fermier, enfoui dans les profondeurs de l'abattoir, elle entendit le cri d'une femme.

— Qu'est-ce qu'on fait ? demanda Barnes du coin de la bouche.

— Continue à lui parler. Dave, tu es toujours là ?

— Oui, chef, répondit une voix derrière elle.

— Est-ce que tes agents peuvent se placer entre lui et la grange ?

— Je vais voir s'ils peuvent essayer.

— Faites-le. Lentement et silencieusement. Utilisez la force nécessaire.

— Oui, chef.

Kay expira, espérant que sa taille masquerait un peu les actions du sergent de police derrière elle alors qu'il relayait ses instructions à voix basse.

Elle se concentra sur l'homme qui se déplaçait d'un pied sur l'autre à seulement quelques mètres d'où elle se tenait.

— Adrian, nous savons ce qui s'est passé ici. Nous savons ce qui est arrivé à Ethan et Shelley. N'aggravez pas votre cas.

Il agita le briquet enflammé vers elle.

— Cette garce. Je savais qu'elle ne garderait pas le silence. J'aurais dû m'occuper d'elle il y a des années.

Il donna un coup de pied dans un tas de sacs vides devant les portes, puis rejeta la tête en arrière et hurla vers le ciel nocturne.

La flamme du briquet vacilla avant de s'éteindre, et Kay entendit le grincement du métal avant que le feu ne jaillisse à nouveau de l'extrémité.

— Il a perdu la tête, dit Barnes. Tu ne vas pas réussir à le calmer. Il est sous l'emprise de quelque chose ?

— Helen n'a pas mentionné de consommation de drogue.

— Super, on a affaire à un psychopathe, alors.

— Adrian, pouvez-vous éteindre ce briquet ? demanda Kay, gardant une voix neutre malgré le pronostic de son collègue. Pouvez-vous nous montrer que ces personnes à l'intérieur vont bien ?

L'homme ricana et fit quelques pas vers elle. Il tendit la main derrière lui, utilisant le briquet pour désigner l'abattoir, son visage luisant de sueur sous les projecteurs.

— Je vais tous les brûler ! C'est ce que je vais faire.

Son visage perdit son expression maniaque un instant, sa bouche tournée vers le bas.

— De toute façon, c'est fini. Tout est fini.

— Laissez-les partir, Adrian. S'il vous plaît.

Le briquet s'éteignit à nouveau, et elle vit la colère et la frustration traverser ses traits sous l'éclat des projecteurs.

Son pouce bougea, mais il fallut plusieurs secondes avant que la molette d'allumage fonctionne et qu'une flamme apparaisse.

— Ses mains sont moites, dit Morrison. Il n'arrive pas à bien tenir la molette d'allumage.

— Où diable sont tes hommes ? siffla Barnes.

— Adrian, éteignez ça, dit Kay. Nous pouvons arranger ça, faites-moi confiance. Mettons ces personnes en sécurité, et ensuite nous pourrons parler.

— Non !

Adrian fit un pas en arrière, pointant la flamme bondissante en direction de la grange tout en gardant les yeux fixés sur elle.

— Ils vous diront tout. Tout comme cette garce de Shelley. Je l'avais prévenue, ne le dis à personne, j'ai dit, sinon tu le paieras. Je le lui avais dit !

Une ombre bougea derrière lui, quelques instants avant que Kay ne réalise qu'il s'agissait d'un des agents de Morrison qui avançait depuis sa position à côté d'une des portes ouvertes.

Elle retint son souffle.

Si Adrian se retournait, s'il faisait un autre pas en arrière, il verrait l'agent et paniquerait, ou pire.

— Adrian !

Barnes leva les mains.

— Allez, s'il vous plaît. Elle a raison, vous ne faites qu'aggraver les choses. Nous ne voulons pas que vous soyez blessé. Éteignez la flamme et venez par ici.

L'homme grogna, commença à se tourner vers le hangar, puis laissa tomber le briquet, alors que tout son corps se mit à convulser.

Il s'effondra au sol, incapable d'amortir sa chute, se tordant de douleur là où il gisait.

En quelques secondes, c'était terminé.

— Écartez ça de lui !

Kay se précipita vers les portes ouvertes et donna un coup de pied au briquet, l'envoyant voler vers l'étendue de béton de la cour, loin de l'abattoir.

Se tournant vers l'agent de police, elle vit le Taser qu'il tenait droit devant lui, prêt à le décharger à nouveau s'il le fallait.

Elle fit un pas en avant, s'adressant à l'homme étendu au sol.

— Adrian, vous avez reçu une décharge de Taser. Si vous menacez mes agents ou essayez de blesser quelqu'un, mon agent déchargera à nouveau le Taser. Vous comprenez ?

Peverell hocha la tête, son visage toujours tordu alors qu'il se frottait les bras.

Au bruit de pas qui couraient, elle se retourna pour voir Barnes et Morrison se précipiter vers elle.

— Mettez ce salaud en garde à vue, et assurez-vous qu'une surveillance anti-suicide de vingt-quatre heures soit placée sur sa cellule.

Elle lança un regard furieux à l'homme qui se relevait maintenant, aidé par un autre agent.

— Je veux qu'il soit enfermé pour longtemps.

CHAPITRE 53

La prise de Kay se resserra sur le manche du parapluie tandis qu'un vent violent balayait la ville et bousculait le groupe d'endeuillés rassemblés autour de la tombe ouverte.

À côté d'elle, Adam gardait son bras autour de sa taille, tous deux luttant contre une vague d'émotions à l'idée de n'être qu'à quelques mètres de l'endroit où reposait leur bébé dans une petite parcelle décorée de fleurs fraîches.

Le commandant divisionnaire Devon Sharp et sa femme, Rebecca, se tenaient à sa gauche, la tête baissée tandis que le pasteur de l'église prononçait la bénédiction finale pendant que le cercueil d'Ethan Archer était descendu dans la tombe par six hommes portant les uniformes et bérets distinctifs du régiment de parachutistes.

Janice et Andrew Crispin du groupe de soutien aux anciens combattants se tenaient côte à côte au plus près du pasteur, les mains jointes, leurs lèvres bougeant au rythme des mots de prière qui se faisaient entendre par-dessus le bruit de la pluie qui martelait le parapluie de Kay.

Dès qu'elle en avait eu la possibilité, elle les avait appelés pour leur annoncer que son enquête était terminée et qu'Ethan pouvait être mis en terre.

Le couple s'était immédiatement mis en action, localisant l'ancien officier commandant d'Ethan et organisant une collecte de fonds pour s'assurer que l'homme reçoive des funérailles dignes d'un héros.

— Amen.

Kay laissa échapper un soupir alors que les six parachutistes s'éloignaient du bord de la tombe et saluaient leur camarade, puis se retournaient et marchaient à une distance discrète.

— Ça va ? murmura Adam.

— C'est fini, dit-elle.

Elle se détourna de la tombe tandis que le pasteur serrait la main des Crispin et faisait la conversation.

La veille, elle avait discuté avec Jeremy et deux des bénévoles du refuge des arrangements pour les funérailles de Shelley.

La mère de la femme avait téléphoné de Liverpool, suggérant que comme sa fille avait toujours eu plus d'affinités avec la ville du comté de Kent qu'avec le foyer familial du nord, elle devrait être enterrée à Maidstone. Elle voyagerait vers le sud quand une date serait fixée.

Kay et Adam avaient contribué aux frais funéraires dès qu'ils avaient appris que la mère de Shelley avait du mal à joindre les deux bouts, voulant s'assurer que sa fille soit enterrée convenablement, quand ce serait possible. Ils savaient ce que c'était que de perdre un enfant, et Kay avait essuyé ses larmes en écoutant la femme s'effondrer de soulagement et de gratitude à l'autre bout du fil.

— Tu as une minute ?

Sharp leva un sourcil et fit un geste pour s'éloigner de la tombe.

— Bien sûr.

Elle serra la main d'Adam, passa son parapluie à Rebecca puis se glissa sous celui de Sharp alors qu'il commençait à monter la colline, pour s'éloigner des personnes en deuil rassemblées.

— L'équipe de Harriet a fini de traiter la cave sous l'abattoir tard hier soir, dit-il. Ils ont trouvé les pieds de la fille dans un coin sous une vieille taie d'oreiller. Nous pensons que l'une des personnes que nous avons secourues de la ferme les a couverts après qu'Adrian les avait jetés là-bas.

— Bon sang, dit Kay à voix basse. Selon la déclaration d'Helen, Adrian a dit que c'était pour servir d'avertissement à quiconque penserait à s'échapper.

Sharp siffla entre ses dents.

— Et tu dis qu'il y a une vidéo de lui en train de pousser Ethan hors de l'avion ?

— Oui. Il pensait avoir supprimé le fichier de son téléphone, mais Andy Grey du service de police scientifique numérique a réussi à le récupérer. Tu sais comment il est, rien ne reste caché longtemps. Un autre des captifs que nous avons interrogés nous a dit qu'on leur avait montré cette vidéo, là encore pour les effrayer et les dissuader de tenter de s'échapper.

— Est-ce qu'il t'a dit ce qu'il avait fait de l'autre

corps ? L'homme qui a disparu quand il est tombé malade, selon Helen ? demanda Sharp.

— Pas encore. J'ai fait une demande pour obtenir plus d'effectifs afin que nous puissions envoyer l'équipe de plongée pour fouiller le réservoir au nord des fermes, et il y a deux équipes de recherche qui inspectent les sous-bois de la réserve naturelle pour trouver des zones de terrain perturbées. Nous le trouverons.

— Et l'avion ?

— Nous avons reçu un appel de la police du West Mercia ce matin. Ils l'ont localisé sur la propriété des parents d'Helen dans le Shropshire. Il n'avait pas été sorti du hangar depuis qu'elle l'y avait ramené après la mort d'Ethan. L'équipe de la police scientifique du West Mercia a réussi à trouver des traces de sa présence dans le cockpit, et ils ont trouvé un ongle coincé dans l'un des rivets de l'aile, le pauvre homme s'est accroché jusqu'au bout.

— Quelle horrible façon de partir.

Sharp faisait face au parking en bas de la colline tandis que les personnes en deuil commençaient à se disperser, puis il soupira.

— Il a fait de son mieux pour les aider à s'échapper. C'était vraiment un héros, n'est-ce pas ?

— C'était un héros, chef. Véritablement.

KAY RETOURNA dans la salle des opérations une heure plus tard, tendant le cou pour voir au-delà des piles de boîtes d'archives entassées sur les bureaux et les chaises.

Des instructions criées s'échangeaient entre les

officiers de chaque côté de la pièce tandis que les documents étaient rassemblés, les rapports signés et les contrôles de qualité effectués pour s'assurer que chaque élément de l'enquête était correctement catalogué, prêt à entamer le processus de présentation de l'affaire au tribunal avec l'aide du ministère public.

Il faudrait des mois, peut-être un an ou plus, avant que les boîtes ne soient entièrement récupérées, mais cette procédure fastidieuse permettrait de tout localiser lorsque les experts juridiques en auraient besoin.

L'équipe avait déjà diminué en taille, une équipe squelette restant là où autrefois tout un côté du bâtiment grouillait d'officiers et de personnel administratif. Maintenant, ils avaient pris en charge d'autres dossiers, d'autres tâches, et s'étaient dispersés dans les commissariats de la division ouest.

Elle s'arrêta près de son bureau, vérifia ses messages sur son téléphone, puis elle se fraya un chemin entre deux piles vacillantes de boîtes vers l'avant de la pièce où un groupe de personnes s'était rassemblé.

Des ballons colorés pendaient du tableau blanc sous des serpentins qui s'entrecroisaient sur les plaques du plafond, et une variété de cartes de vœux non ouvertes gisaient à côté d'une sélection de sacs cadeaux sur un bureau sur le côté.

Deux tables avaient été traînées sur la moquette et il semblait que Debbie avait trouvé une nappe restée de la fête de Noël au fond du placard de papeterie, ainsi que la réserve secrète de bière, de vin et de boissons non alcoolisées qui était censée être gardée dans un classeur du bureau de Sharp.

L'agente de police avait manifestement aussi fait un tour au supermarché en haut de la rue, vu la variété de snacks disposés sur des assiettes en papier et déjà à moitié dévorés par les officiers affamés qui se tournèrent vers elle à son approche.

— Ne vous arrêtez pas pour moi, dit-elle en souriant tout en se servant une assiette qu'elle garnit d'une sélection de fromages, de mini-saucisses en croûte et de sushis.

— Où est Sharp, chef ? demanda Gavin, avant de recevoir une tape sur le poignet de la part de Laura tandis que sa main planait au-dessus d'une pile d'éclairs au chocolat.

— Hé, laisse-en aux autres, dit-elle en riant.

Kay sourit.

— En chemin. Il a dit qu'il devait d'abord faire quelque chose. Je suis sûre qu'il ne va pas tarder.

— Tu prends une bière ? demanda Barnes.

Il tenait une bouteille de bière non ouverte.

— Je ne peux pas, j'en ai peur. Je suis de garde jusqu'à huit heures demain matin. Je prendrai un jus d'orange dans une minute, ne t'inquiète pas.

— Chef, tu es là !

Carys s'approcha, un verre de vin à la main.

— Comment s'est passé l'enterrement ?

— C'était correct, tu sais... autant que ces choses peuvent l'être. Le régiment de parachutistes lui a rendu un bel hommage, et c'était une belle cérémonie.

Elle fit une pause lorsque Sharp apparut à la porte de la salle des opérations, un énorme bouquet de fleurs dans les mains.

— La voilà, dit-il en les rejoignant, tendant les fleurs à Carys. Un petit geste de la part de Rebecca et moi-même. Assurez-vous de rester en contact, sinon je vais avoir des problèmes avec elle.

— Elles sont magnifiques, merci chef, dit Carys, les yeux brillants. Oh mon Dieu, je recommence.

— Elle a été comme ça tout l'après-midi, dit Gavin. Vous auriez dû la voir quand elle rangeait son bureau.

Carys s'essuya les yeux et sourit.

— Tu avais promis de ne rien leur dire.

— J'ai menti.

Il rit et lui prit son verre de vin.

— Je vais te resservir.

— Je n'ose pas lire ces cartes avant d'être rentrée chez moi, dit-elle à Kay. J'aurais dû mettre du mascara waterproof.

Une heure plus tard, les discours d'adieu avaient été prononcés, Sharp trouvant un équilibre entre l'hommage aux contributions de Carys à l'équipe et le récit de certaines de ses premières aventures en tant qu'enquêteuse stagiaire, tandis que Kay avait opté pour un discours rétrospectif qui avait fait éclater la salle des opérations en applaudissements alors que Carys levait la main pour répondre à la demande qu'elle parle maintenant.

— Merci à tous, dit-elle, la voix tremblante. Je ne sais pas quoi dire. Vous allez me manquer.

— Fais-leur vivre un enfer ! cria quelqu'un du fond de la salle.

— J'espère qu'ils savent à quoi s'attendre, dit Barnes en l'enveloppant dans une étreinte.

— Ne va plus courir devant les trains, dit Gavin. Et tiens-nous au courant de comment tu t'en sors.

Laura tendit la main.

— Merci pour tout, Carys. Je sais que je n'ai travaillé avec toi que peu de temps, mais j'ai apprécié que tu veilles sur moi.

— Oh, viens là, dit Carys, et elle serra dans ses bras la jeune enquêteuse stagiaire. Tu vas t'en sortir parfaitement bien, et tu vas cartonner à ces examens. Appelle-moi si tu as besoin, d'accord ?

Laura acquiesça et renifla.

— Tu veux que je t'aide avec ça ? demanda Kay en ramassant quatre sacs fourre-tout chargés de cartes et de cadeaux.

— S'il te plaît... oh mon Dieu, il y a tellement de choses, dit Carys, jonglant avec le bouquet et une boîte d'archives contenant les objets personnels de son bureau.

Il fallut encore trente minutes pour atteindre le parking, car chaque agent en uniforme et membre du personnel administratif de l'immeuble arrêtait l'enquêteuse en chemin pour lui souhaiter bonne chance dans son nouveau rôle.

Finalement, au grand soulagement du chauffeur de taxi, Carys monta dans le véhicule qui l'attendait tandis que Kay empilait les sacs sur la banquette arrière à côté d'elle.

— Oh, Adam m'a demandé de te donner ça.

Elle lui tendit une enveloppe et observa Carys la retourner entre ses mains, l'air intriguée.

— Qu'est-ce que c'est ?

— Il a trouvé les coordonnées d'un refuge pour

animaux près de chez toi, dit Kay. Ce sont les papiers d'adoption qu'ils demandent à tout le monde de remplir. Il s'est dit qu'une fois que tu serais installée dans ton nouveau logement, tu pourrais les appeler et peut-être trouver un chat, ou une autre gerbille, pour te tenir compagnie, et il a dit que tu pouvais l'appeler si tu avais des questions.

Carys sourit.

— Tous les animaux qu'il ramène chez vous vont me manquer.

— Tu n'as pas à vivre avec eux, dit Kay en levant les yeux au ciel. Allez, vas-y, sinon tu vas me faire pleurer.

— Merci, Kay. Pour tout.

Tandis que le taxi sortait du parking et passait sous la barrière de sécurité, Kay continua à faire signe jusqu'à ce qu'il disparaisse de sa vue.

Elle renifla puis secoua la tête en se tournant vers le poste de police.

— C'est la fin d'une époque, Hunter.

Son téléphone commença à sonner dans la poche de sa veste, et elle jeta un coup d'œil à l'écran.

— Inspectrice principale Kay Hunter.

Elle écouta la voix à l'autre bout du fil, puis se mit à courir vers sa voiture.

— Dites-leur que j'arrive, et assurez-vous qu'ils sécurisent la scène de crime.

Un sourire sardonique traversa ses lèvres tandis qu'elle tournait la clé dans le contact.

La vie continuait, et le besoin de justice aussi.

BIOGRAPHIE DE L'AUTEUR

Rachel Amphlett est l'auteure de romans policiers et de thrillers d'espionnage les plus vendus par USA Today, et la plupart de ses livres ont été traduits dans le monde entier.

Ses romans sont disponibles en format numérique, en version imprimée et en livres audio dans les bibliothèques et chez les détaillants, ainsi que sur son site web.

Grande voyageuse et détective privée par accident, Rachel possède les nationalités australienne et britannique.

Pour en savoir plus sur les livres de Rachel, rendez-vous à l'adresse suivante : www.rachelamphlett.com.